二木先生

夏木志朋

ポプラ文庫

1

「Aの図とBの図、『静けさ』を表しているのはどちらだと感じる？」

担任で美術担当の二木良平（にきりょうへい）が、教室の生徒全員に問いかけた。美術室の黒板には、大きな白い紙に印刷された二枚のシンプルな図が、四隅をマグネットで留めて貼り出されている。どちらも縦長の長方形の枠の中に三つの○（マル）が描いてあるが、「A」とあるほうの図は長方形の底の部分に三つの○が仲良く水平に並んでいる。対して「B」の図に描かれた三つの○は、左と真ん中の二つだけが底にあり、右端のひとつが、ほんの少し上に浮いている。

Bだ、と田井中広一（たいなかこういち）は思った。

「Aだと思う人」

二木の言葉に、周囲でばらばらと手が挙がる。広一は一瞬で自分が少数派であることを察した。沢山の手が挙がる中で、部分的に凹(へこ)んでいるかのように挙手のない席があったが、時間をおいて、そこからも次々に手が伸びた。彼らが自分なりに考えた結果なのか、周りに倣(なら)っただけなのかはわからない。広一は考えた。自分もここで手を挙げたほうがいいに決まっている。十六年間生きてきて、最近になってやっと、そういうことが薄々わかってきた。だが広一は手を挙げなかった。残された凹みは自分と、後ろの方に座っている二、三人だけだ。広一は制服のズボンの上に置いた手の平が汗で湿っていくのを感じた。

「では、Bだと思う人」

　さっきまで挙げられていた手が一斉に下がる。ここで手を挙げれば、間違いなく目立ってしまう。もしかしたら指名で何か意見を求められるかもしれない。まごまごしていると、広一がさっき手を挙げなかったことを知っている隣の席の女子が、お前はなんなんだよ、とでも言うように広一を睨(にら)んだ。手を挙げたら挙げたで馬鹿にするくせに。相手が俺以外の奴だったら絶対そんな目で見ないくせに。広一は彼女から目を逸(そ)らしながら、そう内心で毒づいた。

「A」に手を挙げなかった自分以外の数名は、さっき、ちらりと見たところ、クラスの中でヤンキー系に分類される奴らだった。挙手しなかったのは「B」を支持している訳ではなく、単に授業に参加する気がないだけなのだろう。自分も彼らと同じように、どちらにも手を挙げずにやり過ごせば、後悔せずに済むかもしれない。自分の気持ちに嘘をついて「A」に手を挙げた訳ではないのだから、それでいいじゃないか、と広一は思った。

だが、胸の中には抑えようとしても湧き上がってくるうずうずとした欲求があった。

こいつらはほとんど全員「A」だと思っている。動きのある「B」の図より、○が大人しく一列に並んだ「A」の絵こそが「静けさ」を表していると、馬鹿みたいに単純な感じ方をしている。自分が「B」に手を挙げた瞬間、こいつらはきっといつもの白けた目でこっちを見るだろうが、もし二木が、「B」を選んだ理由について自分に発言を求めたら、その内容を聞いた皆は、そんな見方もあるのか、と感心するかもしれない。もしその中に、本当は「B」に手を挙げたかったけれど、皆に合わせて「A」に手を挙げた生徒がいたとしたら、彼らは、周りに同調するしかできなかった自らを恥ずかしく思うと同時に、意見を曲げなかった自分のことを、少し見直すかもしれない。

仮に生徒は誰一人そうは思わなかったとしても、美術教師である二木はきっと、自分のことを、感性の豊かな子供だ、と一目置くんじゃないだろうか。

それにもし、このまま手を挙げずにいた場合、予想を裏切って後ろのヤンキーの中の誰かが手を挙げたら？　そして自分の代わりに、皆の注目を集めるような意見を言われてしまったら？　あいつらは語彙が乏しいけれど、たまに簡単な言葉を駆使して鋭い発言をするときがある。そんなことになったら耐えられない。賞賛の眼差しを受けるのは自分だという焦りと欲求に急き立てられて、広一は気が付けば手を挙げていた。内心の激しさとは裏腹に、少し肘を曲げた遠慮がちな挙手だった。

二木がまっすぐに広一を見た。彼の視線の動きから、どうやら結局手を挙げたのは自分だけのようだ。後ろを振り返って確認する勇気はなかった。前を向いている広一の視野いっぱいに、クラスメイトの冷たい表情が広がっていた。

「出たよ、田井中の自己アピール」

男子生徒のその言葉で、あちこちからクスクスと嘲り笑いが起きた。

二木が空中を手で押さえるような仕草をして、生徒たちを静めた。

「田井中、そう感じたのに理由があるなら、聞かせてもらえるか？」

「はい。えっと」

広一の声が緊張と興奮で上ずる。

「お……僕が、Ｂのほうが静かだと思ったのは、『沈んでいる』という感じがするからです」

二木が広一の言葉に理解を示すように頷いた。

「僕には、どっちの図も、川の底に石が沈んでるように見えます。Aは、水の底で、じっと沈んでる石のイメージです。それに対してBは、石だらけの川底に、新しい石がひとつ沈んできたところです。僕はBのほうに静けさを感じます」

「言ってることがおかしいよ。Aが川の底で沈んでるだけの石なら、Aのほうが静かじゃん」

女子の一人が口を挟んだ。

「そうかな。誰かが投げた石なのかなんなのかは知らないけど、暗くて静かな川の底に石が沈んでいくんだよ。それってすごく静かな絵じゃないかな。それにBの図がなかったら、僕はAを水の底に沈んでる石だなんてイメージしなかったような気がする。Bのほうがメッセージ性が強いんだよ」

「うわ、田井中スイッチ入った。キモ」

女子は吐き捨てるようにそう言うと、隣の席の女子に腕を絡めて身を震わせる仕草をした。身を寄せられた女子はおどけた半笑いの表情を浮かべながら、同じように震えてみせた。

二木が言った。

「僕は、皆にどちらだと感じるか、と聞きました。感じ方に正解不正解はないよ。

田井中の意見はおもしろいね。その状態に至る過程の方がよりメッセージ性が強い、っていうのは、あるかもね」

　二木がぐるりと教室内を見渡す。

「皆にこの質問をしたのは、これがデザインについての授業だからです。純粋なアートとは違って、デザインにおいては、どういったものの見方が多数派なのかを知っておかないといけない。自分の主観と一般的な感覚とのギャップを知ったうえで、より多くの人に狙った印象付けをする必要がある」

　ほら、道路標識とかに、あんまり解釈の余地があっても困るでしょ？　と二木が言った。

　なんだ、そういう意図だったのかと広一は少し落胆した。「田井中の意見はおもしろい」と、一応は褒（ほ）められたが、狙いを理解しないまま持論をぶちかました自分が滑稽（こっけい）に思えて仕方がなかった。自分の意見を皆の前で喋（しゃべ）らせる意味はあったのだろうか。広一は二木を憎らしく思った。二木は皆に背を向けると、黒板上の白い紙に置かれたマグネットへ手を掛けた。

「あの」

　声を発した広一に、教室中からうんざりした感情が押し寄せてくる。もういいって、と誰かが呟（つぶや）いた。二木は手を止め、振り返って広一を見た。

「先生はどう感じましたか？」

二木は瞬きをした。二木の目は黒々としていて大きく、猫に似ている。大きいくせに一重(ひとえ)瞼(まぶた)という珍しい形の目は、爬虫類じみてもいるかもしれない。ネコトカゲニンゲン、と広一は心の中で呟いた。

「AかBか？」

「はい」

「この図、何回か授業で使ったからなあ。初めて見た時、僕どう思ったっけな……」

二木は顎(あご)に手を添えて、黒板の図を眺めた。

広一には、二木が口にする答えは絶対に「A」だという確信があった。こいつは絶対「A」だ。二木良平という男を説明するにおいて、これはとても便利な表現だ、と広一は思った。広一は二木の後頭部を見つめて、彼の短い焦げ茶色の髪のその下、頭蓋骨、さらにその内側で起こっていることを想像した。こいつはいつだって「A」の答えを口にする。少なくとも、口先では。

二木が口を開いた。

「思い出した。僕はこれを初めて見た時、Bの図がまるでボールが床で弾んでいるように見えたんだ。だからどちらに静けさを感じたかと言われれば、Aだね」

やっぱりな、と広一は内心でほくそ笑んだ。床で弾むボール。明るく正しい感受性を持つ人間の発言だ。二木の、美術教師の割には、絵筆を持ってキャンバスの前に立っているよりも、教壇に立って必修科目を教えている姿のほうがしっくり来る雰囲気にぴったりだ。だが広一はその答えに、アイドルが「好きな食べ物はイチゴのケーキ」と言っているようなあざとさを感じた。もっとも、二木のことをそんな風に斜めに見ているのは自分だけだろう。

「あ、ボールは俺も思ったわ」

「わかる。Bはなんか、ぽんぽん跳ねてる印象だよね。やっぱ静かなのはAだよ」

生徒たちが次々に二木の意見に追従した。

「この質問は、まあほぼ絶対Aが多数派の結果に終わるんだけど、それでも毎回ちょっとは票が割れるんだよ。このクラスはキレイにAに軍配が上がったね」

二木はそう言って、少し困ったような顔で笑った。

美術の授業が終わり、広一が自分のクラスの教室に向かって廊下を歩いていると、誰かが追い越しざまに肩をぶつけてきた。広一が手に持っていたノートと筆入れが床に落ち、半開きだった筆入れのファスナーから飛び出したペンが数本、不規則に廊下の上を転がっていった。

広一はしゃがみ込んで、床に散らばったものを拾い集めた。突き飛ばされたことよりも、そうして拾っているところを周りの人間に見られていることが苦痛だった。上から男子生徒の声が降ってくる。

「お前、教師相手だとめっちゃ喋るよなあ。しかも超早口」

「Bだと思います！　Bのほうがより、川の底の石に近いです！」

一人が広一の声色を真似たつもりなのか、甲高い声でからかった。

「そんな言い方はしてない」

うつむいたまま、広一は低い声で反論した。

「え、キレるとこ、そこ？」

「田井中、自分は特別ですアピールも大概にしとけよ。イタいから」

そう言って、男子生徒たちは笑いながら去っていった。黙って筆記用具を拾い集める広一の横を、何本もの脚が通り過ぎていく。紺色のソックスを履いた、女子生徒のむちむちとした太い脚。汚れたスニーカー。顔を上げなくても、自分を一瞥していく沢山の目を背中の肌で感じた。隅の方に落ちているペンを拾いたいが、手を伸ばすと踏みつけられてしまいそうだ。広一はしゃがんだまま、筆入れを弄り回しているふりをしながら脚の行列が途切れるのを待った。

やがて廊下が静かになり、広一は一人、床の上に転がっているペンを見つめた。

帰りたい、と思った。こんな目に遭った時は、いつもぼんやりそう思う。今すぐ家に帰って、自分の部屋で布団にくるまって何も考えずに眠ってしまいたい。いったんそう考え始めると、どんどん眠くなってくる。だが家に帰れば母がいる。学校を途中で抜けて帰ってきた自分に、母は理由を問いただしてくるだろう。体調が悪いふりをして保健室で眠ろうか。家に帰るにしろ保健室で休むにしろ、この後の授業は欠席になる訳で、さっきちょっかいを掛けてきた奴らやそれを見ていたクラスメイトは、自分が教室にいないのを見てどう思うのだろう。きっと更に馬鹿にするに違いない。そう考えると癪に障る。あいつらにされたことで落ち込んでいると思われたくはない。

眠気で廊下に沈み込みそうになる体を奮い起こして、広一は教室に向かってのろのろと歩いた。こうして意地を張ったところで、なんの意味もないかもしれない。自分が授業を欠席したとしても、誰ひとり気にも留めない可能性もあるのだから。同級生から好かれていないのは確実だろうが、広一は決して激しいいじめを受けている訳ではなかった。さっきの授業のように、攻撃を受けることはあるが、基本的に同級生たちからは、ただただ軽んじられている。

広一の頭の中で、男子生徒の言葉がリフレインした。

自分は特別ですアピール。

その途端、広一は反射的に「死ね」と吐き捨てていた。嫌な言葉が心の深い部分へ落ちてくる前に口から飛び出す悪態は、ウイルスから体を守るくしゃみに似ていると思った。

お前は自分が特別だと思われたがっている。

何も知らない奴が偉そうに。その手の言葉は、大嫌いだ。

小学五年生の頃に両親が離婚してすぐ、都内から母の実家があるこのS県に越してきた。

新しい小学校に転入して数か月が経ったある日、「委員長」と話した時のことを、広一は高校二年になった今でも覚えている。

「田井中くんって、どんな音楽聴くの？」

一瞬、なぜそんなことを聞かれたのかと戸惑った。教室の床を掃き終えた箒（ほうき）を掃除用具入れに仕舞い、ランドセルを手に教室を出ていこうとしている広一を、委員長が見つめていた。彼女の視線の先にある広一の上着のポケットからは、いつもひそかに持ち歩いているＭＰ３プレイヤーのイヤホンが飛び出していた。広一は黙ったまま、ぶら下がっているイヤホンを仕舞った。学校に持ってきてはいけないものだ、と咎（とが）められるのだろうかとも思ったが、委員長の顔には、好奇心しか浮かんでいないように見えた。

「ねえ、どんなの聴いてるの。見せてよ」

そう言って委員長は広一に歩み寄り、ポケットに手を伸ばした。

「やめて」

短く叫びながらポケットを手で押さえると、委員長が目を見開いた。

「喋った」

驚きで引き上げられた眉毛が額に皺（しわ）を作っていた。広一は苛立った。口がきけないと思っていた訳でもないだろう。極力、喋らないように努めていたとはいえ、授業中に当てられた時だとか、必要最低限の言葉は口にしていた。

「なんでいつも黙ってるの？」

広一は無言で目を逸らした。

「そうやって黙ってたら、ずっと友達できないよ」

「別に、いい」

言葉を返すと、委員長の顔に力が漲（みなぎ）った。コミュニケーションが初めて成立したからだろう。クラス委員長をしていることからもわかる通りの、面倒見の良い女子だった。広一が転入してきた当初、彼女は、新しい転入生をクラスの人間関係に加えようと積極的に努力していたように思う。だが、誰とも会話をしようとしない広一がクラスで浮いていく様子を前にして、次第に彼女の働きかけは、広一に時折話しかける程度のものに変わっていった。とりあえず声をかけてみて、反応が返ってこなくても気にしないという、駅前でティッシュを配っている人たちに近い姿勢だった。

委員長が広一の目を覗き込んだ。広一には彼女が、自分の眼力には目の前の大人しい相手を捕らえて逃がさない力があると知ったうえでそうしているように見えた。事実、広一はたじろいだ。そして嫌々ながらに言葉を口にした。

「話したら、宇宙人だってばれるから」

「何それ」

「知らない。前の学校で、ずっとそう呼ばれてた」

ふーん、と言って、委員長が広一の全身を見回した。

昔から、変わった子供だと言われ続けてきた。

そう呼ばれることが、ずっと不思議で仕方がなかった。子供ながらに見る限り、自分のような子供は他にもいたからだ。子供同士で遊ぶよりも、本を読んだり、携帯ゲームに没頭したり、そうした一人遊びを好む、内向的な子供たちのことだ。広一が好きだったのは、本と、音楽と、空想だった。本を読み終えては物語の続きを想像して、音楽を聴いては、頭に浮かぶイメージを膨らませて物語にした。そして、その物語をノートに書いた。刑事や殺し屋が登場したり、子供にしてはハードボイルドな内容が多かったように思う。自宅の本棚にあった父の蔵書の影響だ。父はそうした娯楽小説が好きだった。離婚に伴い、小五の時以来会っていない父については、彼自身のことよりも、彼が読んでいた本の内容のほうをよく記憶している。刺激的な内容の本を子供の広一が読むのを、父も母も咎めなかった。母などはむしろ、広一が物語の続きをノートに書いたものを読んで喜んでいた覚えがある。

元は推理小説なのに、広一が書くとSFみたい。そう言った母にSFとは何かと尋ねると、「すこしふしぎ」の略だと教えられた。それが有名な漫画家が提唱した言葉の受け売りで、本来はサイエンス・フィクションの略だと知ったのはもう少し成長してからのことだ。母はそんな風に広一の物語を評した後、ほとんど毎回、こう付け加えた。

「広一はユニークね。色々言われちゃうのは、周りのレベルが低いからよ。あんたはそのままで堂々としてればいいの」

物心がついた時には、その台詞はすっかり母の決まり文句と化していた。両親の離婚後、都内から母の実家があるこの田舎町に越して来てからは、末尾に、田舎って嫌ね、という言葉が追加された。

一拍の間。

含みのある曖昧な笑顔。

それが、広一が口をきいた時の周りの反応だった。大人も子供も変わりはなかった。他の内向的な子供たちには、大人しい、や、暗い、だとか、いい意味ではないながらもわかりやすい形容を使うのに対して、広一に与えられるのは、「変」という漠然とした言葉だった。

自分がなぜそう呼ばれるのかは未だにわからない。内向きな性格だという自覚はあったが、自分が話すたびに皆が変な顔をしたり、静まり返ったり、笑う理由が謎だった。自分自身では当たり前の受け答えをしているつもりだからだ。

唯一見当が付くのは、その理由がわからない、それこそが自分の「変」なのだということだった。


「私、田井中くんって面白い子だと思うけど」

広一のこれまでの境遇を想像したのか、委員長がフォローのような言葉をかけた。

「話したこともなかったのに?」

新しい学校ではできるだけ喋らない。越してくる前に、そう決意していたからだった。

「そうだね。でも直接喋らなくても見てたらわかるよ。なんか独特だから」

腹の辺りで、どろりと不快感がとぐろを巻いて、広一は顔を背けた。そのまま背を向けて出ていこうとすると、委員長が、持っていた箒を広一の体の前に突き出して進路を妨げた。

「ちょっと待って。私、嫌なこと言った？」

「うん。でも気にしなくていいよ。だいたい皆、そういう感じだし」

「え？」

「昔からそうなんだ。普通にしてるつもりなのに、皆から『変わってる』とか『宇宙人』って言われる。僕は皆が、自分のどんなところをそんな風に言ってるのかがわからない」

「私は、宇宙人とまでは思わなかったけど。どんなことをした時にそういう風に言われてたの？」

「やめてよ」

うんざりした。他人は、いつもそんな質問をする。自分が何をしたのか、いつだってそれを一番知りたかったのはこっちなのだ。

委員長が箒を下ろした。

「よくわからないけど、それってそんなに嫌なことかな。個性的って意味でしょ」

「母さんも同じようなこと言うよ」

「いいお母さんだね」

「そうかな。無責任だと思うけど。とにかく、僕は何も喋りたくないんだ。悪いけど、もうほっといて」

「一生黙って過ごすつもり？　そんなの無理だよ」

「それは違う。僕は今、地球人になる特訓をしてるんだ。誰からも変に思われない地球人になれたら、その時は喋るよ」

「特訓？」

委員長が首を傾げた。広一は、ポケットの上から、中のMP3プレイヤーに触れた。どうして「特訓」をしているなんて言ってしまったのだろう、と後悔した。特訓の内容を人に知られるのは、とても恥ずかしいことに思えた。それなのに、不思議と、今ここで委員長に打ち明けてしまいたいとも考えていた。抱えているだけで自分を惨めに感じるような秘密なら、いっそ告白したい、そんな気持ちだったのかもしれない。

「……流行りの曲を、毎日聴いてるんだ。レンタル屋で、ランキングの上のほうのCDを借りてきて、プレイヤーに入れてる。小遣いはそんなに貰ってないから、毎月二枚ずつくらいしか借りれないけど……皆が好きな曲を、良いと思えるようになったら、僕は地球人に近付ける」

口にすると、予想していた通り、恥ずかしさで傷付いた。

委員長が呆気にとられた顔をした。訳がわからない、といった様子だった。

「昔の僕は、母さんが言う通りに、何も考えずに好きなように喋ってた。だけど周りから変って言われるのが嫌になって、考えてから喋るようにしたんだ。それでも、変って言われ続けて、思ったんだ。そう言われなくなるには、元から変じゃなくなるしかないって。普通の人は、たぶん、喋る時にそんなにややこしくは考えてないだろ。それって、なんか、音楽聴くときに似てる気がするんだ。うまく言えないけど……そういう部分で、皆と同じ感じ方ができるようになれたら、僕は地球人になれると思う」

「ねえ、なんでそんなに無理して皆と一緒になろうとするの？　友達がいなくてもいいって言ったのは、強がりなわけ」

「友達がいなくてもいいのは本当」

「嘘。友達がいないと、さびしいよ」

その言葉に、ますます自分と他の人間との隔たりを感じた。他人が言う、さびしいといった気持ちが、昔から理解できなかった。一人の世界に満足していたからだ。

「友達はいなくても平気だけど、地球で生きていくには、地球人にならないと」

「どうして。宇宙人のままじゃ駄目なの？」

広一は視線を床に落とした。

「そっちだって、火星で息はできないだろ」

委員長が黙り込んだ。考えている様子だった。

しばらくそうした後、彼女は顔を上げて、言った。

「だったらさ、私、田井中くんが地球人になれるように協力してあげるよ」

広一は思わず彼女の顔をまじまじと見た。

「あのね、来週、私の誕生日なんだ。次の日曜日に私の家で誕生日会するんだけど、田井中くん、よかったら来ない？」

ほんの少し期待したぶんだけ、気持ちが暗くなった。それのどこが地球人になれる方法なのだろう。

「今の話聞いて思ったんだけど、田井中くんがちょっと変わってるのって、そうやって一人でいるからだと思う。皆と遊べば、だんだん、皆と同じようになっていけるんじゃないかな」

そんな考え方もあるのかと思いながらも、気の進む話ではなかった。人気者の彼女の誕生日会には、大勢のクラスメイトが集まるはずだ。今までの経験から言えば、きっとそこで何か宇宙人的な言動をしてしまって、嫌な思いをするに違いない。だが広一は、その時、顔をしかめながらも、彼女の提案にかすかな希望を抱き始めていた。

委員長が言ったのは、つまりこういうことだ。変だから、一人なんじゃない。一人でいたから、変になった。

正直なところ、一体どっちが先にあったのかは、自分には解けない謎に思えた。だが、自分の「変」が、後からそうなったものだと考えると、まだ救われる気がした。

誕生日会の当日、委員長の家に現れた広一を見て、同級生たちは驚いた顔をした。一気によそよそしくなった空気に、自宅へ引き返したくなったが、玄関先で自分を出迎えた委員長の笑顔を思い出して踏みとどまった。

とは言っても、何をして過ごせばいいのかがわからなかった。ご馳走にケーキと、誕生日会の基本的なプログラムらしいものが行われている間はまだ良かった。目の前の食べ物を黙々と片付けることなら自分にもできた。困ったのは食事を終えた後、皆が好きに遊びだした時だ。菓子を食べながら、手帳に貼ったプリクラらしきものを眺めて喋っている女子たち。テレビの前で、ゴーカートのゲームで対戦している男子たちと、そのギャラリー。リビングの広い窓からは、庭でバドミントンをしている同級生たちの姿が見えた。頼みの綱の委員長もその中にいた。食事中も何度か話題を振ってくれていた委員長だが、主役の彼女は、広一ばかりに構っている訳にもいかないのだろう。

どの遊びにも混じれず、広一は、リビングのラックに並んでいるCDを眺めていた。

そこには、広一の好きな音楽アーティストのCDがあった。

毎日「特訓」と称して聴いている流行りの曲ではなく、広一が本当に好きなアーティストのアルバムだった。委員長の親のものなのだろう。「普通」の子供の委員長が、このアーティストを好きだとは考えにくかった。このアーティストの曲が好きだということは、広一にとって、コンプレックスになり始めていた。これまで、人に言うと、大人は、どことなく含みのある曖昧な笑顔になって「ずいぶん渋い趣味だね」と言い、同年代の子供からは、大人のウケを狙っている、と言われてきたからだ。

「音楽、好きなんか？」

頭上から声がした。

委員長の父親が、缶ビールを片手に立っていた。浅黒く焼けた肌のがっしりとした体軀に坊主頭で、いかにも昔スポーツか格闘技をやっていたような見た目をした彼は、関西出身らしい方言を使った。全部の特徴が、威圧感を放っていた。

広一はぎこちなく頷いた。

「ここにあるやつな、全部おっちゃんのやねん。おっちゃん、昔ギター弾いててんで。意外やろ」

父親はそう言って、広一の目の前で太くて短い指を広げてみせた。

「古いのばっかりやけど、なんか持っていきたいやつあったら貸したろか？」

もう一度頷くには、ためらいがあった。その音楽を好きだということ自体が、正さなくてはいけない自分の「変」のひとつのような気がしていた。

それでも本当は、貸して欲しいと言いたかった。昔は自分の家にもあったそのアルバムは、両親の離婚と共に、棚から姿を消した。実の父が持って行ったのか、父が残したものを母が棄てたのかはわからない。

広一は迷ったあげく、ふたたび小さく頷いて、目の前にある一枚のアルバムを指さした。

「この歌手知ってるん？」

「はい」

「よう、こんなん知ってるなあ。でもこれ、おっちゃんもお気に入りやで。この曲とか最高にええよな」

父親は、ラックからアルバムを引き抜いて、裏面の曲目に書かれた表題曲に人差し指を置いた。

「きみはどれが好きなん？」

広一は曲目の二番目に書かれた曲を示した。指の先にあるタイトルを見て、父親が笑った。

「ませとるなあ。めっちゃ大人の恋愛の歌やで」

その言葉に、首筋から顔をめがけて熱がのぼってくるのを感じた。

「違います」

思わず口にした言葉は、反論というよりも、弁解だった。自分は決してませた子供ではない。この曲が好きなのは、他の理由だ。

「僕には、別のことを歌ってるように聴こえます。この曲を作った人にとって、歌詞にある『ダーリン』っていうのは、もしかしたら音楽のことなんじゃないかと思います。えっと、つまり、僕はこの曲が好きですけど、ませてるとかそんなんじゃないです」

言いながら抱いた、自分は今、失敗をしているかもしれない、という予感は、言葉を結んだ瞬間に確信になった。目の前にいる父親が、奇妙なものに対する目でこっちを見ていたからだ。父親の意識が、今言ったことの内容を通り越して、自分という子供そのものへ何かの判定を下したのを感じ取った。

「きみ、変わっとるな。何かえらい、かしこな喋り方するし。子供らしくないわ」

広一はうつむいた。またやってしまった、と思った。ただでさえ、普通になるために参加した誕生日会で、結局遊びに加われていないのだ。誘ってくれた委員長への申し訳なさも相まって、これまでに何度も周りから言われてきた類の言葉に、今まで以上に落ち込んだ。

委員長の父親が、顎を掻きながらリビングを見渡した。

「CD、好きなん持っていき。返すとき、娘に渡してくれたらいいから。きみ名前なんて言うん?」

「……田井中広一です」

「そうか。広一くんなあ、せっかく来たんやから、一人でおらんと皆と遊ばなあかんで」

父親はそう言うと、広一の手にCDを渡して、リビングで遊んでいる子供たちのほうへ向かった。そして、テレビゲームに興じる男子たちのうちの一人、コントローラーを握らず観戦していた子供の髪をいきなりぐしゃぐしゃとかきまわした。

やめろよおっちゃん、と、声が上がる。それでもやめない父親に、髪を乱された男子は振り向いて、腹にパンチをした。

拳をもらった父親はびくともせずに、おっ、やるか、と好戦的に言って、拳を繰り出した男子を軽々と肩の上に持ち上げると、そのまま回転した。空中で叫び声を上げる友人を助けるためなのか、別の男子が父親をぽかぽかと殴った。父親は笑っていた。そんな彼を倒そうと、また別の男子が加勢した。

子供らしいとは、ああいうことだろうか。

広一はソファに座ったままその光景を見つめていた。その場の全員が、目の前の戦いを笑って眺めていた。窓の外に目をやると、さっきまでバドミントンに夢中になっていた同級生たちも部屋の中を見て笑っていた。委員長も笑っていたが、広一と目が合うと、あっ、とうろたえたような顔をした。広一がひとりでソファに座っているのに気付いたことが理由らしかった。

気付けば広一は、ＣＤをソファに置いて立ち上がっていた。

父親のもとへと歩み寄ると、少したためらった後、彼の尻をズボンの上からぺしん、と平手で叩いてみた。

男子を肩に乗せて振り回していた父親が視線を下に向け、遊びに加わってきた広一を見て、にやりと笑った。広一はほっとした。先程「子供らしくない」と言われてしまったことを、少しは挽回できたような気がした。

「全然効かん！」

父親が不敵に叫んで、肩に乗せていた男子を床に下ろすと、今度は別の男子を拾い上げて再び回り始めた。スイングから解放された男子はさっきの恨みと言わんばかりに、父親に殴りかかっていった。広一も負けじと、父親の腹を殴った。彼の身体は脂肪と固い筋肉に覆われていて、多少殴ったところで、何ともないようだった。広一は脛を強く蹴った。そこで初めて、父親はイテッと声を上げた。おどけた感じの声だった。広一は、心が自信で満たされていくのを感じた。自分だってこんな風に、子供らしくじゃれることができるのだ。広一は何度も同じ場所を蹴った後、後ろに回って、今度は膝の裏を蹴った。父親ががくんと膝を折り、バランスを崩した。

「危なっ」

父親は短く叫ぶと、肩の上に乗せていた男子をかばうように体をひねって、彼を床へ下ろした。腰を屈めたために、髭面の顔が広一の手の届く距離に降りてきた。

広一はすかさず手を振り上げ、平手で頬を打った。

ぱしん、という音がリビングに響き渡り、それまで喧噪（けんそう）に満ちていた部屋が、一気に静まり返った。

打たれた方向に向いている父親の横顔は、さっきまでとは打って変わってとても冷たかった。周りのクラスメイトたちも凍り付いていた。広一は自分がふたたび間違いを犯してしまったのだと察した。

父親はしばらく同じ表情のまま無言だったが、やがて、呆れたように笑った。

「きみなあ、今のはあかんやろ」

そう言って広一の頬をぴたぴたと叩いた。

「顔はあかんで。皆が見てる前で頬っぺた叩かれたら、嫌やろ？」

「ごめんなさい」

萎縮のせいか、いじけたような声になった。父親が笑顔で、わかったならええよ、と言った。広一は小さな声で何度も謝った。父親が許しの言葉を口にした後も、場は静かなままだった。その中に、窓の向こうからこっちを見ている委員長の硬い表情を見た時、広一はこの場に来たことを心底後悔した。


即座に帰宅したい気持ちをこらえて、皆の意識が散るのを見計らってから、広一は荷物を手に取った。母に言われてプレゼント用に買ったレターセットも、もう、渡す勇気がなかった。父親の顔を叩いた自分の贈り物は受け取ってもらえない気がした。だが、帰る前にせめてもう一言、彼女の父親には謝りたかった。後から考えれば考えるほど、彼の言う通り、皆が見ている前で人の顔を叩いたのはひどいことだと感じていた。それに、彼はある意味で、広一にとって初めての人間だった。これまで他人は、広一にただ曖昧な顔を向けるだけで、さっきの、顔を叩いては駄目だ、という言葉のように、何が間違っていたのかを具体的に教える人間はいなかったからだ。父親の姿はリビングにはなかった。キッチンに目をやると、委員長の母親が片付け物をしながら横を向いて話していたので、広一は皆に見られないよう、静かにキッチンへと歩み寄った。

「まあ、なあ」

缶を潰してゴミ箱に放る音がした。姿の見えない父親に話しかけようとした直後に、広一は口をつぐんだ。

「でもあれ、だいぶ変わっとるで」

「まだ子供だからよ。ああやって周りがちゃんと教えてあげれば、わかるようになるわ」

「よその子供を注意でききん大人が多いから、今までわからんかったんかもな」

「サッカークラブ誘ったら？　団体スポーツって自然と協調性身に付くし」

「せやな。でもな」

缶のプルタブを起こす音が聞こえた。

「ああいうのは、運動神経みたいなもんで」

中身を飲んでいるのか、間があった。

「結局は感性っていうか、センスやから、変わりもんはずっと変わりもんやで。うちに来る若い職人の中にもおるやろ」

「子供相手に、ちょっとキツ過ぎるんじゃない。それとね、ほんの少し接しただけでそんなに相手のことがわかるなら、すぐ飛ぶ人雇わないで」

「まあとにかく、クラブはナシの方向で。入っても、本人がしんどい思いするだけちゃうかな。こっちもちょっと自信ないわ。さっき顔はたかれた時、一瞬しばいたろかと思ってもうたしな」

直後にした音が、自分の肩から鞄が床にずり落ちたことによるものなのだと気付いたのは、委員長の母が振り向き、父親が食器棚の後ろから顔を出した時だった。

広一は肩ひもを握ったまま、言葉を口にした。

「あの、これ」

取り繕うような表情を浮かべている委員長の両親を交互に見ながら、鞄の中を掻きまわした。

「島崎さんに、プレゼント、あの、僕、もう家、帰らないと、渡しておいてください」

なぜか、するつもりもなかった頼みごとをとっさに拵(こしら)えていた。広一は包装紙に包んだレターセットを電話の脇に置くと、玄関へ向かった。

スニーカーに足を突っ込んだ瞬間、何かが緩んで、涙がこぼれた。

「ちょっと待ち」

後ろから父親の声がした。袖で涙を拭ってから、広一は振り向いた。

「顔叩いて、本当に、ごめんなさい」

父親は廊下の少し離れた場所に立って、項垂(うなだ)れる広一をまっすぐ見つめていた。

「子供らしく、皆みたいにしないとと思って調子に乗り過ぎました。すみません。おじさんに、子供らしくないって言われたのが嫌で、ムキになりました」

「うん。それはもう、ええよ。これからはせんかったらええ。なあ、広一くんやったっけ。あのな、おっちゃん大人やけど、人間やから、叩かれたら嫌な思いもするねん。さっきみたいに変なことも言うし。サッカーも、きみが入りたかったらおいで。でもな広一くん、きみは確かに、子供らしくないで」

父親が気遣うように笑った。

「さっき聞いてもうた話は気にせんとき。おっちゃんが間違ってたんかもしれへん。きみはもしかしたら、他の子と違う感じに振る舞って、自分の方、見てもらおうとしてるだけなんかもな。そんなことせんと、思ったままのこと言って自然にしてたらええんやで。そしたら周りとも、うまくやれるわ」

父親は広一に歩み寄ると、頭の上に優しく手を置いた。

「子供は子供らしくな」

頭のてっぺんに置かれた掌は、大きく、力強く、温かかった。その温かみを感じながら、広一は、この人の言う子供に自分は含まれないのだな、と思った。


変わり者はずっと変わり者。

どうやったって、普通にはなれない。

そのことを受け入れて、劣等感を持ったまま過ごしていくのは耐えられなかったのだろう。地球人になるのを、諦めることはできなかった。あの父親が言ったように、原因が運動神経と同じくセンスのような部分にあるのなら、普通になる方法は、やはりひとつだ。

広一はその日からより一層、元の自分を消す努力をした。

好きな音楽や本を楽しむことは一切やめた。自分の「変」が感性に由来しているというのなら、一度まっさらにしなくてはいけない。歪んだ土台へ何を積んでも歪みはさらに大きくなるだけだ。自分が少しでも好きだと感じてしまうものは全て絶って、ヒット曲を聴き続けた。

続けるうちに、少しずつ、自分が本当は何が好きだったのかがわからなくなっていった。それでいい、と思った。こうして元の自分が消えてしまえば、きっともう少し息がしやすくなる。

それでも、中学に入り、卒業する頃になっても、空気は薄いままだった。

ある日、ネットで一件のブログ記事を見つけた。

昔の自分が好きだったアーティストのファンが書いたものだった。そこには、例の誕生会の日に、解釈を語って委員長の父親に鼻白まれた曲の和訳と、ブログの筆者が綴った文章があった。

「ロクに相手もせず放ったらかしていた恋人が、部屋の片隅からこっちを見ている。関係はすっかりこじれている。疎ましくすら感じているくせに、彼女が他の男のもとへ行くのは許せない。結局のところ彼は、彼女を幸せにできない自分にすねているのだ。この彼女というのはもしかすると、〇〇〇〇が自らの楽才を擬人化した存在なのかもしれない」

記事には沢山の「いいね」が付いていた。

それを見た瞬間の感情がどんなものだったのかは思い出せず、記憶のブランクになっているが、少し遅れてやってきたのが、むなしさだったことは覚えている。

ところ変われば、自分の意見はこうして支持される。特訓と称して続けてきた努力は、一体なんだったのだろう。

むなしさは次第に、その場にあるものをすべて壁へ叩きつけたくなるほどの腹立たしさへと変わった。うねる気持ちに滑り込んできたのは、昔から聞かされ続けてきた母の言葉だった。

――広一はユニークね。色々言われちゃうのは、周りのレベルが低いからよ。あんたはそのままで堂々としてればいいの。

その日以来、広一は特訓をしなくなった。

十六歳になった今の広一は、何かを思いついた時に、口に出すのを我慢できない。さっきの美術の授業がいい例だ。黙ってさえいれば少なくとも叩かれはしないはずなのに、空気を読んで自分を殺すということができない。誰かに意見を横取りされるのではという焦燥感に駆られて、我先にと前に出てしまう。

ずっと、「変」な自分が嫌いだった。

変、というのは、相対的なものなのだろうと、今では思う。

言い換えれば、それは「特別」ということだ。

いつからか、「特別」というのが、自分を唯一肯定できる言葉になっていた。

そんな意識を持って振る舞い始めたせいか、周囲の人間はだんだんと、広一にきつく当たるようになった。確かに疎まれても仕方がないと思う。周りからすれば、単純に鬱陶(うっとう)しいうえに、見下されているような気がして不快になるのかもしれない。

現に自分はクラスメイトを見下している。だが同時に、自分より、周りの人間の方がはるかに上等だとも感じている。皆には友達がいて、自分にはいない。それが、自分と違って皆が地球に向いている証拠のひとつだ。自分が人を見下してしまうのは、そうしないと自分自身の心が守れないからだと、きちんと気付けている部分だけは、自分を褒めたかった。人を見下して心をなだめる自らを蔑む気持ちと、その心理を知っているという自負、そうした自意識がキャベツやレタスのように層になって、心を襞（ひだ）だらけにしていた。


廊下に佇む広一の脳裏に、ふと、あの男の顔がよぎった。

二木良平。

このところの広一は、自分のことについて考えるたびに、内心で彼のことを引き合いに出していた。

自分がどこかズレた人間なら、あいつの頭の中はさらにとんでもない。にもかかわらず、まったく普通の顔をして、口先で「A」の答えを並べ立て、周りをうまく騙（だま）している。二木は特別に生徒から人気のある教師という訳ではないが、彼のある種すごいところは、どんな教師にも大抵ついて回るアンチの存在がないことだった。

広一は学校で孤立しているので、あくまでも観察した限りではあるが、二木が馬鹿にされたり悪く言われたりするのを聞いたことがない。そして、二木の周りに誰かがいるとき、男子も女子も関係なく、彼との距離が近い。体の距離がという意味だ。好意を持たれてそうなっているというよりは、草をもしゃもしゃ食べている草食動物の頭や背に小鳥がとまっているようなイメージだ。二木は顔付きこそ猫やトカゲに似ているが、全体的な雰囲気は大型の草食獣なのだ。まるでファンタジー作品に出てくる合成獣（キメラ）だ、と広一は感じていた。彼に生徒が身を寄せている光景を見るたび広一は、自分だったら絶対に、二木の半径一メートル内には入らない、と思う。もし彼らが二木の正体を知ったら、小鳥がのんびり休んでいたところへいきなり銃声が響いた時のように、パニック状態で一斉に飛び立っていくだろう。それどころか、二木はもう色んな意味で終わりだ。

　自分だけが二木の頭の中身を知っている。

　今日こそ、学校が終わったらあそこへ行こう――そう広一は思った。発売日からもう四日も経っている。ずっと気になっていたのだが、なんとなく、勇気の出ない日が続いて先延ばしにしていた。

　さっきまでの、今すぐ家に帰って眠りの世界に逃げ込みたいという気持ちはいつの間にか消えていた。心臓がどきどきと高鳴って、そのときめきを胸に、残りの授業も頑張ってやり過ごせそうだった。広一は廊下をふたたび歩き出しながら、たった今決めた放課後の予定に思いを馳せた。

二木は、世の中でもっとも気持ち悪い存在なのだ。


自宅に帰るやいなや、広一は制服からTシャツとジーンズに着替えた。

「あれ？　どっか行くの？」

自分の部屋がある二階から階段を降りてくる広一の姿をみとめて、母が声をかけた。広一は家の中で過ごすときはジーンズを穿かない。

母は寝間着姿だった。看護師として勤めている病院の勤務シフトが夜勤の日なので、今から出勤前まで眠るのだ。

「ちょっと本屋」

「あ、じゃあさ、テレビジャン買っといてよ」

スリッパの音を鳴らしてリビングに引っ込み、財布から一万円札を取り出して母が戻ってくる。

「テレビオーじゃなくて、テレビジャンよ。間違えないでね」

広一は一万円札を受け取った。

「番組ガイドなんてどれも同じじゃないの」

「酒井さんのエッセイが読みたいのよ」

「お釣り、使ってもいい」

「駄目。自分の本は月のお小遣いで買って」

「パシらされるのに小遣いもなしかよ」

「ついでdo でしょ」

広一は諦めて靴を履いた。

「晩御飯、おばあちゃんちで食べてね」

「了解」

三和土(たたき)でスニーカーの爪先をトントンと整えていると、背後から母の視線を感じた。振り返ると、母は階段下の柱に寄りかかって、腕組み姿でこちらを見つめていた。

「何」

「すぐ帰ってくる？」

「いや、立ち読みとかするから遅くなるよ」

「……気を付けてね。あんまり暗くなると、危ないし」

「チャリで行くし、俺は男だから大丈夫」

「男の子でも危ないかも。それに自転車に乗ってても、悪い奴は平気でさらうわよ」

後ろから車で軽くぶつけて、転んだところを車に引きずり込むんだから、と母が言う。広一は自分が誘拐される対象だとみなされたことに鼻白んだ。身長が低くて、幼く見えるほうだとはいえ自分は高二なのだ。高二にもなって、変質者に狙われる「男の子」はないだろう。

「大丈夫、大丈夫。でも気を付けるよ」

広一は手をひらひらと振って家を出た。

自転車にまたがって、ゆっくりと漕ぎ出す。曲がり角の手前にある家の前を通るとき、室外機から吐き出される熱風が顔を直撃した。ただでさえ暑いのに、と顔を歪めたが、角を曲がり、左右に田んぼが広がる開けた道を走り出すと、風が全身を撫でて気持ちがよかった。目的の本屋は国道沿いにある。国道に出てからもしばらく走らないといけない程の距離だ。ここでは全てが遠い。自動車が運転できないのはもちろんのこと、原付も持っていない広一はどこへ行くにも時間がかかったが、自転車に乗りながら考え事をするのが好きなので特に苦にはしていなかった。

田舎特有の、無駄に広い駐車場の片隅に自転車を停めた。店の看板には漢字一つで大きく「本」と書かれていて、その横にはそれよりも小さい文字で「ゲーム・ホビー」とある。二階建ての大型書店だった。

自動ドアをくぐると、中は冷房が効いていて、肌の表面の汗が冷えて一気に涼しくなった。店内の客足はまばらだ。広一はまず雑誌のコーナーに向かい、母に頼まれた番組ガイドを探した。同ジャンルで似たような名前をした雑誌が複数あったが、言われた通りの名前の雑誌を手に取った。表紙では次のクールから始まるドラマの主演女優が、オレンジを手に持って笑っている。この雑誌の表紙はどうしていつも人物がオレンジを持っているのだろう。表紙に必ずオレンジが、という印象があったのでこの雑誌で合っているはずだが、前に間違えて別の雑誌を買って帰った時には母からまあまあしつこく文句を言われた記憶があるので、一応、目次を開いて確認してみる。下部に、母がこの雑誌を買う目的としている連載エッセイのタイトルがあった。この雑誌で間違いない。母は、このエッセイを執筆している俳優のファンなのだ。

広一は番組ガイドを小脇に抱えると、漫画のコーナーに向かい、それとなく眺めるふりをしながら本棚の間を歩いた。宣伝ポップのついた話題の漫画を手に取ったりしつつ、店の奥へと進んでいく。同時に、近くにいる客の中に知り合いがいないかも目を走らせて確認した。そして、目的のコーナー付近へ辿り着くと、ごく自然にそのスペースに入っていった。

目の前に並ぶ表紙の毛色が一気に変わる。成人向け雑誌のコーナーだ。レンタルビデオ店のアダルトコーナーのように暖簾で隔離されている訳ではないが、囲い込むように本棚を配置して、他の客からの目を避けるようなつくりになっている。

広一の他にその場所にいる客は中年男性の一人だけだった。背中を向けているが、明らかに知っている人間ではない。広一が入ってきたことに気付いているのかどうかはわからないが、エロ本を物色する後ろ姿からは他人を拒絶するオーラが立ち上っていた。広一は彼を横目に、目当ての本棚の前に立った。並んでいる表紙の色彩が全体的にピンク色と肌色だらけなのはそのコーナーの他の本棚と変わりがないが、そこに並ぶ女性はすべて、実写ではなくイラストで描かれていた。いわゆるエロ漫画だ。その中に、ひとつだけ色彩の違う表紙の雑誌があった。他のエロ漫画雑誌の表紙の女性が、ピンク色を基調にあしらったデザインを背景に、露出した肌にとろみのある質感の液体を滴らせたりしているのに対して、その雑誌は真っ青な空に入道雲が浮いた真夏の空の下で、白いシャツを着たポニーテールの女の子がアイスを手に持って眩しそうに空を仰いでいた。とても爽やかな一枚絵で、いやらしさは感じられない。唯一少しだけ性的と言えば性的なのは、女の子の首筋に流れている一粒の汗だ。だが、このイラストだけを見てエロを感じる人間はほとんどいないだろう。

広一はその雑誌を手に取った。右斜め上の壁に監視カメラがあるのは知っている。その角度からは一冊だけ手にしたように見えただろうが、実際には二冊重ねて本棚から持ち上げていた。そのまま別の本棚の前に移動する。中年男性と背中合わせになるかたちになった。この書店の監視カメラは、どこを監視しているかわからないドーム型のものではなく、監視方向がわかるボックス型のカメラだ。広一はそこがカメラの死角だということをチェック済みだった。

広一は素早く、Tシャツをまくり上げて二冊のうちの一冊をジーンズの隙間に挟んだ。背筋を伸ばして立てば腹のあたりがいやにまっすぐなのでバレてしまうだろうが、Tシャツが大きめのサイズだから、いつも通りの猫背気味で歩けば見た目にはわからない。手元に残った一冊の方を本棚に戻すと、広一は成人雑誌のコーナーを出た。真面目に監視カメラをチェックしている人間がいるのかどうかは疑問だが、傍から見れば出来心でエロ本を手に取った少年が、成人コーナーをうろついたあげく、結局その本を本棚に戻したようにしか見えないはずだ。

広一はまた何気なく漫画を眺めるふりをしながら、店のトイレへと向かった。トイレの前には「商品を持ち込まないでください」という張り紙がしてある。広一は小脇に抱えていた番組ガイドを、とりあえず一旦といった仕草でトイレの前の本棚に置いてから、中へ入った。トイレは無人だった。広一は奥にある小窓の前に立った。換気のためなのか、跳ね上げ式の窓の下部が開いている。窓の向こうは、隣接する倉庫らしき建物の壁だ。広一はTシャツの下から雑誌を取り出して、窓の隙間から外へと落とした。ついでなので小便器で用を足し、手を洗ってトイレを後にした。本棚に置いておいた番組ガイドを手に取ると、レジへ向かう。その途中ではたと、自分用の本も何か一冊買っておくべきだと気が付いた。母に買って帰るこの雑誌があるから店員に対するカモフラージュは問題ないだろうが、母が万が一レシートを欲しがった場合、自分が頼んだものしか記載されていないレシートを見て彼女はどう思うだろうか。本屋に行くと言って出ていった息子がわざわざ遠い距離を自転車で走って、結局何も買わずに帰ってくるというのは少し不自然かもしれない。自分の買い物は小遣いで済ませろとは言われたが、親子の買い物でわざわざレシートを別にするのも変な話だろう。自分用の本を何も買わずに帰ってきたことに対しては「立ち読みだけして店を出た」で済むし、レシートに母のための雑誌しか載っていないことは「釣銭を返すことを考えて会計を別にした」で説明が付くだろう。だが、何とでも言い訳ができるにしても、不自然なことは避けたい。盗みを働いたことなんて自分自身の頭からも追いやって、全く普段通りに買い物を済ませることが万引きのコツだと広一は思っている。とは言っても他のものを盗んだことはなく、万引きの癖自体があるわけではなかったが。未成年の自分が成人向け雑誌を店頭で買うことはできないし、通販で自宅にエロ雑誌を届けてもらう訳にもいかない。この雑誌を手に入れるには、こんな方法しかないのだ。

広一は少し考えたあと、漫画のコーナーを抜けて小説コーナーへ行った。表紙を表にして陳列されてある新刊の中から、緑色の文庫本を取った。正確にはその本の装丁自体が緑色をしている訳ではない。ただ、タイトルや帯に書かれた文章から、全体的に「緑色」という印象のする本だった。広一は、文字や数字を見ると、いつもそうした感覚を抱いた。字に色が付いて見えるのだ。その字が実際は何色をしているかは関係ない。

緑色っぽい本を選んだのは、単に緑色を選びたい気分だったからだ。内容はよく知らないし、どうでもいい。ただ、漫画よりは小説の方が好きだ。漫画は一瞬で読み終わってしまうが、小説だと一冊で数日は暇をつぶせる。

レジへ行く。二十歳くらいの男の店員が、低いテンションで応対をした。会計を済ませると、二冊の本が入った黒いビニール袋を持って、入口の防犯ゲートを抜ける。当たり前だが警報は鳴らない。広一は駐車場へ行き、倉庫付近に止めておいた自分の自転車に近付いて、周りを見回したあと、こっそり店と倉庫の隙間に入った。さっき窓から落とした雑誌を店のビニール袋に入れ、物陰から駐車場にまだ誰も来ていないことを確認して隙間から出た。

自転車の前かごに袋を入れ、走り出す。国道に出て、店内で冷やされた体で外のぬるい風をくぐった時、広一はまるで徒競走のゴールテープを切ったかのような気分だった。はあっと息を吐き、普段より大きく脈打つ鼓動を感じながら、広一はペダルを漕ぐ速度を速めて次の目的地へと向かった。

林道の脇に、鉄の棒が立っている。この棒がなんなのかは、初めて見た時からの広一の謎だ。標識でもないし、夜道を照らすランプでもない。林道を少し入ったところから、人の歩く部分と草木が生い茂る林との境界を示すように等間隔に立っている。田舎には謎が多い、と思う。棒の中で、いま目の前にある一本だけが過去にここで事故でもあったかのように、腰の高さの位置でひしゃげている。それが目印だった。広一は林の奥に分け入った。ジーンズの裾から虫が侵入してこないかと気にしながら進んでいくと、黒いワンボックスカーの車体が見えた。林の奥は入口と比べて草が少ない。代わりに背の高い木が多く、まだ日がある時間帯にもかかわらず薄暗かった。車の横に立ち、半開きのドアに手を掛ける。きしむ音を立てながらドアを開けた。直射日光の当たる場所ではないから、夏の車内の暴力的な暑さではなかったが、それでも随分むわっとしていた。

この、打ち棄てられた車の存在を知ったのは広一が高校に上がったばかりの頃だった。

ひとり、自転車であちこちを散策していてこの林道を通りかかったとき、ひしゃげた棒の横に冷蔵庫が捨ててあるのを見つけた。近付いて見てみると、林のさらに奥に別の何かが捨てられているのが見えた。興味を引かれて広一は林へ踏み込んだ。捨ててあるのはテレビだった。冷蔵庫もテレビも、捨てられている割には綺麗な見た目をしていて、まだ使えそうだった。もっと他に捨てられているものがあるかもしれない。冷蔵庫とテレビは自転車で持って帰れないし、そもそも要らないが、ちょうどいい大きさのスピーカーなんかが捨ててあったらラッキーだ。そう考えて奥へと進むと、車を発見した。土埃や枯れ葉を被ってはいたが、手前にあった家電同様、そこそこ綺麗だった。振り返って今来た道を改めてよく見ると、伸びた草木に隠されてはいたが、かすかにその車のものらしい轍（わだち）の形跡があった。

　木が映り込んでいる窓から車内を覗き込み、中に不穏なものがないことを確認してからドアを引いてみた。ロックはかかっていなかった。ざっと車内を観察して好奇心を満たすと、広一は何も持ち去らずに林を後にした。家電二つと車の他には、捨てられている物はなかった。その後、何度かその道を通ったが、冷蔵庫とテレビはいつの間にか消えていた。車も同様に撤去されたのだろうかと思い、棄てられていた場所をチェックしてみると、その黒いボックスカーだけはなぜか変わらずそこにあった。やはり田舎には謎が多い。

　しばらくの間、その車の存在は頭の片隅にあるだけだったのだが、広一に今現在の趣味ができて以来、車は格好の隠し場所となった。

　ちょっとした心霊スポットとなっている廃屋や、めったに人が来ない神社など、隠し場所の候補は他にもあったが、そういう場所は大抵、不良の溜まり場になっている。消去法で考えた結果、この場所になった。今では割と気に入っている。薄暗いので、雑誌を眺めていると目が疲れるのが難点だが。

　広一は運転席に滑り込むと、助手席のシートの上に雑誌の入ったビニール袋を置いた。ダッシュボードを開く。これまで集めた雑誌は、ちゃんとそこにあった。ダッシュボードを閉めると、ビニール袋から雑誌を取り出し、ハンドルの上に載せた。表紙を眺める。女の子の日常のワンシーンを切り取ったそのイラストは、改めて、エロというよりは、夏の日の切なさのようなものが感じられて、本当にエロ本には見えない。この雑誌はいつもこんな雰囲気の表紙だ。中身はそこらへんのエロ本よりも、ある意味かなりどぎついのに。まるで、あいつみたいだ。そう考えた瞬間、広一はその符合に小さく笑った。

　ページをぱらぱらと捲（めく）る。「がじぞう」先生の見慣れた絵柄を発見して、そこで手を止めた。今回は、雑誌のやや先頭に近いページに掲載されていた。たまにしか載らないのに、結構人気があるな、と思った。

　今回のヒロインは、髪の毛を二つくくりにした女の子だった。スクール水着を着ていて、肌には日焼けを表すトーンが貼られている。いつも通り、女の子の年齢をぼかすような描写をされているが、平らな胸や尻、水着の種類からして、どう見ても小学生だ。市民プールで遊ぶその女の子は、そこに連れてきてくれた親戚の「お兄ちゃん」に恋をしているらしい。彼女はお兄ちゃんに幼児体型をからかわれ、頬をぷうっと膨らませてむくれていた。少女のスクール水着姿をきわどいアングルでこれでもかと描ききって、プールの場面は終わった。二人は家に帰る。少女は夏の間だけ、お兄ちゃんの家に泊まりに来ているらしい。彼の両親は、今夜は帰ってこないようだ。少女は、日焼けがひりついて痛いと言い、顔を赤らめながらお兄ちゃんの前で服を脱いだ。彼はドギマギしながら、少女の身体に軟膏のようなものを塗り広げる。やがて、彼の手が少女の胸に伸びてきて——

日焼けあとの部分だけトーンを白く切り取られた裸の少女が、お兄ちゃんに背後から激しく揺さぶられているシーンを眺めながら、広一は、相変わらず凄い展開だな、と思っていた。一見まともそうなお兄ちゃんが親戚の少女に対してぽんと一線を越えてしまうことも、こんな小さな女の子が誘ってくることも、いくら虚構にしたって非現実的な気がしたが、ほとんどをエロ描写に使いつつも少ないコマと台詞数でそれなりに説得力のある理由付けがなされていたので、広一はその手腕に妙な感心を抱いた。漫画は、駅のホームで、抜けるような夏の青空と自分の住む場所へと帰る電車をバックに、少女が「次の休みにまた来るからね」とお兄ちゃんに笑顔で約束するシーンで終わった。何、いい感じで終わってるんだよ、と広一は思った。

自分の下半身を確認するまでもなく、広一は勃起していなかった。お兄ちゃんの指が女の子の肌をねちねちといたぶっているさまは、なんとなく変な気分にならないでもなかったが、これは「がじぞう」先生が女の子をこんな風に触りたいという願望をそのまま漫画にしているのだろうか、と思うと、エロ本を見るというよりは、ファーブルが昆虫を観察するような目線になってしまって、変な気分はどこかへ行った。それに、こんな、明らかに小学生くらいの女の子で興奮するなんて自分には無理だ。小さい女の子が男に乗っかられていると、セックスというより暴力に見えて、性的な反応は一切起こらない。

これが普通の感覚だ、と広一は思った。自分は周りから変だ変だと言われているが、人として、男として、絶対にやってはいけないことはきちんとわかっている。万引きはしたが、こんなことを考えている奴に比べたら、ずっとマシだろう。

小さな女の子を見て興奮するなんて奴は、壊れている。地獄行きだ。

しかも、この雑誌に載っている漫画はまだ内容がかわいらしいほうだ。「がじぞう」の作品情報はネットでチェックしている。それによると、「がじぞう」はこうした商業誌に単発で作品が時折掲載されるほかに、年に一度ぐらいのペースで同人誌を発行している。過去に発行した同人誌は、同人イベントか通販で購入するしか方法がない。こんな漫画を好きな奴らが集まるイベントに行くなんてまっぴらだし、そもそも見るからに未成年の自分がR－18の本を買うことはできない。おまけに最大の理由として、本人に会いたくない。同人誌の販売イベントというものに果たして本人が来るのかどうか、その辺の事情はわからないが。

通販という選択肢もありえない。年齢を誤魔化して注文できたとしても、自宅にこんな雑誌が届いて、母にバレたら自分は死ぬ。普通のエロ本を見られた場合でもきっと死にたくなるのに、こんな罪深いものを見られた日には、地球が爆発するのを願うだろう。

同人誌を購入することはできなかったが、検索すると、わざわざ購入せずとも「がじぞう」の同人誌を無許可でネットに上げている人間がいた。どうやら同人誌というものがそうして勝手にアップされるのはよくあることらしい。広一が拍子抜けしながらクリックすると、その内容は、商業誌に掲載されているものとは比べ物にならないくらい、生々しいものだった。商業誌と違って同人誌は、おそらくだが、完全に趣味の世界なのだろう。だとすると、あれが「がじぞう」の本当の欲望なのだ。正直に言って、読むのが苦痛だった。幼い女の子とセックスする、というファンタジーを、よりリアルにしたかったのか、執拗なほど現実的な描写がされていた。現実の少女は、大人の欲望を笑顔ですんなり受け入れたりはしない。つまりは、そういう内容だった。少女が男とセックスせざるを得ないような状況に理詰めで追い込んでいく、エロ本にしてはやけに整合性のあるストーリーに広一は慄いた。吐き気がした。だが、もう嫌だ、と思いながらも、次のページをクリックする手を止められなかった。すべて読んだあと、広一はネットの閲覧履歴を削除した。

検索バーに「が」と打てば「がじぞう」と出てきてしまうので、ブラウザの検索履歴も同様に削除した。パソコンの前で放心しながら、広一は考えた。こんなに壊れているのに、どうしてあいつは、あんなに普通の振る舞いができるのだろう。

そして今も、同じことを考えている。

広一はハンドルの上で雑誌を閉じた。目をつむる。林の木々が擦れ合う音が聞こえてくる。肌はまた、じっとりと汗ばんでいた。ドアを半開きにしているが、蒸し暑い。夏だ。夏だから、あいつはスクール水着の少女を題材に選んだ。

こんなに気持ち悪い奴が、自分のすぐ近くにいる。

広一は目を開いて、ページを気だるく捲った。色んな作者の漫画が載っているが、どれも少女モノだ。あ、この女の子はいいな、と広一は手を止めた。開いたページの女の子は、小柄で幼い顔だちではあるが、その容姿には似つかわしくないほど胸が大きかった。ロリコンにも色んな趣味の奴がいるらしい。これだと、大人に見えないこともない――
　ゆっくりとページを読み進めつつ、広一はジーンズのボタンを外した。下着をずり下げながら、この埃っぽい車を触った手でしたら、病気になるかもな、と、ぼんやり思った。

2

　バス停から自宅までの帰路を歩く自分の周りに、S県T市の欠伸（あくび）が出そうな田舎風景が広がっていたとしても、広一の心はその時、犯罪ひしめくマイアミにあった。読み終えたばかりの物語の世界にどっぷり浸かっていたのだ。

　バスを降りるときに仕舞った文庫本を通学バッグの中からふたたび取り出し、栞（しおり）を挟んでおいたお気に入りのページを開く。本を片手に持ち、読みながら歩き始めた。ところ変われば事故に繋がるかもしれない余所見（よそみ）も、車や人がほとんど通らないこの田舎道では、田んぼの端から距離を取って歩いてさえいれば、それほど危険な行為ではない。

　夏休み前に本屋で購入した「緑色の小説」は、夏休みもそろそろ終わるという八月末まで勉強机の端に放置された後、休み明けに提出しなければならない課題がまだ終わらないという現実から逃避を図った広一によって、ようやく開かれた。そしてその小説は、暇つぶし程度にはなるだろうという購入時の予想をはるかに上回る面白さで、新学期が始まって一週間余りが経ち、ついさっきバスの中で結末を知った今でさえも、広一を虜(とりこ)にし続けていた。

家に帰ると、広一は自室の本棚にその文庫本を差し込んだ。本棚の中でも、特に気に入った本はここに、と決めている段だった。広一は一軍スペースの新入りの背表紙を眺めた。

夏休み前のあの日、万引きのカモフラージュ用にと内容もまったく知らないまま買った「緑色の小説」は、アメリカのマイアミを舞台にした犯罪小説だった。作者は日本人だったので、なんの疑いもなく日本の物語だと思っていたから、意外に感じた。

ともかく、スリリングで面白い小説だった。アメリカはいい。銃社会だから派手なサスペンスの舞台にはぴったりだ。

ただ、ひとつだけ残念に思ったことがある。

好きだったキャラクターが、最後に死んでしまった。

脇役の中でも目立っていたほうではなかったし、恰好のいい人物だった訳でもない。むしろ、さえない容姿で、失敗ばかりしていて、お笑い担当と言えばまだ聞こえはいいが、終始、嘲りの対象になっているキャラクターだった。

登場人物たち全員から軽く扱われていた彼に、自分を重ねていたのかもしれない。広一は、彼が何らかの形で株を上げることを期待していたのだ。彼は結局、あっけなく銃撃戦で死んでしまった。脇役なりに活躍することもなく、彼は最後までただの笑いものだった。他の皆は、それなりに各々見せ場があったので、広一は彼のことを、可哀想だ、と思った。

広一は溜息をついた。制服から普段着へと着替える。学校を出た瞬間から決めていた通り、出かけるつもりだった。ストーリーを反芻（はんすう）して空想に浸るのには、家の中よりも外がうってつけだ。広一はせめて空想の中で、彼を活躍させることにした。目的地は通いなれた場所なので、頭を半分夢の世界に突っ込んでいたとしても難なく辿り着けるだろう。

外は相変わらず暑かったが、自転車を漕ぎながら天を見上げると、心なしか雲の位置が高く、空だけは秋へと移り変わろうとしているのが見て取れた。

本屋に辿り着くと、広一はいつも通り漫画のコーナーをぶらついた。

一通りそれらしい演技をこなすと、お馴染みの成人向け雑誌コーナーへと向かう。先々月に続いて、「がじぞう」の新しい作品を掲載した例の雑誌が発売されているのだ。これまでの頻度からすると、一号またぎで彼の作品が載るのは結構なハイペースだ。先々月の掲載順位が先頭に近い位置だったたことからも、読者からの人気が高まってきているのがわかる。さすがにこのペースとなると前回ほどのページ数の作品を描くのは厳しかったのか、今回の漫画は六ページとボリュームが少ないらしい。すべて、雑誌のホームページに載っていた情報だ。今回はページ数が少ない代わりに、フルカラーの作品だという。あいつは一体、どんな表情で女の子の乳首に色を付けているのだろうか。想像すると吹き出しそうになった。

成人向け雑誌コーナーの入口付近からさりげなく中を窺う。知り合いはおろか、他の客が一人もいなそうなことを確認すると、コーナー内へ足を踏み入れた。猥雑な色彩が目に飛び込んでくる。広一は他のエロ雑誌を横目に、目的の雑誌がある本棚の前に立った。雑誌のナンバーは実際の日付に先駆けて十月号だったが、表紙には浴衣姿の女の子が描かれていた。現実の、まだ残暑を感じる季節感に合わせたのだろう。広一はその雑誌を二冊重ねて手に取ると、監視カメラの死角に移動し、一冊を服の中に隠した。すでに自分の中で確立されている一連の動作だった。手元に残ったもう一冊を元の場所に戻すと、成人向け雑誌コーナーを後にした。

トイレに向かう道すがら、本棚に商品を補充している男の店員と目が合った。衣服の中に商品を忍ばせている広一は、少しどきりとしたが、慌てるなと自分に言い聞かせながら、緩やかに彼から視線を外した。店員もすぐに視線を本棚へと戻し、補充作業を続けた。店員と目が合ったことで、なんとなく、そのままトイレに直行することがはばかられて、広一は店内をもう少し自然に見て回ることにした。

カモフラージュ用に買う本はどれにしよう。あの、緑色の小説の作者の別作品を読んでみようか。文芸コーナーへ向かう途中で、女性向けファッション誌の表紙が目に留まった。ファッション誌に興味を持ったことなどないのに、不思議と既視感がある。理由はすぐにわかった。「10月号」という文字だ。十、という数字は一とゼロの組み合わせだ。広一の感覚からすれば、一は赤色で、ゼロは黄色だった。そのケチャップとマスタードのような配色をしたふたつの数字は、さっき衣服の中へしまい込んだ雑誌の表紙にも号数として印刷されている。目の前のファッション誌の表紙には「この秋、本当に欲しいアウター」とあり、気だるげに唇を半開きにしたモデルが、タートルネックのセーターの上にジャケットを着ていた。妙な感じだ。「がじぞう」の作品が載っている雑誌の今月号では、表紙の少女は浴衣を着ているのに、ファッション誌ではもう秋服の特集をしている。そんなことを考えながら、広一は文芸コーナーに行き、例の作者の著書を探した。先々月買った作品と同じ出版社の棚には、その作者の他の著書はなかった。違う出版社の棚も探してみたが、見当たらない。店員に聞けばすぐに解決するのだろうが、腹に商品を隠した状態で店員に話しかけるほどの図太さは、さすがに持ち合わせていなかった。もういい。どうしても欲しくなったなら、ネットで買おう。広一は諦めて、平積みにされている文庫本の中から、適当な一冊を手に取った。そのまま、いかにもたったいま催しましたと言わんばかりの顔でトイレに向かった。トイレ手前の本棚に、手にある文庫本を一時的に置いておく。中に入ろうとした瞬間、背後から男の声がした。

「ちょっと」

広一の心臓が、大きく跳ねた。

「お客さん、ちょっと。そういうの困るんですけどね」

ばく、ばく、と脈打つ心臓から送り出される血液が、やけに冷たい。胸を中心にして、枝葉を伸ばすように全身へ巡っていく。広一は振り向いた。なるべく、キョトンとした表情を作ろうとした。うまくできたかはわからない。振り向いた先には、メガネをかけた男の店員が立っていた。補充作業をしていた店員だ。二十代くらいのその店員は、正面から見ると神経質そうな顔だちをしていた。黒ぶちメガネの向こうで出っ張り気味の目を見開き、分厚い唇をひん曲げている。

「え?」

自分の喉から出た声は、なぜか、わずかに笑い声の調子を含んでいた。

「いやいや。え?　じゃないでしょ。声かけられてる理由、わかりますよね」

広一は表情を変えないまま、瞬きをした。頭の中で、まだどうにかこの状況を切り抜けられるのではという思いと、ああ、終わった、と膝を折りたい気持ちがせめぎ合っている。

広一の右膝が、がくん、と動いた。降りる階段がもうないのに、間違えてもう一段降りようとしてしまった時のような、変な動きだった。驚いたことに自分の右脚は、脳みそが指令を送っていないのにもかかわらず、走って逃げ出そうとしたのだ。

「とにかく、隠してるもの出して」

店員は、顎で広一の腹のあたりを示した。完全にばれている。店員の肩越しに、少し離れた場所から数名の客が、広一と店員のやり取りを興味津々といった様子で窺っている姿が見えた。何見てるんだよ。くそ。意識を向けるべきは彼らではなく目の前の店員で、今の自分が素早く決定しなければならないのはこの瞬間にどう立ち回るかということだとわかってはいるのに、頭が客たちの視線に対する苛立ち一色に染まっていく。

広一は自分が、今更しらばっくれることができないほどの時間を棒立ちで無言のまま使い切ってしまったと感じていた。もう駄目だ。じわじわと諦めのほうが大きくなる。心の中の秤(はかり)が完全に諦念へと傾いたとき、今度は左膝ががくんと揺れた。心と体が裏腹で、体の方が諦めが悪かった。

「困るんですけどねー。そうやって黙ったまんまでいられてもー。警察呼びますよー。警察ー」

店員の声が怒気をはらんできた。飛び出し気味の目はぎらぎらと輝いていて、どことなく怒りとはまた別の昂ぶりを感じた。広一はつい、店員の股間に目をやった。何も言わずに相手の股を見つめだす奇異なそぶりに対して店員の苛立ちがつのったのか、彼は瞼の両端が裂けるのではないかと思うほど目を見開くと、広一の二の腕を掴んで引っ張った。別の場所へ連れていくつもりらしい。どこか現実感がない気持ちのまま、広一は腕が引かれる方向へと素直に足を動かした。

白々とした照明の光に、花火を見上げる浴衣の少女の姿が照らされている。表紙は光沢のある素材でできていて、事務所の蛍光灯の形が映りこんでいた。

「いるんだよな。トイレで使うだけ使って、しれっと本棚に戻していく奴」

ワイシャツの袖を捲った年配の男が、机を指で叩いた。さっきの店員のようなラフな服装にスニーカーではなく、スラックスに革靴を履いている。店長だとかそういった、上の人間なのだろうか。

「まあ、万引きしようとしたのかもしれないけどさ。店の外に持ち出す前に声かけちゃったから、本当のところはわからないよね。でもどっちにしろ、悪質だと思うのよ」

ワイシャツの男が、広一の前に置かれた紙とボールペンに目をやった。

「とりあえず、さっきから何回も言ってるけど、名前と家の電話番号と住所と学校名、そこに書いて」

事務所に連れて来られたとき、真っ先に身分証明書を見せるように言われたのだが、何も持っていないと答えたのだ。

広一は項垂れた。

「本当に、すみませんでした」

「すみませんは勿論だけど。はやく名前。住所。電話番号。学校名」

「あの、親と学校、両方に連絡するんですか」

「まあ、とりあえずは親御さんにね」

広一は机の上に置かれた雑誌の表紙を見つめた。アニメ調のタッチで描かれた少女のポップさが、ことさらに今の自分を辱めている気がした。母はいったいどれほどショックを受けるのだろう。目の前にいるワイシャツの男は、広一の罪が万引き未遂なのか、精算前の商品で自慰行為をしようとしたことなのかを断定することはもはや無意味と思っているようだ。なんにせよ、母が傷付くことに変わりはない。しかも本の内容は、幼女モノなのだ。

「親は……勘弁してください」

「気持ちはわかるけどね」

ワイシャツの男が、少女が描かれた雑誌に目をやった。さっき広一を捕まえた若い店員は、広一が事務所で観念して腹から雑誌を取り出した時、表紙を見たとたん、広一のことを心底蔑むようなせせら笑いを浮かべたが、目の前にいるワイシャツの男は、雑誌の表紙に、何の感情も含んでいなそうな淡々とした視線を向けていた。

「親が嫌なら学校に連絡して、担任の先生に来てもらうしかないよ。このまま、一人で帰すってのはないから」

担任、という言葉を聞いた瞬間、広一の胃がぐっとせり上がった。

担任を呼ぶなんてありえない。だってそれは、あいつのことじゃないか。広一は机の上を見た。盗もうとした雑誌がそこに置かれているさまには、明らかに広一の罪を責め立てる意図があった。きっとこの雑誌は、帰っていい、と言われるまでこのままなのだろう。

この状況にあいつが現れて、広一が盗もうとしたのは自分の作品が載っている雑誌だと知ったら。駄目だ。それだけは嫌だ。考えただけでも吐きそうだ。

母を呼ぶしかないのだろうか。

こんな時、父親がいたら。広一はゆるく握った拳の内側を、意味なく爪で引っ掻いた。無駄なことを考えだしたという自覚はあった。十歳の時以来会っていない父親の性格は、自分の中ですでにぼやけていたので、この状況で父親がいったいどんなリアクションを取るのかはいまいち想像できなかった。殴られるのだろうか。記憶している限りでは、父親はどちらかといえば線が細いタイプだった。だが息子がこんなことをしでかした場合はさすがにあの父親でも殴ってくるかもしれない。殴られることなんて、母親に知られることに比べたら何倍もマシだという気がした。男親だったら、エロ本に興味を持ったこと自体にはある程度理解を示してくれるかもしれない。激しく叱咤して、殴って、それでも女親には秘密にしてくれたりするのだろうか。頭の中で思い浮かべた一連の流れは安いドラマじみていたが、広一はそれでも、父親がいたらな、と思った。母子家庭になって以来、そんなことを思ったのは今が初めてだった。

「いい加減にさっさと書いてくれないかな。埒があかないよ、もう」

ワイシャツの男が大仰な溜息をついた。急かされた広一の脳裏に、祖母、という選択肢が浮かんだが、すぐに却下した。近所に住む高齢の祖母は広一の行いを知ったら心臓発作を起こしかねない。それに祖母は何かを自分の胸に留めておくということができない性格だ。祖母に迎えに来てもらったところで、どっちにしろ母にこのことは伝わるだろう。下手をするとより悪い方に話が誇張されるかもしれない。

悪気はないのだが、祖母にはそういう癖がある。

「きみ、反省してないね。いま頭の中で、打算しまくってるだろ」

ワイシャツの男のその言葉に、広一ははっと顔を上げた。

「そういうの見てると、こっちも考えが変わってくるよ。どっかで仕入れたしょうもない知恵で、店の外に商品持ち出してないから警察呼ばれないとでも思ってんじゃないだろうな。言っとくけど、じゅうぶん警察沙汰にしてもいいことやらかしてるんだぞ」

その言葉に広一は、今更ながらに自分がしたことの重さを感じた。

男の言う通り、むしろ、男の把握している以上に、警察を呼ばれてもおかしくない事態なのだ。まだばれてはいないが、実のところ万引きに関しては常習犯なのだから。

目の前の机に置かれた紙を見る。店員の機嫌をこれ以上損ねないうちに、とっとと連絡先を書いたほうがいい。そして呼ぶべきなのは、母ではなく、二木だ。

気付いてはいる。それが一番、丸く収まるのだ。今回のことを、「がじぞう」は決して大ごとにしたくないはずだ。

わかってはいても、嫌だ。

彼が机の上に置かれた雑誌を目にした時、自分に対してどんな感情を向けるのだろうと考えると、正直恐ろしかった。敵意や怒りといった、マイナスの感情であることは間違いないからだ。学校で孤立している自分のような生徒にも、他の生徒に対するのと変わらない穏やかな物腰で接する彼は、こっちのことを敵だとみなした瞬間、いったいどんな顔を見せるのだろう。

それでも、と広一は拳を握った。

母には知られたくない。

それに、彼なら、こっちを決して蔑みはしないはずだ。そんな風に人を下に見る資格が、そもそも彼にはない。

広一はペンを取り、男に言われた通りの個人情報を紙に書いた。

「担任に連絡してください」

男は差し出された紙を受け取ると、少し顔から遠ざけて目を走らせた。老眼らしい。

「だいたい、親か学校かって聞いたら、親を選ぶんだけどね。きみ、学校に知られたら進学に影響するとか考えないの」

広一は黙ってうつむいた。

ワイシャツの男は広一をじっと見つめてから、しっかり反省しろよ、と言った。

広一は頷いて、小さく「はい」と言った。机の上の雑誌を眺める。光沢素材の表紙に映りこんだ蛍光灯が、ジジ、と揺れた。

彼の到着を待つ間、広一は大量の汗をかいていた。

さっきから、膝の上で組んだ手が小刻みに震えている。

通路を歩いてくる二人分の足音が、ドアの向こうから聞こえた。背中を丸めて椅子に腰かけていた広一の体が、緊張でぎしりと強張った。ドアが開き、広一を捕まえた若いメガネの店員が現れた。メガネの店員がドアノブに手を掛けたまま、どうぞと言い、続いて彼が事務所に入ってきた。

二木は、とても神妙な表情をしていた。学校に残って仕事をしていたところを駆け付けたのか、いかにも教員らしい白のジャージ姿だった。二木はパイプ椅子に腰かけている広一をみとめると、はっとした顔で立ち止まった。眉毛を下げ、ショックを受けたような顔だったが、広一のしでかしたことを責めるというよりも、悲しそうな表情だった。その顔を見た途端、広一は窓から外に飛び出したい衝動に駆られた。申し訳なさを感じたからではない。

二木はそのままワイシャツの男に向き直ると、沈痛な面持ちで深く頭を下げた。

「この度は、本当に……私の教え子が大変なことをしてしまい、申し訳ありません」

「まあまあ、先生どうか、頭を上げてください」

「私の指導不足です」

「いえね、まだ将来ある若い子ですし、先生にしっかり指導して頂いて、ちゃんと反省して、二度とこういうことしないようにしてくれれば、それで良しとしましょう」

二木はゆっくり顔を上げ、申し訳ありません、と言って再び頭を下げた。ワイシャツの男が、まあまあと手を振りながら頭を上げるように促す。

「田井中。お前、自分のしたことが、どういうことだかわかってるのか」

二木が広一を見据えた。いつになく、低い声だった。二木からお前と呼ばれたのも初めてだ。

「大変なことをしたんだぞ。お店の商品を……犯罪だ。本当なら警察沙汰になるところを、お店の方のご厚意でそうならなかっただけなんだ。そこをまず、しっかり自覚しなさい」

立て、と二木が言った。広一は立ち上がって、ワイシャツの男に頭を下げた。

「本当に、すみませんでした。二度としません」

五秒ほど、頭を下げ続けた。ようやく顔を上げて、自分なりに殊勝な顔をして立ったままでいると、二木がいきなりつかつかと歩み寄ってきた。二木がこっちに迫ってくるというだけでも萎縮したが、彼が自分に向かって勢いよく腕を伸ばしたので、広一の喉の奥から、意図せずヒッとしゃっくりのような音が鳴った。二木は広一の頭を掴むと、ぐるりと広一の体の向きを反転させた。二木のキャラクターに似合わない乱暴な動作だったので驚いたが、動揺しながらも頭の片隅で、二木が彼なりに場を収めるために、あえて、荒っぽく振る舞っているのだと察した。体を向けさせられた方には、メガネの若い店員が立っていた。こっちにも謝れということらしい。広一は彼にも頭を下げた。

「それでは、親御さんに連絡する等は、先生のご判断にお任せしますから」

「わかりました。大変、ご迷惑をおかけしました。厳しく言って聞かせますので」

二木はワイシャツの男にそう言うと、また頭を下げた。広一は内心で、あ、あ、あ、と思いながら、自分のジーンズの布地を強く握りしめた。おい二木、その立ち位置は駄目だ。雑誌がお前の目に入ってしまう。二木が顔を上げた。机の上に雑誌が置かれていることに、そこで初めて気が付いたようだった。

その瞬間の二木の表情を、広一は、はっきりと目の当たりにした。

二木は、無表情だった。顔色を変えなかったという意味ではない。それまで店の人間に対する申し訳なさだとか、広一への怒りらしきものをまとっていた顔が、一気に「無」になったのだ。思いもよらないものを突然発見した時に、驚くのでもなく、うろたえるのでもなく、無表情になる人間を見たのは初めてだった。

　ワイシャツの男が、二木に言う。

「まあ、見た感じ、本来は真面目な子かなと思いますし。きっちり反省して、二度としないと信じてます」

　二木が男に視線を戻した。その顔には再び、申し訳なさそうな表情が戻っていた。

「ええ、本当にこの子は、普段から真面目な生徒なんです。こちらとしても、信じてやりたいと思いますね」

　広一の背筋に寒気が走った。

「ぜひそうして下さい。それにしても、先生というのは気苦労が多いですね。まだお若いのに、大変だ」

　そう言って、ワイシャツの男は広一に顔を向けた。

「広一くんだっけ？　きみ、先生にも後でちゃんと謝るんだよ。こんな生徒思いの先生、近頃はなかなかいないよ」

　その言葉に二木が、恐縮するように眉根を寄せて、状況にふさわしい程度の控えめな愛想笑いを浮かべた。広一は相変わらずジーンズを握りしめたまま、はい、と返すことしかできなかった。

　二木が、ところで、と口を開いた。

「商品の代金をお支払いしたいのですが」

「ああ。うーん。先生から頂くのも違う気がするんですけどね」

「では、一旦私が立て替えるということで。後できちんと、彼自身に払わせます」

その言葉にワイシャツの男は頷くと、机の上の雑誌を手に取って、金額に消費税を乗せたらしき額を二木に伝えた。二木が財布から千円札を取り出す。

「あ、お釣りをレジから渡しますので。おい君」

ワイシャツの男がメガネの店員を呼んだ。メガネの店員は二木から千円札を受け取ると、事務所を出て行った。ドアが閉まると、部屋に気まずい沈黙が訪れた。ワイシャツの男は雑誌を手持ち無沙汰な様子でパタパタと動かした後、それを無言で二木に差し出した。二木がやんわりと両手を胸の前に掲げた。

「受け取る訳にも……」

「ですよね」

二人の大人はお互いに苦笑していた。二木が問いかける。

「それは、漫画ですか？」

「申し上げにくいんですが、成人向けの雑誌でして」

二木は、そこで初めて何かを察した顔をした。正しくは、そうした表情を作った。二木は一瞬息を詰めてみせた後、絞り出すように「ああ」と、合点がいったという風の声を上げて、苦し気な表情でまた、頭を下げた。所作だけで伝えたいことをすべて表現した、見事な演技だった。台詞に起こすならきっとこうだ。「商品を懐に入れてトイレに持ち込んだと伺ってました。私が把握していたのはそのことのみですので、てっきり万引きしようとしたのかと。なるほど、成人向けの雑誌を持ってトイレに、はあー、そういうことですか。まったく情けない。お恥ずかしい。申し訳ありません」。こんなところだろうか。二木の振る舞いは完璧だったが、広一からすれば全部が白々しかった。さっき二木が雑誌を目にした時の表情を見たことで、広一がすでに持っていた彼の秘密への確信は、これ以上ないほどに固まっていたのだ。「それは漫画ですか」だって？　自分が一番知っているくせに。ワイシャツの男が、すでに何度も繰り返されたやりとりで二木に頭を上げさせる。広一は小さくなって下を向きながら、二木の顔を盗み見た。蛍光灯の白い光の下でも、二木の大きな黒目はなぜか光を反射しない。それはぽっかりと空いた洞穴のようで、二木の中身を知っている自分にとっては彼の内面を表しているようにも見えた。何度見ても、二木は猫に似ている。瞳がまん丸だから、夜の猫だ。だがやはり、見ようによってはトカゲっぽくもある。ネコトカゲニンゲン。

ガチャリとドアが開く音がして、メガネの店員が戻ってきた。店員は真四角の白い封筒を二木に渡した。釣り銭が入っているのだろう。二木は礼を言うと、封筒を半分に折って財布の中へ仕舞った。

このまま解放されるという甘い考えを持っていた訳ではない。

だが、書店まで車で来ていた二木が「送ってくよ」と言った時、広一は心の底から、勘弁してくれ、と思った。それでも逆らえるはずもなく、広一は今、むかむかする胃を抱えながら二木が走らせる車の助手席に座っていた。

車に乗ってから、二木は一言も喋らない。

広一は、その沈黙の意味を計りかねていた。

二木が言葉を発しないのは、教師が、不祥事を起こした生徒に対して意図的に気まずさという罰を与えているようにも思えたし、自分の秘密を知っている可能性のある相手へ、どういった処置を取るかを思案しているようにも感じられた。

車はまっすぐ広一の自宅へと向かっていた。自転車ではそれなりに遠く感じる距離も、車だとさほどかからない。

胃が重い。動悸もする。この感覚には覚えがある。冷蔵庫に入っていた母の栄養ドリンクの味が気に入って、まるでジュースを飲むような調子で何本も空けてしまったその日の晩に自分を苦しめたものと同じだ。内臓がくたくたになっている。無理もない。自業自得とはいえ、短時間でストレスを感じすぎた。おまけに今現在も隣で二木がプレッシャーを放ち続けている。

車が、広一の自宅の方面に向かう曲り角から一本手前の道を左折した。

広一は最初、二木が道を間違えたのだと思った。二木は、携えていた生徒の住所録を見て広一の自宅へと向かっていたが、実際にその道を通るのが初めてなので間違えてしまったのだ、と。広一は体を前に乗り出して、この道は違う、と言おうとした。だが二木の様子を見て、口をつぐんだ。二木が広一の動きを目にしてなお、迷いなく車を走らせていたからだ。

車は無言の自分たちを乗せて暗い道をしばらく走ったあと、見慣れた看板を掲げた店の駐車場へと入っていった。コンビニエンスストアだった。

駐車場に車を止めると、二木はようやく言葉を口にした。

「僕、コーヒー買ってくるけど。田井中は何にする？」

それは、書店の事務所で使っていたきつい口調とは違う、まったく普段通りの二木の話し方だった。広一は自分の心の置き所がよくわからないまま、首を横に振った。二木は、そう、とだけ言うと、車を降りて店の入り口へと向かった。広一は自動ドアをくぐる二木の後ろ姿を見ながら、まだしばらく帰れないな、と思った。

広一が、いらない、と意思表示したのにもかかわらず、二木はペットボトルの緑茶を買ってきた。受け取ると、惨めな気持ちになった。あとで二木に千円返そう。

雑誌とこの飲み物の料金を合わせたら、少し余るくらいのはずだ。駐車場に止まったままの車内には、二木のコーヒーの香りが漂っていた。まだ薄着の季節だというのに、二木はホットを飲んでいた。

「なあ、何であんなことしたの」

二木がおもむろに切り出した。あんなこととは、どれを指しているのだろうか。

あんなことって？

反射的に思ったままのことを口にしかけて、広一はすんでのところでその言葉を飲み込んだ。こっちが何をどこまで知っているのか、探りを入れるための質問なのは明白だった。「あんなこと」を万引きのことだと思わないのはこの場合おかしい。危なかった。だがセーフだ。かなり疲れているとはいえ、まだ判断力が残っている。二木がそんな質問をしてくるということは、自分はまだ、「がじぞう」のことなど何も知らず、単にエロ本をトイレに持ち込もうとして捕まったエロガキ、の体でこの局面を乗り切れる可能性があるのだ。

「あの本が、たまたま気になって……でも成人向けの本は、売ってもらえないから」

「なるほどね」

二木はそう言って、コーヒーを一口飲んだ。フロントガラスを見つめている。目の前にある夜の景色ではなく、本当にフロントガラス自体を眺めていると言った方がふさわしい。やがて二木は、ゆっくりと口を開いた。

「僕がきみくらいの歳の頃は、ああいう本とかビデオは、友達から回ってきた。クラスに二、三人くらい、どっから仕入れて来るのか、やたらとそういうのを持ってる奴がいたんだよ。でもまあ、自分でも買おうと思えば買えたたね、僕の時代は」

「……なんとなく知ってると思いますけど、お……僕には友達がいません」

「別に〝俺〟でいいよ」

「あ……はい」

「逆に今の時代は、ネットでいくらでも見れるでしょ。スマホ持ってる？」

「はい」

「立ち入ったこと聞くけど、万引き自体に興奮するとかではないよね？」

「それは、違います」

そんな人間がいるのだろうか。

「じゃあ解決だ。きみは何も問題ない。次から、ああいうのが必要になった時は、何かやっちゃいそうになる前に、文明の利器を駆使しなさい。人に迷惑かけちゃ駄目だよ」

そう言うと二木は、カップに嵌(はま)っていたプラスチックの蓋を外した。蓋の小さな穴からホットコーヒーを飲むのは、唇が熱かったようだ。

「二度とあんなことしないって信じてるから、今日の件は、学校には言わずにおくよ。お母さんにもね」

ご両親、でも、親御さん、でもなく、お母さん、と二木は言った。担任なので当たり前かもしれないが、こっちの家庭環境を知っているのだ。

広一は手に持ったペットボトルをくるりと回した。冷たい緑茶の入ったボトルの表面が、外気との温度差で汗をかいていた。

二木がこっちの言い分を完全に信じたとは思えない。だが二木は、こっちが「がじぞう」のことを知っている可能性も十分考慮に入れたうえで、変わらず、担任の教師というスタンスを取り続けているように思えた。

どっちにしろ広一は、あの本はたまたま手に取った、と言ったのだ。そっちがそう来るなら、それでいい、ということなのだろうか。

二木が今言った「お母さんに黙っておく」という言葉は、きっと圧力なのだ。こっちのばらされたくないことを二木が握っている限り、二木の秘密も守られる。

綱引き状態だ。

広一はちらりと二木の様子を窺った。二木は、うまそうにコーヒーを飲んでいた。お互い身動きできない材料がそろっている。それは事実なのだが、今の状況をそこまでシリアスに捉えるのは、どうにもおかしいような気がした。二木の出方には、そうした緊迫感というよりも、二人とも泣き所があるのだから、もうやめとこうね、という穏便さがあった。

つまらないな、と広一は思った。

直後に、頭の中で疑問符が大量に飛び交った。

つまらない？　そう感じたことが、信じられなかった。

万引きをした。担任の秘密を、こそこそと嗅ぎまわっていた。それらがこうして二木の目に入ったにもかかわらず、拍子抜けするほど丸く収まりそうなこの流れを、自分は喜んで受け入れるべきなのだ。

広一はほっと息を吐いてみた。そうしてわざと安堵の仕草を取れば、正しい感情が後からついてくるのではないかと思った。

ぶちまけてやりたい。

未開封のペットボトルから滴る水滴が、広一の手とTシャツの裾を濡らした。

たった今、何をそうしたいと思ったのかは明らかだった。

二木の鼻先に、お前の秘密を知っているぞと突き付けてやりたい。

損得を無視した、馬鹿げた衝動だった。

この気持ちは、何なのだろう。こうして二木との間に言外の平和条約が敷かれた今、本当に奇妙なことに、苛立ちを覚えている自分がいた。

澄ました顔しやがって。ロリコンの変態が。こっちの万引きぐらいで対等になったつもりか。こっちがしたことなんて、お前の気持ち悪さに比べたら。恥ずかしいと思わないのか。教師のくせに、あんな。

心の中で渦巻くこの罵詈雑言を実際にぶつけたら、二木はいったいどんな顔をするだろうか。なぜだか自分はそれを、ものすごく見てみたい。さっき書店で一瞬見せた無表情よりもさらにもっと、素の表情が見たい。

広一は、自分がいつの間にか強い力でペットボトルを握りしめていることに気が付いた。何かを口にするのを止められないのはよくあることだ。だが、目の前にいる誰かを傷付けたいと思ったのは、初めてだった。

広一はペットボトルの蓋を開けた。冷たい中身を喉に流し込むと、しばらくぶりに口にした水分が食道を通って胃に落ちていくのが手に取るようにわかった。腹を壊してしまいそうなほどの急な冷たさが、この変な気分を落ち着けてくれればいいのに、と思った。

二木がハンドルを両手で、ぽん、と叩いた。

「よし、それじゃそろそろ帰ろうか。田井中とこうやって話せて良かったよ。三年になったらたぶん、僕は担任じゃなくなるから」

「……そうなんですか？」

「うん。受験にかかわってくる学年は、だいたい必修科目の先生が受け持つから。美術担当の僕はちょっとね。でも何か相談があったら、いつでも言ってくれよ」

何かあったらいつでも言ってくれ。なんて噓っぽい言葉だろう。

ネコトカゲニンゲン。

薄い氷を踏み抜いたような感覚がした。

逃がすもんか。

「相談したいことなら、今あります」

「……そうなの？」

二木は、ワンテンポ空白を置いた後、いかにも、聞くよ、といった雰囲気の声を出した。たった今終わったはずの話を続けようとする空気の読めない相手に対して、寛容さをもって接しているようだった。広一がこれまでの人生で何度も目にしたことがある大人の反応だった。

「進路についてなんですけど」

「おー。田井中はどうするの」

「一応は進学するつもりなんですけど、大学選びで迷ってて。むしろ専門学校ってどうなんだろう、とも考えたりしてるんです」

「専門？　なんか進みたい道があるの？」

「進みたいとまでは考えてないんですけど、色々興味があって」

「へえ。例えば」

「漫画家ってどうなんですかね」

二木は黙った。

「ああ、でも普通の大学行っといたほうが良いかもしれませんね。漫画には興味あるけど、いきなりそれで食べていける訳でもないし。大学行ったら、教職課程取ろうかな。ベターな選択ですよね。保険かけとくっていうか。学校の先生しながら漫画描いてる人もいるらしいですし。二木先生はどう思います？　先生やりながら漫画描くって、結構ハードだと思うんですけど。実際、可能だと思いますか？」

二木はハンドルに手を置いたまま、フロントガラスの向こうを見つめていた。そこには夜の駐車場というつまらない景色が広がっているだけだ。そんなところをいくら眺めても、きっと何も答えは転がっていない。広一は高揚していた。漫画家になりたいなんて、もちろん、これっぽっちも思ったことはない。

「さあ、わからない。かなりしんどいんじゃない？」

二木が呟いた。表情は変わらないが、淡々と突き放すような物言いだった。

「やっぱりですか。じゃあちょっと考え直してみます。先生は知ってると思いますけど、俺、母子家庭なんで、あんまり好き勝手できる環境でもないんですよね。現実見てちゃんと自立しないと。ありがとうございます先生、それが聞きたかっただけです」

「あのさ」

「はい?」

「きみ、結構いやらしいよね。性格が」

二木がそう言ったきり、車内は沈黙に包まれた。

二木の顔の上には、例の無表情だけが乗っていた。

沈黙を破ったのは、二木のほうだった。

「さて」

無駄に明るい声だった。表情は無のままで、とてもちぐはぐだった。

「今度こそ本当に帰ろうか」

「先生」

「晩御飯の時間だね。きみのお母さんは、何作って待ってるのかな。帰りが遅くなったから心配してるんじゃない? 僕がお母さんにその理由、説明してあげようか。そしたら安心するかな」

「……何を仄(ほの)めかしてるんですか」

「お互い様だろ」

二木が広一を横目で見た。

「正直、きみがこんな遠回しな言い方で理解できるとは思えないからはっきり言っとくね。何を要求しようとしてるのかは知らないけど、僕は何も与えないし便宜も図らない。その腹いせに何かを周りの人間に打ち明けるつもりなら、やめたほうがいい。きみみたいな子の話なんて誰も信じないし、きみだって傷付く。今日のことは、お母さんには黙っててほしいだろ。そっちが余計なことをしないなら、僕だって何もしない」

「綱引き状態ですね」

「こういうのは金玉を握り合ってるって言うんだよ」

広一は思わず二木の口元をしげしげと見たあと、言った。

「何で知ってるか、とか気にならないんですか」

「しつこいな。きみは何も知らない。いいね」

広一はその言葉を無視した。

「いま先生は、秘密をばらしたら俺だって傷付く、って言いましたけど。確かに俺は母さん、母、に今日のことを知られたくないんで、そういう意味ではダメージを受けます。でも、先生に比べたらずっと軽いダメージです。先生がそうやってずっと母のことを盾にするなら、俺は先生を巻き込んで、何もかもばらします」

「話聞いてた？　きみの言うことなんて誰も聞かないから。だいたい、証拠なんて何もないでしょ」

「証拠はあります」

二木が疑わしげな目つきをした。

広一は、たっぷり意味を込めるつもりで、言葉を口にした。

「下北チカガワ劇場」

その固有名詞を聞いても二木は、さしたる反応を示さなかった。光を反射しない黒い瞳が緩慢に左下に流れていったので、何かを思い出そうとしているふしはあった。

「あの劇場の前で、Tシャツを持っている先生の姿を写真に撮りました」

二木の瞳が、左下に流れ落ちて、ぴたりと止まった。どうやらやっと、意味を理解したようだった。


東京都内、世田谷区にある下北沢駅周辺、通称「下北」には、数多くの劇場が存在する。ただしそのほとんどが小劇場で、いわゆる大箱と呼べる劇場はひとつしかない。多田劇場だ。

一年ほど前のその日、広一は母とともに多田劇場の前にいた。

多田劇場は、演劇人にとって登竜門のような場所らしい。東京で役者としての成功を志す人間は皆、下北の「タダゲキ」の舞台に立つことを夢見ているのだと、劇場前にできた人だかりの中で開演を待つ母が、興奮で息を弾ませながら隣の広一に説明した。

「酒井さんはね、まだ小劇団にいた頃、この劇場での公演の主役に抜擢されて一気にブレイクしたの。今じゃすっかり雲の上の存在だけど、またタダゲキで演ってくれるなんて！」

劇場前の人ごみの中には若い女性の姿も多かった。年下の彼女たちよりも浮ついている母のことがみっともなく思えて、広一はその場から離れたくなった。

「俺、ジュース買ってきていい」

「いいけど、劇場には持ち込んじゃ駄目よ」

「今飲むから」

「上演中にトイレ行きたくなっても知らないからね」

母の小言を後頭部に浴びながら、広一は人の集団から離脱した。

劇場の前に据え置かれた自販機で炭酸飲料を買って一息つくと、広一は目の前を行きかう人々を眺めた。

久しぶりの都会だった。都内に住んでいた頃は幼すぎて何も思わなかったが、そうして見るとやはり皆、お洒落だった。広一は自分の足元を見下ろした。カーキ色のズボンも、赤いラインが入ったスニーカーも、自宅があるS県の、おそらくどこかの量販店で母が買ってきたものだ。高校に上がっても広一はまだ、母が買った服を着ていた。同年代の人間は皆、もう自分で服を選んでいるのだろうか。知りたくても聞ける相手は学校にいない。自分も、母も、格好悪い。そう感じたとたん、気持ちが暗くなった。母の演劇鑑賞なんて付いて来なければよかったかもしれない、と思った。数か月前、自宅で母に、あんたの分もチケット取るからね、と言われた時、本を読みながら生返事をしたために、その日の広一はそこにいた。十五歳にもなって母と仲良く演劇を観に来た自分がマザコンのように思えて、ますます気分が落ち込んだ。

ふと、目の前の雑踏の中に、景色から浮き上がったように異彩を放つ人間たちの姿を見た。

多田劇場の斜め向かい、コンクリート打ちっぱなし風の外観をした灰色のさびれたビルの地下から、彼らはわらわらと地上に這い出てきていた。一様に変わった風体をした彼らに広一の目は引き寄せられた。あの集団は、なんだろう。およそ下北らしくないファッションだった。ファッションには疎いので、彼らのどこがどう下北らしくないのかは見当がつかなかったが、どちらかといえば、あそこにいそうな人種だとは思った。オタクの街、秋葉原だ。

彼らはなぜかほぼ全員が、紙袋を両手に持っていて、そこからは大きな紙を丸めた筒が何本も飛び出していた。背負ったリュックにも紙筒を差し、全身がバグパイプのような見た目になっている者もいた。彼らが出てきたビルの看板を見ると、「下北チカガワ劇場」とあった。劇場は劇場でも、通りを挟んでこっち側にある多田劇場の立派さとはかけ離れたささやかな建物だ。雰囲気で言うと、小規模なライブハウスといったところか。地上に出たオタク風の集団には、おそらく何らかの楽しいイベントが行われた後だというにもかかわらず、下を向いて一人で足早にまっすぐ駅へと向かう者もいれば、興奮した面持ちで連れの人間と袋の中身を見せ合っている者たちもいた。共通して言えるのは、皆、どこかコソコソとしているという点だった。まるで下北という場所が彼らにとってアウェイであるかのように。

そんな彼らの中に一人の見知った人物がいたことを、広一ははじめ、見間違いだと思った。

さびれたそのビルの前にある円筒形の灰皿の前に、二木がいた。二木はひとりで煙草を吸っていた。

二木先生？

広一はその姿をよく見ようと目を細めた。住んでいる地域から遠く離れたこの場所で、自分からほんのわずかに離れた場所に立っている人物が、担任の教師だとはすぐには思えなかった。ましてや、高校の始業式で初めて顔を合わせて以来、広一がひそかに、自分とはもっともかけ離れたタイプの人種だと位置付けていた、あの二木が。意外だった。

なぜかというと、二木は、とても「普通」なのだ。見た目もそうだが、二木の口にする言葉は、いつだって世の中大多数と共有できる感覚に基づいていた。趣味は野球観戦。好きな芸能人は、人気ナンバーワン女優の○○○。生徒たちへの自己紹介で、二木はそう言った。それから五か月が経ち、広一は二木という男はとことんあの自己紹介の通りの人物だと思っていた。ノーマルで多数派。「変」なところなんてひとつもない。誰かが二木をからかう親密なジョークを飛ばして生徒たちがどっと笑う時、広一がひとり面白さがわからずにぽかんとしている一方で、二木はいつも、苦笑したり、怒ったような顔をしながら、言葉を切り返す。そして皆はさらに笑う。その流れに存在する面白さのロジックが紐解けない広一にも唯一推察できるのは、二木はいつも、皆の想定の範囲内のリアクションを取っているということだった。皆の反応に、タイムラグがないからだ。皆は、誰かがジョークを口にした瞬間から、二木の返しがうっすら予想できているのだろう。シュールとは真逆の、安心できるベタという訳だ。皆の中にはベタという共通認識がある。自分にはない。

自分は皆の間に存在する不文律から、いつも弾かれている。

悪く言えば無個性で、よく言えば、癖がない。そんな二木が、目の前の、濃い集団の中にいる光景は、信じがたかった。

二木は白いシャツに紺色のズボンという、何の変哲もないという意味で、いつも通りの服装をしていた。秋葉原テイストの集団の中からも浮かず、お洒落な下北を歩いていても石を投げられることはなさそうな装いだった。足元にはオタク集団と同じく紙袋が置かれていたが、紙を丸めた筒は飛び出していなかった。二木は煙草をくゆらせながら、通りを眺めていた。広一は二木から自分の姿が見えないように、多田劇場の植え込みの陰に体を隠した。

二木が視線を上げた。その先には、たった今ビルの地下から出てきた男がいた。その男は、秋葉原集団の中でもひときわ輝いていた。とても太っていて、着ている白いTシャツは腹のあたりの生地が伸びていた。うねった黒髪が縁取る額からは汗を滴らせ、メガネのつるが顔の肉に食い込んでいた。オタクという言葉を聞いた人々がまず連想するような典型的な容姿をしていて、むしろここまでオタクらしいオタクが現実に存在していたことに広一は驚いた。太った男はキョロキョロと劇場の前の人だかりを見回した。二木が煙草を手にしたまま男に向かって手を掲げると、男は両手に持った紙袋を揺らして二木へ近付いた。紙袋からは、バグパイプ男もかなわない程の量の紙筒が飛び出していた。この男はおそらくこのコミュニティの中での猛者なのだろう、と広一は思った。そんな男と二木がどうやら知り合いらしいことに興味を引かれて、広一は植え込みの裏を通って彼らへ近付き、会話に耳をそばだてた。

太った男が二木に言った。

「どこ行ったかと思ってたら！　まだアンナちゃん下にいるぞ。握手してもらってこいよ」

二木が煙草を灰皿に捨てた。

「僕はいいよ」

「ライブ後の触れ合いこそが本番！　物販買うのがファンの証」

「新譜は買った」

「ケースにサインしてもらえよ」

「いい、いい」

「もー、がじぞう先生は本当へたれでござるな」

ござる、という古典的オタク語尾を生で聞けたことを広一は一瞬感慨深く思った。しかしどうやら、当たり前かもしれないが、素でそういう口調なのではなく、ふざけてユーモラスでレトロな言葉遣いをしているだけのようだった。それよりも気になったのは、太った男が二木のことを「がじぞう」と呼んだことだ。あだ名だろうか。

クックックック、と地の底を這うような笑い声が聞こえた。太った男の発したものだった。漫画の台詞をそのまま声に出したような、戯画的な笑い声だった。

「まあ、どうせそんなことだと思って……」

そう言って、男が思わせぶりに背中を向けた。着ている白いTシャツの背中には、「太刀こま先生へ」という黒ペンの文字の下に、サインらしき崩し文字が書かれていた。二木はそれを目にしても無反応で突っ立っていた。太った男は二木に背を向けたまま、

「でで ーん!」

と叫ぶと、自分の着ているTシャツの背面を一気にまくり上げた。

男はTシャツの下に、もう一枚同じシャツを着ていた。そこには、「がじぞう先生へ」という文字とともに、同様のサインがあった。太った男が、どうだ、と言わんばかりの高笑いをした。

「お前のぶんもサイン貰ってきてやったぞ! 滝汗止まらぬ中、シャツを二枚重ねに仕込んだ! 感謝しろよ」

「何でわざわざ着たんだよ」

「アンナちゃんに背中をペンでなぞってもらう感覚を、二度味わうためだよ！」

太った男はそう言うと、その場で体をもぞもぞと動かして、器用に中に着ていたほうのTシャツだけを脱いだ。突き出されたそのTシャツを二木ははじめ、受け取ることをためらっていたようだったが、観念したのかそっと受け取ると、目の前で広げてサインを眺めた。広げられたTシャツは汗で透けていた。広一からすると汚物にしか思えないそれを、二木は「ありがとう」と言って紙袋の中に入れた。

二木が男に言った。

「どうする？　飯でも行く？」

「いや、せっかく待っててもらったのに悪いけど、帰って原稿やらないと。締め切り前でケツに火が点いてるのにもかかわらずライブに来たでござるよ。ケツがもう、燃え盛ってる」

「あー、それは僕も同じ」

二木が頭を掻いた。

「本業があると大変だな」

「いや、僕がトロいだけだと思う。毎月何本もこなしてるお前を尊敬するよ」

「そうしないと、食えませんからなあ」

太った男はそう言って笑うと、地面に置いていた紙袋をふたたび手に持った。

「じゃ、申し訳ないけどそういうことで。お互い頑張ろうな。座り作業なんだから腰と痔には気を付けろよ！」

痔、という言葉に反応したのか、通りを歩いていた女性が、太った男から距離を取るような軌道を描いて広一の目の前を通り過ぎていった。女性が広一の視界から消えた時、太った男はすでに二木に背を向けて去っていくところだった。一人になった二木は、また煙草を取り出して火を点け、半分くらい吸ったところで灰皿に捨てると、紙袋を持ち上げた。

広一は、自分が目にした光景の意味を考えていた。

広一の知る限りで、原稿、や、締め切り、という単語を使う人種は、小説家か、漫画家だった。「がじぞう」というのは、二木のペンネームなのだろうか。広一の中で、二木とそれらの職業は、どうしても結びつかなかった。創作をしている人間に、何か浮世離れしたイメージを持っていたからだ。美術教師の二木は、美大出身者のはずなのだが、広一はそのことだってぴんと来ていなかった。そんな二木に、どうやら思いもよらない一面があるようだった。しかも、あのいかにもオタクといった雰囲気の太った男は、同類らしい。

驚いたことは沢山あったが、何より意外だったのは、姿を隠して二木の様子を盗み見るほど、自分が彼に興味を示したことだった。今まで、他人に対してあまり関心を抱いたことはなかった。そんな自分が、なぜかその時の二木からは目が離せずにいた。

少しワクワクさえしていたのだ。

その後に観た芝居の内容はよく覚えていない。

帰りの電車内で、隣で母が舟を漕ぎだしたのを見計らって、広一はスマートフォンで「がじぞう」という名前を検索した。ヒットしたのは、飲食店や、がじぞうという名前のペットの犬のことを書いたブログの記事ばかりで、どれも二木には関係がなさそうだった。広一は少し考えて、「下北　ライブ　アンナ」と検索してみた。

結果によると、二木が訪れていたあの建物でその日ライブを行っていたのは、マイナーな地下アイドルのようだった。画面に表示されたそのアイドルの画像を見て、広一は驚いたと同時に、あの秋葉原集団の放っていた異様な雰囲気に対して、納得がいった。とても幼い少女だったのだ。十代前半であることは間違いなく、下手をすれば、この子は小学生なのではないかと思わせる容姿だった。

二木がライブ会場で、広一の持つアイドルのライブというものへの固定観念どおりに、光る棒のようなものを振っている姿はどうしたって想像できなかった。検索で見つかったそのアイドルのツイッターを見ると、彼女のアカウントをフォローしている人数は、約四百人だった。ＳＮＳを利用していない広一は、その人数から彼女の人気を計ることができなかったが、人前で歌って踊る活動をしている人種にしては、少ないように感じた。彼女のフォロワーのリストを指で機械的に繰り下げていると、「gajizo」というアカウントがあった。うっかりすると読み飛ばしてしまったはずの名前を発見することができたのは、ほとんど期待はしていなかったとはいえ、「がじぞう」の名前がリストにないか探していたからだろうか、それとも、「gajizo」の名前の頭部分に表示された四角いアイコン画像が、目を引く色彩で描かれた、アニメ調の女の子のイラストだったからだろうか。

「gajizo」の名前をタップした広一は、間違いない、と確信した。投稿された一番新しい呟きが、画像付きだったからだ。「がじぞう先生へ」という宛名付きのサインが書かれた例のTシャツの画像だった。文章が添えられていた。

〈進捗がやばいのにもかかわらず、アンナちゃんのライブに参加した僕はファンの鑑だと思います。同行した太刀こま先生が僕のぶんもサインをもらってくれました。彼の汗がたっぷり染みているので、これから洗濯機で回そうと思います。サイン落ちないよね？〉

確定だ。こいつが二木だ。

ページのトップに表示されているプロフィールの文面はシンプルだった。

〈月刊ＬＯＬで作品掲載中〉

ＬＯＬというのは、雑誌だろうか。広一はその名前を検索した。短時間に数多くのページにジャンプしたために、ブラウザのタブが何層にも重なっていた。「ＬＯＬ」は予想通り、雑誌の名前だった。成人向け雑誌、の文字に、広一の心臓が大きく鼓動を打った。

広一は、雑誌ホームページの中の「試し読み」というリンクをタップした。直後に表示されたイラストを目にした時、広一は即座にスマートフォンのホームボタンを押して、その画面を閉じた。隣に座る母が相変わらず浅い眠りの中をさまよっていることを確認してから反対側へ視線を動かすと、電車の扉の前に立っているＯＬ風の女性と目が合った。広一は考えた。この続きは、夜、一人になってから見よう。この場で開くのはやめたほうがいい。

なぜなら、表示されたのはランドセル「だけ」を身に着けた女の子の絵だったからだ。

そうして広一は、二木の秘密を知った。

運転席で黙りこくる二木の隣で広一は、一年前に目にした光景と、たった今の自分の発言に対して、同じ感想を抱いていた。

人には意外な一面がある。

ほとんど勢いで自分の口から飛び出した、「Tシャツを持っている二木の姿を写真に撮った」というでまかせは、二木を牽制するのに十分な効果があったようだ。広一は、攻勢に立っていることを装うために余裕の表情を保ちながらも、内心では驚いていた。そんな嘘を即興で繰り出せるほど、自分がアドリブの利くタイプだとは思っていなかったのだ。

こっちはいつでも、その写真を学校にばらまくことができる。「がじぞう」の作品の切り抜き付きで。そうすれば一体、あんたはどうなるか——そう追加しても良かったが、広一は何も言わなかった。必要がないと判断したからだ。二木はすでに、しっかりと自分の形勢が不利であることを理解している様子だった。しかし、その写真を見せてみろ、とでも言われればふたたび、「証拠がなければお前の言うことなど誰も信じない」などという不快な台詞付きで二木に威勢を取り戻されてしまう。広一は写真の有無から二木の意識を逸らすために、駄目押しをすることにした。

「二木先生が黒板に書く文字って、『がじぞう』の漫画の描き文字そのまんまなんですよね。内容的に、かなりアレな擬音が多いでしょ？　そんなのと同じ筆跡で、学校では真面目なことを書いてるから、見るたびに微妙な気持ちになってたっていうか。これも証拠といえば証拠になるのかな。かなり弱いけど」

二木がじっとりとした目で広一を見た。感情の発露というにはまだ程遠いが、敵意を含んだ目つきだった。広一は満足感を覚えた。竦（すく）む気持ちがなかったといえば嘘になる。だがそれでも、快感の方が勝っていた。

「というか、公立の先生って、公務員になるんでしたっけ？　役所の人とかと同じ？　確か、他の仕事したら駄目だったと思うんですけど」

　調子がついて、まるっきりどうでもいいと感じていることまで連ねた。その方面で二木へどうこう言うつもりはない。手頃な石があればなんでも投げたい気分だった。

　二木が言った。

「何が目的なんだ」

「交渉しないんじゃなかったんですか？」

「しない」

「じゃあ言っても意味ないですよね」

「きみが何をしたいのかまったくわからないから、聞いてるんだよ」

　広一はフン、と鼻で笑った。ふてぶてしい態度で間をつなぎながらも、広一は考えていた。自分は何がしたいのだろう。そんな広一のことを見透かしたように、二木が言った。

「要求なんか、もともとないんだろ。今回僕が本屋に呼ばれたのだって、たまたまだもんな。脅しつけるなら、もっと早くにそうしてたはずだし。偶然何かを知って、今までひっそりほくそ笑んでたところを、僕から何かを搾り取れそうなタイミングが巡って来て、今、何をたかってやろうか一生懸命考えてるんじゃないのか。当たると思ってなかった宝くじの使い道をニヤニヤ顔で考えてるみたいにさ」

広一はふてくされてそっぽを向いた。二木の言ったことは、おおむね当たっているような気がした。そうだ、要求なんてもともとなかった。いったい何をしたくて、今まであんなことを続けてきたのか、自分でも謎なのだ。

二木がハア、と溜息をついた。

「僕はきみが欲しいものを見つけるまで、これからずっと、無意味にいたぶられ続けるのか。さっきは何もあげないって言ったけど訂正するよ。サンドバッグを買ってあげるからさ、きみの日頃のうっぷんは、僕じゃなくて、それに向かって晴らしてくれない？　気に入らない奴の顔写真を貼り付けてぶん殴ればいい。スッキリするよ、きっと」

よくもまあ、不利な状況で減らず口をベラベラ叩けるものだと感心しながらも、広一は二木の言葉にしっくりくるものを感じていた。二木をいたぶり続けるか。なるほど。自分の動機がわからない中で、もしかするとそれが、一番したかったことに近いのかもしれないと広一は思った。

「サンドバッグはいりません。音が近所迷惑だし、そんなものが家に届いたら、母がびっくりします」

「前から思ってたけど、きみの返しってちょっとズレてるな」

「……それ言われるの、俺、嫌いなんですけど」

「十七年間言われ続けてきて、もううんざりってわけ？」

「俺は十六歳です」

「ほら、やっぱりズレてる」

二木が口の端で笑う。広一は苛立った。

「二木先生、いまの自分の立場わかってるんですか」

「わかってるよ。そこで、提案がある」

「提案？」

「僕はきみに宿題を出します」

「は？」

広一は眉を寄せた。おどけたような教師口調が癇に障った。

「きみは次に僕と二人きりで顔を合わすまでに、自分が何を僕から巻き上げたいのか決めてきなさい。それが僕が与えられるものなら、要求を受け入れるよ。引き換えにきみは写真を消す。そして、僕の弱みに関する一切に今後関与しない。きみと取引するなんて最悪だけど、無駄に長々といたぶられ続けるよりマシだ。手早くすっぱり解決しよう」

広一は眉間に皺を作ったまま、二木の申し出を聞いていた。二木の論理展開に付いていけないのは、自分の頭が悪いからなのだろうか、と思った。

「えっと、俺が二木先生に何か要求して、二木先生がそれを叶えてくれたとします。でもなんで俺は、写真を消す必要があるんですか？　二木先生は俺が写真を持ってる限り、俺の要求を受け入れ続けたらいいじゃないですか」

「そういうもんなの！　ほどほどの落としどころってのがわからないのか」

広一は眉間の皺をより一層深くした。ほどほど、だとか、そうした明確でないものは、自分がもっとも苦手とする尺度だった。

「わからない」

「いい勉強の機会だね」

そう言うと二木は、すっかり冷めてしまっているはずのコーヒーを飲んだ。言いくるめられかけている、と思った。これまで、皆の共通認識を理解していないのは自分のほうだと嫌になるほど知らされてきた。たぶん、それは間違いないのだろうが、理解不能なものをこうして「そういうものだ」と押し付けられると、こっちが、明文化されていないものに関しては何が本当で嘘なのかを見抜くのが不得手なことに付け入られている気がして、不快で、不安だった。そしてなぜ、いつの間にか二木がこの場を仕切り始めているのだろうか。

「……何が、いい勉強の機会だ。ロリコンのくせに。変態が偉そうなこと言うなよ」

うつむいたまま、広一は吐き捨てた。二木の顔を見なかったのは、その言葉が確実に二木を刺激すると思ったからだ。二木を傷つけたい気持ちに変わりはなかったが、場の流れを二木に乱されたことで、強気が削がれていた。

その時広一は生まれて初めて、人の感情が空気を介して肌に伝わってくるのを感じた。

それは、電気に似ていた。冬場にドアノブを触った瞬間、びりっとくるのに近いものが、半袖のTシャツから露出した二の腕に「面」でぶつかってきたのだ。

広一は思わず、体を硬くした。隣でじっとコーヒーのカップを手にしている二木が、自分を殴るのではないかと一瞬考えた。

衝撃はやってこなかった。おそるおそる、二木の様子を確認する。二木は何も言わずカップを握ったままだった。よく考えなくても当たり前で、びくついた自分が馬鹿らしくなる。二木が自分に危害を加えるはずがない。そんなことをすれば状況はより悪化する。二木は慎重に外面を守って生きている人間だ。行動の後先は考えるだろう。

二木が肩を動かした。その動作を目にして反射的に身を引いてしまった広一は、内心で舌打ちをした。

二木の動きはもちろんのこと暴力の予備動作などではなく、車を発進させるためのものだった。後部から駐車スペースに突っ込まれていた車はゆっくりと車道に滑り出て、広一の自宅へのルートを辿り始めた。さっきまで自分たちが敷地にいたコンビニエンスストアは、広一の自宅の近所に位置しているとは言い難いが、それでも最寄りのコンビニと言える店舗だった。田舎基準の感覚だと、歩いて帰るのにそれほど労力を要さない距離だ。二木は自分を罵倒した広一を、せめてその場に置き去りにするくらいの憂さ晴らしをしても良かったはずだ。だが実際にはそうせず、感情を抑えつけて律儀に広一を自宅前まで送り届けようとしている二木の姿は、自分が二木よりも優位に立っていることを何より証明しているように感じられて、広一は溜飲を下げた。車は少しの間だけ夜道を走ると、広一の家へ到着した。

「ありがとうございました」

二木からすれば、さっき自分を変態だとそしった口が白々しく礼を言うのは、腹立たしいこと以外の何物でもないだろう。別に構わない。むしろもっと頭にくればいいと思った。ついさっき、車中で二木の怒りのようなものを肌に受けた時、広一は確かに一瞬、恐れを抱いたはずだった。にもかかわらず、その感覚が喉元を過ぎてしまえば、二木の感情を逆なでしてやりたいという気持ちがふたたび頭をもたげていた。

ドアを開いて降りようとする広一に、二木が声をかけた。

「宿題、忘れるなよ」

広一は返事をせずに、ドアを力強く閉めた。要求を一つ通す代わりにそれで全て終わりにする、などという、二木が勝手に提示したルールに従うつもりはなかった。

二木の車がのっそりと動き、徐行の速度を保ったままその場を去っていった。車体が曲がり角の向こうへ消えたのを見届けると、広一は鍵を取り出して玄関を開錠した。引き戸を引き、真っ暗な玄関の灯りを点ける。広一が書店に出かける前はまだ睡眠をとっていた母は、すでに夜勤に出た後のようだった。

リビングのテーブルの上には、冷蔵庫の中に母が作り置きした夕飯が入っていることを示すメモが置かれていた。メモを見た瞬間、食べ物の存在を知った広一の胃が、急激に空腹を訴え始めた。さっきまではストレスで縮み上がっていたくせに、自分のテリトリーに帰ってきた途端、勢いを取り戻した自分の内臓の内弁慶っぷりに少し呆れた。

今すぐ欲求のままに食事の支度をしても良かったが、消化器官以外の部分は、精神も含め、へとへとに疲れ切っていた。広一はリビングのソファの前に立つと、一気に全身の力を抜いて、勢いよく尻をクッションに着地させた。五十キロ弱の肉塊が叩きつけられた衝撃に、スプリングが悲鳴を上げた。だらしなく口を開いて天井を見上げながら、広一は、弛緩をありったけ享受しにかかった。何も考えずに目線を少し下げると、壁にかかっている時計が目に入った。七時五十分。短針は八に限りなく近い部分を、長針は十を指していた。八は茶色だ。一は赤色で、ゼロは黄色。

ふかふかのバンズに挟まったケチャップとマスタード。

そう連想したとたん、広一の胃がぐう、と鳴った。

ものすごく、腹が減っていた。

少し休んだ後に、食事をしよう。今日一日のことを振り返ったり、今後について考えるのはそれからだ。広一はそう決めると、まずはふたたび立ち上がる気力を養うために、頭を空っぽにして全力で休憩することにした。開いたままの口から涎が垂れそうになって、広一は天井を見つめたまま、手の甲で口元を拭った。しばしの機能停止なのか、眠りなのか境界があやふやな白い意識の中で、最後に残った思考のかけらが、ひとつの事実をなぞって消えていった。

二木に結局、千円を返し忘れていた。

3

ノートの紙面に、現国教師の似顔絵ができあがった。

退屈な授業を受けながら、何気なく教師の顔をスケッチしているうちに気分が乗って、いつのまにかノートには力作が完成していた。似顔絵の下へ、仕上げでミニサイズの胴体を生やす。小さな達成感があった。

顔を上げ、広一は一番後ろの席から教室の中を見回した。ノートの白にインクの黒というきつい対照を見つめすぎて目がハレーションを起こしたのか、晴れた午後の明るい教室内が少し黄みがかって見えた。授業中というのはどうしてこうも他のことをしたくなるのだろう。それは、広一だけの傾向ではないようだった。後方の席からは授業中に他の生徒が何をしているのかがよく見える。教科書の陰に隠したスマートフォンでツイッターを見ている生徒もいたし、後ろ姿しか見えないが、肩の動きからおそらく、広一と同じく落書きでもしている様子の生徒もいた。授業中の生徒の脳に分泌される「他のことやりたくナルレナリン」のような物質があるのかもしれないと広一は思った。

今さら教師の声に耳を傾けたところで、授業についていける気がしなかった。

広一の斜め前の席で、薄茶色の長い髪が揺れた。

「委員長」が髪を耳に掛けたのだ。その仕草を、広一は鼻で笑ってやりたい気持ちだった。高校に上がるタイミングで染めたらしい茶髪は、委員長の真面目な雰囲気には全然似合っていない。彼女が教師に髪色を注意されているところを見かけたことがあるが、スイミングを習っているから塩素で髪が茶色くなる、という言い訳で乗り切っていた。嘘か本当かはわからない。今現在の委員長のことを、広一はほとんど知らない。

高校での彼女はもはや委員長でもなんでもなかったが、広一はいまだに心の中で、彼女を小学生の時と同じように委員長と呼んでいた。小学校時代は、真面目で賢く溌剌としていて、いかにも委員長といった風だった彼女も、今では、大して勉強ができる訳でもない自分と同じ高校に通っている。そして、似合いもしない茶髪になった。

チャイムが鳴ったというのにまだ話を続けていた現国の教師が、ようやく今日最後の授業を締める言葉を口にした。一斉に椅子を引く音が鳴る。ロッカーから通学鞄を取り出し、席に戻って持ち物を詰めている広一に向かって、委員長が振り返った。広一は黙って帰り支度を続けながら、委員長の動きを意識していた。目を合わせてはいけない。委員長がこっちに歩いてきた。見てはいけない。広一は丁寧に教科書を揃えて、手元の作業に必要以上の時間をかけた。

委員長が広一の横を素通りしていった。背後で女子生徒の集団と彼女が短いやり取りを交わすのが聞こえた。

自分が担任教師を脅していると知ったら、彼女はどう思うだろう。

校則違反の茶髪なんか、それに比べれば随分とかわいらしい、と広一は思った。

通学鞄を持って教室から出ると、窓から、向かい側の校舎の廊下を歩いている二木の姿が見えた。美術室に向かっているのだろう。ちょうどいい。人がいないところで話しかけられるタイミングを、昨日あたりから窺っていた。広一はポケットから音楽鑑賞用のイヤホンを取り出すと、耳へ突っ込んだ。茶髪やピアスと同様にイヤホンも指導の対象になるはずだが、一度、うっかり付けたまま登校した時、すれ違う教師から何も言われなかったので、それ以来気にせず付けている。

スマートフォンで音楽を再生する。二木が好きな少女アイドルの曲だ。アニメチックなメロディを、窓越しの二木の姿へ重ねながら歩く。爽やかな二木の見てくれとBGMがミスマッチで、愉快だった。

予想に反して、美術室に二木の姿はなかった。

イヤホンを外して廊下を見回していると、隣の美術準備室から音が聞こえた気がして、耳をそばだてた。やっぱり物音がする。

美術室の中には、美術準備室と繋がっている内扉がある。広一は美術室に足を踏み入れて内扉へと近付いた。なぜか自然と忍び足になった。ドアノブに手を掛ける。きしむ音が鳴らないように、静かな動きで、ほんのわずかに扉を開いて中を覗き込んだ。

キャビネットの上部に手を伸ばしていた二木と、しっかり目が合った。

「びっくりした。なんでそんな入り方すんの」

広一は黙って、後ろ手で扉を閉めた。しかめ面でスマートフォンのジャックからイヤホンを抜き、コードをまとめる。

「全然驚いてませんよね」

「普通に驚いたよ。ドアがひとりでにゆっくり開いたから、オバケかと思った」

二木は広一から視線を外すと、キャビネットの上段から机に画材を次々と下ろしていった。車中でやり合ったあの日以来、二人で会うのは初めてなのに、こんなにも自然に振る舞われると、まるで自分たちの間には何もなかったかのように思えて、気に食わない。

「宿題の件でしょ？」

画材を下ろし終えた二木がこっちに向き直った。

「ここで話していいんですか？」

「いいよ別に。誰か来たとしても、まともな人間は足音立てて入ってくるだろうから、気付くしね」

二木は机の上に並べた画材をブルドーザーのように奥へと押しやると、空いたスペースに腰を下ろした。

広一は窓際へ近付いて、桟に浅く腰掛けた。少し離れた位置の机に座っている二木を、高い目線から眺める。二木は両脚を前に投げ出して座っていた。今日はジャージではなく私服を着ている。薄いグレーを基調に、襟や袖、裾のあたりに細いピンクの線が入ったポロシャツだ。温かみのある雰囲気の服装だった。

「本当に、いつも、すごく普通の人に見える」

二木が目を丸くした。そして、僕は基本普通だよ、と言い、笑った。

「誰も見ていないところでは、何か普通じゃない行動してると思ってたの？　そういう姿が見たくてさっき、こっそりドアを開けてたのか？　きみはなんか、一方的に観察するのが好きだね。覗き趣味だ。悪趣味だな」

「あんな漫画描いてる先生に、悪趣味だとか言われたくありません」

「何のことかはわからないけども」

この期に及んで二木はとぼけた。

「仮にそういう漫画を描いてる人がいたとして、作品の内容イコール作者の性癖とは限らないんじゃないか」

「……でも、先生はロリコンですよね？」

二木は否定も肯定もせずに鼻で笑った。

「先生が『がじぞう』ですよね？　絶対にそうなのはわかってます。でもまだ、先生の口からはっきり聞いてない」

「なんでそんなこと言わせたがるんだ」

「認めてください」

「なんか、誘導されてる気がするな。もしかして録音してる？」

広一は口をあんぐりと開けた。

「そんなことしませんよ」

「どうかな。きみは何するかわからないから」

そう言われるのも無理はない。広一は窓ガラスに背中を預けた。西日で部屋の中が暖色に染まり始めていたが、夏服の薄い生地から伝わるガラスの温度は冷たかった。二木が両手を合わせて言った。

「宿題の話しよう。答えは？」

「それが、まだ答えが出てないんです」

こともなげに広一がそう言うと、二木は瞬きをした。

「じゃあなんで来たの」

「決まりそうもなくて」

二木が空笑いをした。

「疲れるな。頼むからさっさと決めちゃってよ。今は持ち合わせがないけど必要ならＡＴＭまで走るよ」

「お金じゃない気がするんですよね。思いつかないものは仕方ないじゃないですか」

「なあ、僕は早く解放されて、今まで通りの生活に戻りたい」

「今まで通りって。あんなこと続けてていいと思ってるんですか」

「ん？」

「教師のくせに、あんな漫画描いて」

二木がわざとらしく目を見開いてみせた。

「驚いた。説教するの」

「先生は自分のやってることのとんでもなさを自覚するべきだ。言ってみてくださいよ。『自分は子供に害なすロリコンです』って」

「別に子供に害なしてないよ」

「先生自身が現実の子供に何もしてなくても、犯罪を助長してますよ。ああいう作品が世の中にあることが間違ってる」

「きみが僕に執着する理由がわかった」

二木は膝の上で手を組み、つまらなそうに言った。

「そういう良識をもって殴れる相手が、僕しかいないんだ」

広一は舌打ちをした。分析めいた台詞に腹が立った。

「すみませんけど、俺は割と自分の内面を掘り下げて生きてるほうなんで、そういうのには自覚的です。こっちは真っ当なことを言ってるだけです。間違ってると思うなら、反論してみたらどうですか。俺の心理がどうとか、そんな風に論点をずらさずに」

二木がこっちをじっと見つめた。

「見るのは好きでも見られるのは嫌いだから覗き趣味な訳だな」

「論点ずらすなって」

息巻きながら、自分はなぜ議論を吹っかけているのだろうと思った。そんなつもりはなかったのだが、こうなったら後には引けない。

「論点、論点って。まあいいや。何だっけ。ロリータものの漫画が有害って話?」

広一は頷いた。

「じゃあさ、きみはさっき、その手のフィクションが犯罪を助長してるって言ったけど、ポルノはむしろ性犯罪を抑制してるって考え方はできないか」

「現実でもやってみたいと思って真似する人がいたらどうするんですか。実際にそんなニュースが多いし」

「そうした作品があることと、本当に行動してしまうことはまったく別の問題だ」

二木は手を組み直した。

「許されない欲望を抱えた人間もいる。現実で叶えてはいけないから、ファンタジーが必要なんじゃないか。これが実際の十八歳未満を出演させた児童ポルノならまた話は別だ。これもまた、違う種類の問題だ。だけど漫画やアニメやゲームはそうじゃない。一見小さな女の子に見える容姿をした成人女性がブルマを穿いてるアダルトビデオも同じだ。現実のかわいそうな子供はいない」

窓から差す西日が二木の体を照らしている。本来陽の当たる場所にいてはいけないはずの二木の姿が、オレンジ色の光に包まれていた。

「ずいぶん自分を正当化するんですね」

「正当化する機会を与えてくれたんじゃなかったの？　ありがたいなあと思ってたのに。でも僕はね、ロリコンが憎まれるのは仕方ないと考えてる。社会性をもった生き物である人間が、群れの中の弱い者に危害を加える可能性のある相手を嫌悪するのは、もう、本能だよ」

そう言って二木が頭を横に振った。

「ちゃんと理解してるじゃないですか。どれだけあんたが正当化したところで、ロリコンが皆から嫌われるのは当然のことなんだ。ロリコンも、そっち系のフィクションも、存在自体が人を不安にさせるんだ」

二木が言った。

「だから棲み分けしてこっそりやってるんだよ。そこにわざわざ踏み込んできて、難癖付けてるのがきみだ」

「……なんかずっと、生まれつきだから仕方ないって感じで話してるけど。ロリコンって大人の女が怖いから子供に走るんだろ。大人は自分の考えがあって、思うようにならないから、小さい子でしか安心して興奮できないんだ。卑怯なだけだ」

テレビか何かで得た知識を使って、もはやただの人格否定に移っているような気はした。

「仮にそういう理由だったとしても、何に脅えてるかも含めて性癖だから、言ってもしょうがないことだと思うけどな。ちなみに僕は、大人の女の人に苦手意識は持ってないよ。友達付き合いしてる人もいるし」

「そのほうが正常な男っぽいからだろ。まともなフリをするために利用してるんだ」

「そんなの僕に限らず皆やってるだろ？　僕の場合、その人たちと恋愛関係でも肉体関係でもないから、別に誰も傷付けてない」

言葉に詰まる。なあ何がいけないんだ、と二木が言う。皆やってることだからという理由で片付けるのはどうなのか、と返そうとしたが、さっき「皆」といった主語を使って二木を攻撃したところだったので、そう発言するのは自分自身の敗色を濃くするだけのように思えた。何より、他でもない自分がどんどん論点をずらしているという自覚が、舌を縛りつつあった。

さっきから広一は、床に投げ出されている二木のスニーカーだけを見つめていた。ブランドロゴの「N」の周りを、白い縫い目が縁取っている。上に行って、右下に行って、また上。上、右下、上……。広一は目でアルファベットを何度もなぞった。

「ああ」

二木が息を吐いた。視線を上げると、二木は両手を後ろについて、のびのびとした姿勢を取っていた。広一は一瞬、真夏のビーチで二木が日光浴をしている光景を幻視した。

「気分がいいな。こんな風に話すのって意外と楽しいかも」

それはさぞスッキリしたことだろう。普段はぶりっ子しているのだから。

あ、と思い出したかのように二木が言った。

「きみを怒らせちゃいけないのを忘れてたよ。どうしよう。明日から僕は職を失うのかな。謝ったら許してくれる？　頼むよ。漫画一本で食っていける見込みもないし、そもそもそういう人生望んでないんだ」

お願い、とでも言うように二木は両手を合わせたが、殊勝さは一切なく、むしろこっちをおちょくっている雰囲気があった。広一の胸の中で苛立ちともどかしさが暴れまわった。二木の弱みを振りかざして、ねじ伏せることは簡単だ。だがこのタイミングでそれをすると、完全に負けてしまう気がした。

「あんたと話してると耳が腐る」

広一は床から鞄を持ち上げた。

「帰るの？　明日が不安で胸が張り裂けそうなんだけど」

黙って内扉を乱暴に開けると、広一はその場を後にした。


校門へ向かうあいだ、脳裏で「敗走」という文字がネオンサインのように点滅して、鬱陶しく気持ちを苛んだ。こんなのは、想像していたのとは違う。もっと頭が冴えていたら、言い負かせたかもしれない。だが、思っていたよりも二木が自分自身の問題について理論武装しているのだと気付いた瞬間から、うかつなことを言えないという警戒心を持ち始めたせいで、頭のパフォーマンスが落ちた。それでも、次はこうはいかない。秘密を握っているのだから、機会は何度でも作り出せる。二木とロリータコンプレックスについて真面目にやり合っても無駄だとわかった。長年そのことへの考えをこねくり回してきた当事者と舌戦しても勝てない。

次からは違う方法を使う。そう決意したが、広一は帰りのバスの中でも、敗走劇の記憶を繰り返し思い出していた。どんな切り返しをすれば二木をやり込められたのだろう。自宅に帰り、夜、風呂に入っている間も、頭はそのことで占められていた。小説の好きなシーンを反芻するときのように、何度も思い起こしては、次第に二木の台詞を捻じ曲げ、口ごもらせ、広一は眠るまで、妄想の中で二木をいたぶった。

4

体育倉庫の裏に座り込み、いつものように一人で昼飯を食べていると、視界の端に茶色と黒のまだら模様をした毛玉が現れた。コンクリートの上を伸びた爪で叩く音を立てて、こっちへやって来る。広一は食べていたタルタルサンドの白身魚の肉をちぎって、毛玉に差し出した。ヤアアアン、と間の抜けた声を上げて、毛玉は広一の手から魚肉を食べた。もっとくれ、と言っているつもりなのか、また、アアアアン、と鳴く。猫と言うのは普通、ニャーンと鳴くのではないだろうか。

「お前、いつも『N』忘れてるよ」

そう言って広一は猫の頭を撫でつけた。猫は手の力に逆らわず、ごろりと腹を見せて寝転がった。校内にしょっちゅう入ってくるこの猫は、異常に愛想がいい。可愛さを振りまけば生徒が餌をくれるので、すっかり板についているのだろう。初めて会った時から広一はこの猫のことを「媚び猫」と名付けていた。

媚び猫は喉を鳴らしながら気持ちよさそうに撫でられていたが、その耳がだんだんと下がっていく。来るか、と思いながら、広一は一層強く頭の毛並みを撫でた。掌の下にあった頭がうねると同時に、パンチが飛んできた。本当に猫は気まぐれだ。広一は構わず撫で続けた。連続でパンチが繰り出される。しまいに猫は広一の手首にがっしりしがみつくと、蹴りを入れながら噛みついてきた。甘噛みだった。しばらくの間そのままにさせていたが、やがて猫の声が、ウオー、と低いものに変わった頃合いを見計らうと、広一は手を離した。

広一は、撫でられてぼさぼさになった毛並みを舐めて整えている媚び猫を眺めた。本格的に怒る前に構うのをやめたので、媚び猫はまだ広一のそばにいた。手の甲には、媚び猫の爪が掠（かす）めた浅いひっかき傷がいくつかできていた。

その日のLHR（ロングホームルーム）で、進路希望調査の用紙が配られた。高校二年も半ばを過ぎた今、そろそろ目指す先を定めて正しい努力を始めるべきなのだろうが、広一にはいまいち現実が迫っている実感がなかった。まだ悠長に構えていていい、と、白い紙ではなく藁半紙でできた用紙も言っているような気がした。

教室内には生徒たちの、自分の将来に対する呻（うめ）き声や私語が飛び交っていた。二木が仕切るLHRが緩い雰囲気なのはいつものことだ。教卓の前に座って用紙の提出を待っている二木に向かって、男子生徒が言う。

「先生、俺、やりたいことないんで、大学行っても意味ないと思うんですよね！」

「やりたいことがない奴は、なおさら進学しとけ」

二木が手に持ったファイルを捲りながら言った。

広一は顎でシャーペンをノックすると、少し考えてから、紙に自分でも手の届くランクの私大の名前を書いた。皆が喋ったり用紙に記入したりしている中で、なにもかも放棄している様子の人物が目に留まった。委員長だ。紙を前にしたまま、膝に手を置いて、ちん、と座っている。小柄な背中が髪に覆われて、毛の長い犬の後ろ姿みたいだった。

書き終えた用紙を皆が教卓の二木に提出していく。二木は手渡されたその場で用紙に目を通していた。提出ついでに二木と話している生徒の横から、広一は、折りたたんだ用紙を教卓の上に置いた。

「田井中、ちゃんと書いたか？」

二木が言った。相変わらず、どの生徒にも平等な快活さだ。広一が、はい、と返事をすると、二木は笑顔で用紙を手元に引き寄せた。折りたたまれた用紙を、二木はその場で開こうとはしなかった。広一は二木に背を向けた。示し合わせた訳でもないのに二木はずいぶんと察しがいい。さすが後ろ暗いことのある奴は違う、と広一は内心であざ笑った。

二木を買いかぶっていただろうか？

広一は「緑色の小説」のページから視線を上げると、喫茶店の入り口を睨んだ。そこから自分が入って来たのは一時間以上も前だ。家電量販店の二階にある喫茶店の窓際席からは、暗くなった夜八時の空が見える。広一はふたたび「緑色の小説」に目を落とした。何度読み返しても面白いとはいえ、時間を過ぎても来ない奴への苛立ちを抱えた状態では、内容が頭に入って来ない。それでも読んでいるふりを続けるのは、そうでもしなければ周りの目が気になって落ち着かないからだ。ひとりで喫茶店に入ったのは初めてだった。

なぜ来ない。アンケート用紙の欄外に記した、時間と場所の指定を見ていないのだろうか。それともまだ仕事が終わっていないのか。もしくは自分は無視されたのか。だとしたら、今度こそあいつに立場の違いを思い知らせてやる。

溶けた氷で薄くなったアイスティーをストローからすする。その時、広一の視界を、明るい光の筋が横断した。瞬きしながら窓の外に目をやると、家電量販店の敷地内に滑り込んでくる一台の車が見えた。見覚えのあるその車は、二木のものだ。やっと来た。広一はグラスを置いて、また本を読むフリに戻った。ほとんど中身の残っていないグラスをちらりと見る。長い間、真面目に待った証拠を二木に見られるのは癪に障るので、広一は店員に新しいアイスティーを注文した。


しばらく待ってみても、二木は現れなかった。

駐車場に車を止めて上がってくるのにここまで時間はかからないだろう。あの車は車種が同じというだけで、彼のものではなかったのか。もう待つのも限界だ。広一は会計をして、喫茶店を出た。二杯目の飲み物が無駄になったことに、気持ちがささくれだった。

一階に降りると、駐車場へと向かった。

ついさっき広一が窓から目にしたその車は、奥のほうの駐車スペースに止まっていた。二木の車のナンバーは、一番大きな四桁だけなら覚えている。黄、黒、黒、黄、だ。だが、ナンバーを確認するまでもなく、その車は二木のものだった。暗い運転席に、スマートフォンの光で顔を浮かび上がらせた二木が座っていたからだ。彼は退屈そうにスマートフォンをいじっていた。

広一は、しかめ面で車の窓を叩いた。二木は広一の影が落ちた瞬間だけ視線を寄こすと、車のロックを解除した。そのまま手元の画面を眺め続けている。広一はむかむかしながらドアを開けて助手席に乗り込んだ。

広一が文句を言うよりも先に、二木が口を開いた。

「遅いよ」

その言葉に広一は、これまでの人生で使った中でもっとも素っ頓狂な声で、ハ？と返してやった。二木が構わず続ける。

「座ってるのが見えたからハイビーム出したんだけど。気付いた感じだったよね。さっさと降りてきてよ。こっちは暇じゃないのに、呼びつけるわ、待たせるわ」

「いや、店に来いって書いただろ」

「何考えてるの？　こんな場所」

二木は、ちょうど頭上に位置するはずの喫茶店を仰いで、誰に見られるかわからないだろ、と言った。

「別に、担任と生徒なんだから、おかしくは……」

「生徒の一人と学校の外でお茶してるなんて変だよ」

「気にしすぎだと思いますけど」

広一はくぐもった声でそう呟いた。二木の垂れ流す文句は続く。

「だいたいさ、何なの、書類にこっそり待ち合わせ場所添えて渡すとか。大昔のドラマで職場不倫カップルがやってるのしか見たことないよ」

「あんたの番号聞きそびれてたんで。で、アレ、持ってきたんですか」

二木があさっての方向に目を逸らした。

「いや」

広一はまた、ハ？　と強い語気で言った。

「なんでですか。持ってくるようにとも書いといたはずなんですけど」

「家に取りに帰る時間がなかったし」

「どうせ遅れてくるなら、いったん帰れば良かったじゃないですか。どこ住んでるのか知らないけど、そんなに遠くないでしょ」

「あー、ていうか、やっぱり何かちょっと嫌なんだよね」

広一は座席に深くもたれかかった。呆れたのだ。

「今更だろ」

「素直に渡したら、解放してくれる?」

「それはないです」

「だよね」

だったら断る、とでも言うのだろうか。二木はそれ以上何も言わない。逆らえないと承知の上で、ごねているらしい。

「……車出してください。今から家に行きましょう」

二木が目をつむった。

「無理」

「持ってこなかったあんたが悪い」

「うち、親がいるから、勘弁して」

「あんた、いつだったか皆の前で、実家は宮城って言ってただろ」

「今夜は、母親が泊まりに来てるんだ」

「お母さんの前では大人しくしとく。補導した生徒の悩み相談に乗るために連れてきたとでも言えばいい」

「実は母親がこっちに来てるのは、父親と揉めてるからで。精神的にちょっと参ってるみたいだから、遠慮してくれない?」

広一は思わず声を出して笑った。

急な笑い声に、二木が少し体を引いた。

「すごいな、先生。なんかの病気？　嘘がポンポン出てきますね」

巧みな嘘ではなかったが、淀みなく飛び出す様が面白かった。

「……意味のある嘘しかつかない人間は、病気じゃないよ」

二木が言った。

「すすんで意味のないことをする奴は、どうだか知らないけどね」

視線を広一に注いでいる。面と向かって逆らえない人間は、こうも当てこすりが多くなるのだろうか。

「はいはい。とにかく、出発しましょう」

「あのさ、そんなに言うなら今から取ってくるから、上の喫茶店に戻って待っててよ」

「いや、家に行きます」

広一はきっぱりと宣言した。目的はすでに、二木の住む家へ行くことに変わっていた。二木の生活を目にすれば、彼の描いた作品を見るのとはまた別の角度で人物像が見えてくるだろう。当然、強く興味をそそられた。

「割と本気で、嫌なんだけど」

「素直に言うこと聞いといたほうが先生のためですよ。どうしてかはわかりますよね」

「それでも嫌だって言ったら」

広一は少し驚いた。やけに頑なだ。

「理解するだけじゃなくて、リアルに想像してみたらいいんじゃないですか。明日、教室に入ってきた時に、クラス全員が一斉に先生を見るんだ。黒板には引き延ばしてプリントアウトされた、証拠画像が貼られてて。これ以上言うのはやめときますね。皆の表情とか、その後起きることとかを自分でイメージしてみてください。漫画描いてるくらいだから、想像力は豊かでしょ」

言いながら、広一の頭にも光景が浮かんだ。自分に集中する批判的な視線がどんなものなのか、それがどれだけ人の気持ちをえぐるのかは、よく知っている。二木の場合だと、白い目、どころでは済まされないだろう。

二木は広一を一瞥して、横を向いた。

「ずっとしました？」

「別に」

「でしょうね」

二木が横目を向けた。広一は言った。

「近頃は嫌でも想像してるだろうから」

二木は一秒ほど広一の顔に視線を残したあと、外を見た。閉まったままの窓枠へ肘を載せて、陰気な光で照らされた駐車場を眺めている。目線の先には、天井からぶら下がる表示板があった。

出口、と書かれていた。


二木の住むアパートは、広一の家から高校を挟んだ反対方面にあった。

業務用スーパーを通り過ぎた場所にある駐車場に車を止めた時、二木は再度、ここで待っていてくれないか、と広一に言った。半ば諦めが入った口調だった。当然断ると、二木は黙って歩き出した。その後ろに付いて、似たような見た目の二階建てアパートが点在する夜道を進んだ。そのうちのひとつ、灰色の壁に黒っぽい屋根と枠組みのアパートの二階が、二木の部屋だった。

暗い玄関に足を踏み入れると、他人の家の匂いがした。さっき居た喫茶店の匂いに少し似ていた。どうやらそれは、煙草の匂いであるらしかった。玄関に入ってすぐの場所にあるキッチンのガスコンロの横に、空の灰皿があった。

奥の部屋に入った二木が、壁のスイッチを叩いた。玄関でまだ靴を脱いでいる広一から、明るくなった寝室らしき部屋の一部分が見えた。クローゼットを開く音がする。二木はそのまま何やらゴソゴソとしている。

見られたくないものを隠しているのだろうか。むしろそれこそが見たいような気がしたが、広一はできるだけゆっくりと靴を脱いだ。エロ本は見たくても、脱ぎ散らかした下着や、使用済みのアダルトグッズは、さすがに見たくない。


自分が何を期待していたのかはわからないが、二木の寝室兼作業場は、おおむね普通だった。

独り暮らしにしては広いように感じる部屋も、この田舎なら贅沢ではないのだろう。パソコンデスクと、大きな本棚と、ベッド、食事をするためのものらしき低いテーブル、その他もろもろ、当たり前の家具が当たり前に揃っていた。全体的に、他人がいきなり訪れたにしては整頓されていて、几帳面な性格がうかがえた。自分の場合、誰かが突然やってきたら、きっとこうはいかない。二木の見た目と同じ印象をした、そつのない部屋だった。

とはいえそれは一見の印象だ。よく見るとそこかしこに、二木の暮らしがあった。

パソコン机の正面には、大きな液晶モニターが据えられていた。その傍らに一回り小さなモニターが配置してあり、ヘッドホンが掛かっている。机の上には、黒くて大きな長方形のタブレットのような機械が、手元側を低くした角度でなだらかに寝そべっていた。どういう使い方をするのかは知らないが、きっと漫画を描くためのものなのだろう。

部屋にある物の中で、二木についてもっとも多くを語っていたのが、本棚だった。広一の身長より大きな本棚が、ふたつ並んでいる。一方の本棚には、ファイルや、教育関係の本や、実用書が入っている。もう一方の本棚は、個人的な趣味の本を入れてあるようだった。漫画もあったし、割と小説も多かった。一番下の、大判サイズの本が入る段には、美術史や画集があった。入りきらない分は本棚の横の床に、ブックエンドを使って並べられていた。

そして、視線の高さの段に、同人誌らしき薄い冊子がぎっしりと詰まっていた。一冊抜き取ってみると、それは案の定アニメ調の女の子が表紙に描かれた同人誌で、しっかりとR－18の表記があった。絵柄からして、二木の作品ではなかった。

他人向けの装いがされていない、二木のためだけの本棚だった。二木がこの部屋に他人を上げることは、まずないのだろう。しげしげと本棚を眺める広一に、二木が雑誌を差し出した。

「はい、これ」

万引き未遂で捕まった時、最終的に店へ返却した例の雑誌だった。広一は雑誌を受け取ると、その場でページを捲った。

「目の前で読むのはやめてくれる？　家に帰ってからにして。ていうか、もう帰って。満足しただろ」

静かな声で二木が言った。広一が、家に連れていけ、と言ってからずっと、二木はこんな調子だ。心の中で波風が立てば立つほど、それを見せたくないのか、声色や表情が凪ぐようだ。広一は雑誌を閉じると、本棚の、目につく段に堂々と並べられた同人誌を見つめた。

「先生、彼女とか作らないんですか？」

力ない笑い声が聞こえて振り返る。二木は疲れた顔で腕を組んでいた。

「大人の女の人の、って意味ですよ。先生が今まで話したことには、大前提として、現実の未成年には手を出さない主義っていうのがあったと思うんで」

「でないと僕の話、全部ひっくり返っちゃうからね」

二木が、広一の手にある雑誌の裏表紙を指差した。見ると、そこにはランドセルを背負った女の子のイラストの上に、ポップな字体で「ＹＥＳロリータ、ＮＯタッチ」と書かれていた。

「それ、僕の宗教なんだ」

広一はぼんやりと印刷の文字を眺めた。このスローガンがただの体裁にしか見えない自分は、ひねくれすぎているのだろうか。

「先生がもし、大人の彼女作らないんだとしたら、不思議だな」

作らないのではなく、作りたいができない、なんてこともないだろう、と広一は二木の顔を見ながら思った。おまけにあれだけ外面がいいのだから。二木が片眉を上げた。

「なんで」

「だって、先生って普段はめちゃくちゃ健全な人間のフリしてるじゃないですか。カモフラージュで彼女作ったりしてそうだと思って」

「元彼女がいた体で話をすることはあるけど」

「先生の歳だったら、結婚しないの、とか周りから言われるでしょ。普通の人間のフリを徹底するんだったら、結婚相手探そうとか思わないんですか」

「思わないね」

「なんで？　あ、一緒に住んだら漫画が描けなくなるからか」

「違うよ」

ぽつりぽつりと二木が返す。

「僕は、自分のサバイバルにそこまで他人を巻き込めない」

広一は首をひねった。

「同性愛の人とか、異性と偽装結婚することもあるっていうじゃないですか」

「そういう選択を批判してるわけじゃないよ。それにゲイの人たちと僕じゃ事情が違う。性別が一緒ってだけなら、当然そこに罪はない。大人が子供をいいようにするのと違って、フェアだ」

二木が広一の手にある雑誌に目をやった。

「先生は、自分と同じような人間は全員、誰かと付き合ったり結婚しちゃいけないって考えてるんですか」

「そのことについて僕は僕の話しかできない」

組んだ両腕をさすりながら二木がそう言った。

「……ロリコンになったきっかけって、あるんですか」

「質問多いな」

「俺が興味あることには全部答えないと。先生と俺は対等じゃないんだ」

二木が視線を上げた。目に少し力が戻ったように見えた。

「本当にきみはクソガキだな。きみの血管には小便が流れてるんじゃないのか」

「よくそんな、ひねった悪口が言えますね」

「悪いね。きみも知ってる通り、普段はわりと抑圧してるもんだから」

広一は笑った。

「だったら、なおさら自分のことを話すのは気持ちがいいと思いますよ」

揚げ足取りじみた返し文句だったが、その言葉は案外、二木の琴線に触れたようだ。真っ黒な瞳で、二木がこっちをじっと見ていた。無表情で何を考えているのかがわからない。やっぱり猫に似ている。媚び猫も時々、こういう目つきをする。

「誰にも言いませんよ。言う相手、いないし」

そう唆してみる。白身魚のフライを目の前で振るのと同じ要領だ。

二木はしばらく猫の瞳でこっちを見据えたあと、ふらりと廊下へ向かった。暗いキッチンへ消えていく、幽霊のような背中に声を投げる。

「ついでにコーヒーかなんか淹れてくださいよ」

少しの間があった後に、火を点ける音がした。

ガスコンロのスイッチではなく、ライターの音だった。

5

僕が初めて人を好きになったのは、小学四年生の時だった。

相手は、同じクラスの女の子。早めの初恋で、ちょっとませてたような気もするけど、まあ可愛いもんだったよ。帰り道で一緒になるだけで嬉しかった。

あれ、って思い始めたのはその後だ。

好きになる女の子の年齢が上がっていかないんだ。

昔は、僕も子供だから、同い年の子供を好きになるのは別に変じゃないと思ってた。でも、僕がどんどん大きくなって、中学に上がっても、かわいいな、と思う相手は、小さい女の子だった。

ものすごく罰当たりなたとえ話をするよ。

式年遷宮って知ってる？

伊勢神宮っていう、偉い神様を祀る神宮があるんだけど。そこでは神様がおわす社殿を、二十年ごとに作り替えるんだ。すでにあるものを壊す前に、新しい社殿を神宮内の別の場所に用意しておいて、神様に移ってもらう。そしてまた二十年経ったら解体する。

僕は、どれだけ女の子のことを好きになっても、相手がある一定の年齢を超えたとたん、男と同じようにしか見れなくなるんだ。で、気が付けば好きになってるのは、また別の、白木みたいに新しい小さな女の子だ。

クソだろ？

悩んだよ。

好きだの恋だの言ってても、成長すると当然、性欲が絡んでくるよね。

きみぐらいの歳の頃、僕が妄想の中で使ってたのは、近所に住む小学生の女の子だった。

お兄ちゃん、絵描いて、ってせがむから、その子が好きなアニメの動物キャラをよく描いてあげた。そこに出てくるヒロインも描いて、って言われたけど、女の子はうまく描けない、って嘘をついて断ってた。たぶん描いちゃうとまずいものが露呈する気がしてたんだろうね。

とにかくよく慕ってくれてた。そんな子を僕は、頭の中ではバチバチに犯してた。

ゲロを吐きたくなったなら、トイレ使っていいよ。


それでも、その頃の僕は、まだ悪あがきをしてた。

小さな女の子に興奮するのは、大人の男が幼い女の子を犯す、っていう構図が、単に背徳的で刺激的だからだって自分に言い聞かせてた。インモラルさに興奮してるだけで、ロリコンじゃない、ってね。

色々試したよ。

友達から借りたアダルトビデオでは、まったく抜けなかった。

そうなるとまあ、嫌でも気付くよね。自分には欠陥があるって。

あ、でもアダルトビデオでまったく抜けなかった、っていうのはちょっと嘘ついたかも。思春期の性欲ってものすごいからね。借りたビデオの中に、わりと子供っぽい見た目の女優さんが出てるやつがあって。これは幼女だ、って頑張って思い込んで、だましだまし使ったこともあった。かなり集中力のいる作業だったよ。ちょっとでも、これは見た目が幼いだけで本当は、っていうのが頭をよぎればとたんに萎えるからね。

僕が手に入れられるポルノは、全部そういう感じだった。

そのうちそんな欺瞞にも疲れた。

ちょうどその頃、例の日頃お世話になってた女の子が式年遷宮を迎えてね。

たまたま、珍しく新しい社殿がなかった。

これは、後から記憶を整えてる可能性もあるから、本当の経緯かどうかは自分でも疑わしいけど。

アニメの美少女キャラを好きになったんだ。

エロアニメじゃないよ。夕方六時にテレビで放送してた健全なアニメ。僕が好きになったのはその中に出てくる少女だった。

女神みたいに思えたよ。歳を取らないから、誰かを年齢で切り捨てる自分のクソさを思い知らずに済む。現実の少女じゃないから、妄想をしても、射精したあとの罪悪感がずっと少ない。

僕はまた、妄想にふけるようになった。スケベな妄想もしたけど、会話したり、一緒にどこかへ出かけたりとか、そういうことも想像した。

妄想の中の彼女が消えるのが怖くなって、僕は初めて、下手くそな漫画を描いた。立派なオタクだったけど、その頃の僕をオタクだと知っていた人間は、一人もいなかったはずだ。

隠してたんだよ。当時、オタクにはまだ、今みたいに市民権がなくてね。オタク達はだいたい皆隠してた。それでもというか、日陰者だからこそ、普通は仲間を見つけると嬉しくなるんだろうね。彼らは似たような仲間同士で集まっては、はしゃいでた。隠してても丸わかりだった。僕はそこには加わらなかった。自分の場合は、性癖を他人に知られるのが、すなわち、即、死につながるってことを早いうちから自覚してたからね。僕は擬態がうまかったよ。普通の男がどんなふうに女の人に興味を示すのかを見て学んで真似をした。

そうしておいて本当に良かった。

世間では色々、事件もあったからね。

美大に行ったのは、絵を描くことが純粋に好きだったからだよ。絵で食べていく気はなかったから、教職課程をとって今の仕事に就いた。自分みたいな人間が、十代の女の子が溢れかえってる環境に身を置くことを、特に危ういとも思わなかったね。その時の僕には、すでに自分を抑えられる自信があったし。

かくかくしかじかで、今現在だ。

寝室と暗い廊下を隔てる扉の横に座り込み、二木の独白を聞いている間、広一は幼い頃に絵本で読んだ童話を思い出していた。『王様の耳はロバの耳』だ。広一は自分が、その物語に出てくる井戸になった気がした。

「僕はもし誰かから、嫌いなものは何かって聞かれたら、きっと、ゴキブリって答えると思う」

廊下の端から二木が言う。

「本音を言うと、僕が世の中で一番嫌いなのは、身の上話だ。人のを聞くのも、自分のを話すのも嫌いだよ。そんな話になったときは、いつも心の中でえずいてる」

またライターで火を点ける音が聞こえた。

「でも今思ったよ。そこまで嫌うってことは、もしかして好きなのかもしれないね」

独り言のような内容だ。口調こそ普段通りだが、広一は二木が妙にハイになっているると感じた。


さっき火を点けたにしては早すぎる、煙草を灰皿でもみ消す音がした後、二木がトイレに入った。ガタン、と性急に便座を上げる音がする。無音のまま、なかなか出てこない。しばらくして、水を流す音に混じって、小さく、うえっ、という声が聞こえた。

おいおい。

「ちょっと。大丈夫ですか」

トイレのドアにほとんど貼りつく距離で声をかけた。返事はない。水でも差しだしたほうが良いかと考えて、広一はキッチンに目を走らせた。コンロの脇に置かれた灰皿が目に留まる。この部屋に来たときは空だった灰皿が、吸い殻だらけになっていた。

「あんた、煙草吸い過ぎなんだよ」

なじってみても、二木をここまで追い詰めたのは自分だという気まずさはなくならなかった。二木をいたぶってやりたいと思っていたはずなのに、いざ目の前でこんなことになられると、うろたえてしまう自分がいた。

トイレの中から音がしない。

まさか、倒れていたりしないだろうか。

広一はノックをした後、ドアをそっと開けた。しゃがみ込んでいる二木の背中が一部分だけ見えた。呼吸で浅く上下しているので、少し安心した。

「あの、帰ったほうがいいですよね」

二木は答えない。よっぽど気分が悪いのだろう。広一はシンクに立つと、水切り場に置かれたグラスに水道水を注いだ。小さく開いているドアの隙間から、トイレの中の二木にグラスを差し出す。罪悪感を少しでも軽くするための行動だった。

その瞬間、隙間から腕を強く掴まれた。

「駄目だ」

二木がこっちを見据えていた。その目がらんらんと輝いているように見えるのは、嘔吐で涙目になっているからだろうか。

広一は顔をひきつらせた。グラスは落とさなかったが、中身はほとんど床にこぼれてしまっていた。

「次はきみの番だ」

「どういうことですか」

「きみの話をしろ」

あまりにも漠然としている。

「どうしてこんなことをしてる?」

広一が戸惑っているのが伝わったのか、二木が質問の範囲を絞った。だがそれでも、答えるのが難しいことに変わりはなかった。二木が聞いているのは、広一が二木に付きまとう理由についてだろう。そんなことは自分にだってわからない。

「先生自身がこの前言ったじゃないですか。良識を使って殴れるのが僕しかいないからだ、って。俺が先生を使って、ストレスを解消してるみたいに。決めつけられてムカつきましたけど、もうそれでいいですよ。言われてみたら、当たってるような気もするし」

「どうも、それだけじゃない気がする」

「は? なんでですか」

「直感だよ」

広一は掴まれたままだった腕を振りほどいた。自分でもわからない気持ちの輪郭を他人がなぞっていると思うと、胸がざわついた。

「それだけじゃないなら、何だっていうんですか。俺が実はホモで、先生をストーカーしてるとでも? 自分が変態だからってこっちまで仲間にするなよ」

「それはない気がするな。何かもっと、別のものだ」

二木が立ち上がって、洗面所へ向かった。勢いよくひねり出した水で手を洗いながら、二木が言う。

「きみは前に、自分は内面を掘り下げて生きてるタイプだとかどうとか言ってたな。結構なことだけど一人じゃ限界があるぞ。下手な自己修正を重ねた紛い物の自分を信じ込む前に、他人を反響板にしてみたらどうだ。それとも、他人のクソは見たがるわりに、自分のクソからは目を背けるのか。僕がロリコンの変態ならきみは出歯亀スカトロ野郎だな」

何を、と広一は眉を吊り上げた。

「それなら、あんたなんか、普段は本当のことなんかひとつも喋らないくせに、こっちがちょっとつついたら聞かれた以上にベラベラ語りだして、隠れ露出狂じゃないか」

二木はタオルで手を拭きながら、なるほどなあ、と呟いた。

「自分が露出狂だったたっていうのは新しい発見だ。とまあ、こんな風に人とぶつかってみてわかることがあるんだよ」

広一はむっつりと黙り込んだ。こっちを悪口で煽ったかと思えば、いかにも得るものがあるという風になだめすかしてくる。あの手この手で話すことを促しているのは、結局のところ、自分だけが打ち明け話をさせられたことが嫌なだけなのだろう。

だが、他人を反響板にする、という表現には、悔しいが興味を引かれた。

二木と公平にいきたいなんて思わない。それでも、考えを二木にぶつけてみれば、何かがわかるだろうか。

「……俺が先生に関わりたいのは、たぶん先生が美術教師だからだ」

広一は咳ばらいをした。

「俺は昔からずっと、変な奴だって言われ続けてきました。俺が何か言ったりしたりすると、皆がぽかんとする。何かちょっと普通じゃないらしいです。そんな風に言われ続けてると、自分の何から何までおかしいんじゃないか、皆と同じように感じたり、考えたりできるように自分を矯正したほうがいいんじゃないか、って思えてくる。それでも心のどこかでは、自分の考えてることだってなかなか悪くないと思う気持ちをどうしても捨てられないんです。皆が平凡だから、俺のことを変だと思うだけで、もしかしたら俺のそんな部分はいい意味での個性かも、みたいな……」

自分で言っていて恥ずかしくなってくる。突っ込まれることが怖くて何か予防線を張りたい衝動に駆られたが、ぐっとこらえた。

「美術教師は、俺の身近で一番、感性の世界にいる人に思えたんです。先生なら俺を違う目で見てくれそうな気がした。でも先生はどこまでも普通の人だったから、俺はちょっと諦めてた。そんな時に、先生の秘密を知って、なんだ、この人も普通じゃないんだ、じゃあなおさら俺のことがわかるんじゃないか、って思ったんでしょうね」

「うーん」

二木が苦笑した。単に変な子供だとしか思えなかった、とでも言いたいのだろう。少し傷付いたし、苛ついた。話の腰を折るな。

「言いたいことはわかります。ただ、それは先生が俺のことを教師と生徒の距離でしか見てこなかったからだ。今は違う」

二木が探るような目をした。

「つまりきみは、僕に認められたいってこと？」

本来なら、カッとくる台詞だ。なのに、特に何とも感じなかった。

「たぶん……」

「そう……」

二木はいまいち納得していないようだ。広一も同じだった。

「まあ、ちょっとしっくりこないけど、一応の動機がわかってよかった」

ああそうか、と広一は理解した。二木は、何を満たせば自分が解放されるのかを知りたかったのだ。

「それで、きみは僕に何を見せてくれるんだ？」

「え？」

「その、人と違う感性とやらで何をするんだ」

広一はうろたえた。自分には「何か」があると、認めてさえくれればいいのだ。しかし、それが具体的に「何」なのかを考えたことはなかった。

「見たところきみは何も積み上げてきてないね。画家にしろ音楽家にしろ、感性を活かした何かになるには幼い頃から訓練が必要なんだよ。きみはもう、その点では年寄りだ。十六歳を年寄り呼ばわりするのは僕がロリコンだからじゃないよ。今から頑張るにしても、絵を描くのも音楽をやるのも、まず筆を持ったり、楽器を手にしなけりゃならないだろ。見せるものが何もないのに、認めてくれだなんて、変なこと言うよな」

「……小さい時に親とかが英才教育してくれたならともかく、この年で、なんか芸がある奴のほうが、珍しいんじゃないですか」

「そうだな。きみはすごく『普通』だ。たったひとつ、そんなとこだけは」

おめでとう、と、二木が、音のない拍手をした。

二木と話していて頭に血が上ったことなら何度かある。

だが、殺したい、と思ったのは初めてだった。

気が付けば、広一は街灯の下に立っていた。

顔を上げると、二木のアパートの近くの業務用スーパーが見えた。怒りに任せて二木の部屋を飛び出したのだ。何も言えなくなって二木の前から逃げ出したのはこれで二度目だ。だが今回は、逃げたというより、思わず殴りかかりそうになった自分を相手から引き離したのだ。意外と自制が利く。そう自分を褒めてみたが、寒々しいだけだった。

とりあえず、高校の方角へと歩くことにした。スマートフォンで地図を見るのも面倒だった。このあたりの道はよく知らないが、山を背にして歩けば高校には辿り着けるだろう。そこから先はいつもの通学路だ。もう最終のバスも行ってしまった。

広一は長い道のりを歩いた。

何も積み上げてきていないと二木に言われた。

何かを目指すかどうかはともかく、それは事実だった。どうして今まで気付かなかったのだろう。自分の何かを認めてもらうには、当たり前だが何かをしなければならなかったのだ。

自宅に着くと、冷蔵庫の中にある夕飯には手を付けずに自分の部屋に行き、半分に折っていただけの布団を敷いた。手早く寝間着に着替え、電灯を消して布団に潜り込む。タオル地のカバーが掛かった夏布団の質感が心地いい。外で嫌な思いをした時は、いつもここに帰ってくることを夢見ている。悩み事があるせいで眠れない、という話をたまに聞くが、自分はその逆だ。いつの間にか、辛くなるとすぐ布団に逃げ込むようになった。そして、何も問題が解決されていなくても眠れてしまう。なのに、いつもと違って眠気はちらりとも姿を見せなかった。

頭の中で母の声がこだました。

広一はユニークね。色々言われちゃうのは、周りのレベルが低いからよ。

広一は体を丸めた。普通と違う代わりに何か突出して長けたものがあるはずだ、なんて、ただの幻想だ。母の決まり言葉に囚われているのは自覚している。けれど、たとえ幻想でも、そうありたかった。そうでなければ自分はただの劣等人間だ。そんなものにしがみつくのはやめて、昔、委員長の父親から言われたように「当たり前に子供らしい子供」を目指せばいいのだろうか。当たり前の子供ってなんだよ。あいつの勝手なイメージなんて知るか。なろうとしてなれるものなのかもわからない。二木が言う通り、何も努力してきたことがないからだ。流行りの音楽を聴いて地球人になる、といった特訓も途中で投げ出した。結局今では、好きな音楽を聴いている。そうしたかったからだ。

つまり自分は、この地球で快適に生きたいくせに、自分自身のままでいたいのだ。けれど、自分とは何だろう。二木の言う通り、自分は何者でもない。何者でもない人間なんて、自分自身でも好きになれない。もう遅い、と二木は言った。本当にそうだろうか。今からでもできることはないだろうか。勉強？　スポーツ？　どれもぴんとこない。苦手なことから逃げているのだろうかと頭によぎったが、そうではなくて、自分にはもっと向いていることがあるはずだという気がした。向いていること。

寝た状態から体を起こす。

あんたはユニーク。親心からくる台詞とはいえ、今ではただの口癖になったその言葉を、一番初めに言われたのはどんな時だっただろうか。

確かあれは、空想で描いていた物語をノートに書いて、母に見せたのが始まりだ。

布団から這い出て、寝たまま電灯が消せるように長く垂らしていた紐で灯りを点けると、広一は膝立ちで押入れの前に移動した。

戸を引いて、中の段ボール箱を次々と畳の上に出していく。一番奥に仕舞っていた箱は、上に載せていた箱の重みで少し変形していた。体ごと押入れに潜り込み、ざらついたベニヤ板の棘が掌底に刺さらないよう気を付けながら、無理な姿勢で奥の箱を引っ張り出した。

箱を開けると、役にも立たないのに捨てるという発想もなかった過去の様々な物が、古紙の匂いとともに姿を見せた。

小中学校の教科書に、筒に入った卒業証書。立てて隙間に入れてあったノート類は、学校用のものではなく、家での落書きに使っていた自由帳だ。リング式の大きな自由帳を手に取る。表紙を開くと、昔の思い出がうっすらと蘇ってきた。

そこには、子供の下手な字と言葉で書かれている物語があった。

目を通すと、ほとんど忘れていた記憶の隙間が埋まっていく面白さと、稚拙さで、口の端がむずむずと動いた。

広一はページを捲り続けた。読み進めるごとに、自分が書いたものだという実感が薄れていった。

目を通しながら口元に浮かべていた苦笑は、自由帳の三冊目に差し掛かる頃には消えていた。自分がいったいどんな表情をしていたのかはわからない。少なくとも、それを意識できる自分は、その時、どこにもいなかった。

6

幼い頃に、書き散らかしては母に読ませていた物語以外には、あまり文章を書いたことがない。

せいぜい読書感想文くらいだろうか。

自由帳に書いた物語だって、ほとんどが完結していない。

つまり、ある程度ちゃんとしたものを書くというのは、初めての試みだった。

「何か」があることを証明するために小説を書こうと思ったのは、かつての自分が書いた自由帳の物語を読んだ時に、驚いたからだ。

文章を書く能力が高い、と思った。

もちろん、子供が書いたにしてはという意味だ。だが幼い頃から人と話すよりも本で読んだ文字数のほうが多いほど読書をしていたからか、粗いながらも物語の書き方を感覚的に掴んでいることが見て取れた。長い間、思い出しもせず放置していた作品だ。自分が書いたという贔屓目（ひいきめ）を離れて、そこそこ客観的に審判できていると思う。

自分に、人から飛びぬけるほどの文才があると思った訳ではない。自分の持っている能力の中では、もっとも値が高いのがこれかもしれないと思ったのだ。

だから小説を書く。筋道だった考えで二木を見返す方法を選んだようにも感じたが、学校の課題をするためだと嘘をついて母から借りたノートパソコンの前に座った時には、急にイノシシのように突っ走り始めた自分のことを、ただの単純バカかもしれないとも思った。「田井中スイッチ」というあだ名は、悔しいが秀逸だ。

とはいえ何を書くかが問題だったが、それについては、小説を書こうと思い立った瞬間から、シンプルな考えがあった。読みたいものを書けばいい。今の自分が読みたいものははっきりしている。こうなって欲しいと思いながらも、そうはならなかった物語だ。

学芸会で「なぜうちの子が村人Bの役なのか」「もっと出番を増やせ」と学校に訴えかける親のことをモンスターペアレントと呼ぶのなら、広一は限りなくそれに近かった。

「ジョン」のモンペだ。

「緑色の小説」に登場する男の名前だ。小説の中ではいつも馬鹿にされていて、間の抜けたことをしては主人公から小突かれ、終盤に差し掛かるあたりの銃撃戦であっさり死んでしまった。殺すなとは言わない。ただもう少し、扱いという意味で、救済が欲しかった。せめて一行でも彼のキャラクター性に厚みが出る描写があれば、こんな風には思わなかっただろう。

彼の話を書きたい。

広一はさっそく執筆に取りかかることにした。そうしないと、気が緩めばあふれ出てくる自信のなさに捕まって、書けなくなる気がした。

最初の一文をパソコンの画面に打ち込んだ時、広一は確信に近い予感を抱いた。自分はこの話をうまく書ける、と感じたのだ。頭に閃(ひらめ)いた情景をそのまま言葉にしただけの出だしだったが、そこから次々とイメージが連なっていった。編み物、なんてしたことはないけれども、あれは確か次の列に編み進む時、前列の編み目に針を引っ掛けて長さを出していくやり方だったはずだ。物語を考える時の想像の連なりは、編み物に似ていた。今の列をきちんと編めば、次の列は前列の目に針を通して編み進むことができる。要らない目はくくってしまえばいい。

このやり方には、後から困る部分もあった。流れがあるぶん、書き直しにくいのだ。書き始めた当初は自分の才能を発見した気がして有頂天になったが、一晩寝てから読み返すと、そのシーンを良しとした昨日の自分の判断能力に首をひねりたくなるほどのまずさを発見した。面白いと思って書いた部分が面白くない。説得力があると思っていた動機付けの、筋が通っていない。言い得て妙だと思っていた表現が、よく読めば的が外れている。一生懸命考えた文章への愛着を振り切って書き直そうとした時に、広一を苦しめたのが、なまじ流暢に書き進めていたことによる、文脈だった。すでにずいぶん書いた後から発見した穴ぼこだけを修正する方法が思いつかない。結局、穴が空いているところまで糸をほどいてまた編み直す方法しか取れなかった。

それでも、広一は書き続けた。学校から帰宅すると真っ先にパソコンへ向かい、授業中もノートに物語の続きを書きなぐっていた。なぜか一番筆が乗るのが授業中だったので、広一はますます「他のことやりたくナルレナリン」の存在を信じるようになった。

物語は、ジョンの人生最後の日から始まる。深夜、ジョンは電話の音で目を覚ます。不思議なことに電話には着信履歴が見当たらない。彼は父親が死んだ日の夜中にかかってきた訃報の電話を、夢に見たのだと結論づける――

書いては消し、を繰り返しながら、広一の書く物語は文字数を増やしていった。

二木から、何もない、と言われた日からひと月ほどが経ったある月曜の朝に、広一は物語のラストシーンを締める句点を、ようやく文の末尾に打ち込んだ。

広一は机の前から立ち上がると、伸びをして、二つ折りにしたままの布団に上半身を横たえた。小一時間だけでもうつらうつらしようと目を閉じたが、浮き立っている気持ちを抱えたまま眠れないことを悟って、ふたたびパソコンの前へと座った。

書き上げたばかりの物語を何度も読み返す。

しまいには本棚から元ネタになった「緑色の小説」を引っ張り出してきて見比べ、もしかすると自分の作品はプロの作品と比肩するほどの出来かもしれないとすら思った。

そんな巨大な自負は、明日になれば、きっと消えてしまうだろう。

そう予感しつつも、広一はいつまでも画面を眺め続けていた。

7

物語を原稿として紙に印刷したのは、書き上げた日の三日後だった。

もっと手直しするべきかとも考えたが、何度も読み返したせいで、すでに自分ではどこを直せばいいのかの判断がつかなくなっていた。手を入れることでより良くなる部分がある半面、損なわれるものもあるかもしれない。改悪してしまうくらいなら、いっそ、という気持ちで、広一はコンビニの印刷サービスへとデータを転送した。

印刷された紙束をコンビニの複合機の前で初めて手にした時、その軽さと薄さに少し落胆した。約三万字。短編小説を書くつもりで始めた割に、しっかりした長さの物語を書いた気でいたが、こうして紙束にしてしまうと、思っていたよりもぺらぺらだ。

ホチキスで留めた原稿を通学鞄に忍ばせる。明日、二木に見せよう。彼はどんな反応をするだろうか。

書き上げた日の高揚感とは打って変わって、前日の広一はナーバスだった。ここに来て、却って馬鹿にされる結果になるのを恐れ始めていた。何も見せなければ、二木の中で自分は未知数でいられる。だが見せれば、実力が明るみに出てしまう。それでも、あの日二木に図星を突かれたまま何もしないでいると思われるのは悔しかった。自分は努力した。それだけは間違いない。その努力をふいにはしたくない。

何より、生まれて初めて他人に自分を認めさせることができるかもしれないという期待が、この物語には懸かっていた。

翌日、全ての授業を終えると、広一は美術室へと向かった。

幸い、目的の人物はそこにいた。

黒板の傍らにある教師用の席に、二木は座っていた。背中を丸めて、ノートパソコンの前でマウスを手にしている。その姿勢のまま、二木は部屋に入って来た広一に上目遣いの視線を向けていた。

「あの、今、いいですか」

二木は、普段学校で見せている外面とも、広一とやり合う時の顔とも取れない、どっち付かずの表情を浮かべていた。二木とこうして二人きりで向かい合うのは、ほぼひと月ぶりだ。彼は明らかに、こっちの出方を窺っていた。

「今から職員会議だから、手短に」

警戒しているかのように素っ気ない口ぶりだ。事実、戦々恐々としているのだろう。しばらくの間絡んでこなかった鬱陶しい相手が、また現れたのだから。広一は二木へ歩み寄ると、鞄から原稿を取り出し、彼の目の前に突き付けた。

「何これ?」

原稿を受け取りもせず、二木が言った。

「前に、俺に言ったこと覚えてますか」

「あんまり」

かちんと来る言葉だった。いつだって、言われた方ばかりがそのことを覚えている。過去の記憶にまで波及していきそうな苛立ちを飲み下すために、広一は咳ばらいをした。

「自分の感性を人に認めさせるには、何かで表現しないと、って話……」

今さらながらに、この要約で合っているのだろうか、と不安になったが、二木が「ああ」と思い出したような声を上げたので、ほっとした。広一はノートパソコンのキーボードの上に原稿を置いた。何かを入力中だったらしいパソコンが、ぴきゅん、という電子音を立てた。迷惑そうな顔で二木が原稿を拾い上げる。

「小説?」

「はい」

「前から書いてたの?」

「いえ、初めて書きました。この一か月間で」

初めて、という部分を強調しながら言うと、二木が「うわあ」と声を漏らした。あからさまに引いている。広一は眉をひそめた。そんな反応をされるようなことだろうか。

「ここしばらく大人しいと思ってたら、これに専念してたんだ。なるほど」

「読んで、正直な意見をください。先生には、読む義務があると思うんです」

「義務ねえ」

ページを繰りながら、二木が言う。彼がすでに一ページ目を読み終えたことに内心でどきどきしていると、彼は突然、途中の物語をすべて飛ばしてラストシーンのページを開いた。

広一は慌てて、二木の手から原稿をひったくった。

「ちょっと！　なんでいきなり最後のシーンを読むんですか」

「いや、完結してるのかなと思って」

「してます。してますから、ちゃんと順番通り読んでください」

「わかったよ。でも、さっきも言った通り今から会議なんだ。持って帰って家で読むよ。本、読むのに時間かかるたちだから、感想は遅くなると思うけど」

広一は原稿を手に持ったまま二木を睨んだ。二木が小説を読みなれているのは、彼の自宅の本棚を見て知っている。読書家で遅読、はあり得るかもしれないが、二木の場合は絶対に嘘だという気がした。

何より気に入らないのは二木の読み方が信用できないことだった。丹精込めて書いたものを、今のように扱って欲しくない。いきなり結末を読まれては、面白さは半減どころではない。台無しだ。

「さっさと渡せよ。読ませたくないならまったく構わないけど」

差しだされた二木の手を無視して、広一は言った。

「先生には、俺が見てる前で読んでもらう」

二木がげんなりとした顔になった。

「こっちは暇じゃないんだよ」

「いつなら時間ありますか」

二木は広一から目を逸らすと、思案するように人差し指で机を叩いた。何を考えているのかは掴めなかったが、しつこく食い下がる相手を今いる三階の窓から投げ捨てたいと思っているのかもしれないと想像したら、噛みつこうとしている猫の頭に手をかざしている時のようなスリルを感じた。

とんとん、という人差し指の動きが次第に緩やかになる。機械の駆動が停止する時を思わせるおもむろさで指の動きが止まった時、二木が口を開いた。

「逆に、きみが夜に出て来れるのはいつなの」

思わず耳を疑った。夜、つまり、学校以外の場所で会おうと二木は言っているのだ。学校の中で会いたくない二木の気持ちはわかるが、彼の口からそうした言葉が出てきたことが意外だった。

「えっと……今すぐはわかりません。母さんが夜勤の日以外は出歩きにくいんで、シフトを確認してからじゃないと」

「そう。じゃあ、わかったら教えて」

二木は、充電器に繋いでいたスマートフォンを操作すると、机の上に置いた。連絡先情報が組み込まれているQRコードが表示されていた。

「言っとくけど、無駄な連絡はしてこないでね」

何を言われようと、こっちは好きにできる。だが一応、頷いておいた。広一が連絡先を読み取っている傍らで、二木は閉じたパソコンと、まとめたケーブルを緩衝素材のケースに仕舞い、立ち上がった。スマートフォンを受け取ると、彼はケースを携えて美術室から出て行った。

拍子抜けするくらい素直だった。

こっちが一度言い出したら聞かないと知っているから、無駄な抵抗をやめて気力の省エネモードに入ったのだろうか。

不気味だ、と思った。二木を脅し始めて以来、時々考えることがある。いい年をした大人が、この状況に打つ手のひとつも考え付かないものだろうかと思うのだ。自分が二木よりも優位に立っていることは確かだ。だが、二木より自分が上手だと感じたことは、実のところ、一度もない。そんな二木が、顔をしかめながらも今の状況に甘んじているのは、何か思惑があってのことなのだろうか。もしそうだとすれば、一体どこまでの要求を聞き入れるのだろう。

広一は一人きりになった美術室で、机に腰かけた。

まあいいか、と内心で呟いた。少なくとも今はこっちの命令が通る。別に百万円よこせだとか裸で近所を走り回れと言っている訳ではないし、二木の堪忍袋の緒もしばらくは保つだろう。


その日の晩、夕食の支度で台所に立つ母に向かって広一は問いかけた。

「そういえば、来週、夜、家にいる日って、いつ?」

いない日、ではなく、いる日を聞くのは当然だ。親が留守の夜を知りたがるなんて怪しすぎる。

台所から、母の呟きが聞こえてくる。

「休み、日、深夜、日、休み、準夜……」

おそらくシフトを指折りながら思い出しているのだろう。

「来週はほとんどいるかな。木曜以外は。なんで?」

なら二木と会うのは木曜だ。そう考えつつ、母を適当に誤魔化すことにする。

「久しぶりに外食連れてってよ」

「何が食べたいの」

「肉」

「何の？」

「牛肉」

「ちょうど良かったわ。こっち来て。盛り付けよろしく」

促されて台所へ立つ。家で料理をする時は、盛り付けと洗い物が広一の担当だ。コンロには圧力鍋が鎮座していた。手順を踏んで蓋を開けると、圧の下がった蒸気とともに、茶色い照りのある肉が姿を見せた。

「豚の角煮？」

「牛のスペアリブよ」

初めて見る料理だった。母はあまり、料理のレパートリーを更新しない。おまけに、この家は牛肉の登場回数が少ない。母曰く、高いくせに豚や鶏より栄養価が低いからだ。何かいいことでもあったのだろうか。

「うまそう」

「最近、あんた遅くまで勉強頑張ってたでしょ。やっと真面目にやりだして偉いなあと思って。そのご褒美」

課題のためだと嘘をついて借りたパソコンで中間テストの間も小説を書いていた自分も自分なら、高校生の息子がパソコンを携えて深夜まで部屋でカタカタやっているのを本気で課題のためだと信じこむ親も親だ。それともこれは勉強そっちのけで別のことをしていると見当をつけたうえでの当てこすりなのだろうか。広一は皿の上の柔らかそうな肉を見つめながら、食欲から来るものではない生唾を飲み込んだ。当てこすりや仄めかしを専売特許にしているのは、二木だけで十分だ。

鍋に残った肉をタッパーに詰めて冷蔵し、油にまみれた洗い物を片付け終えると、広一は二木に、木曜の夜に会えるか、とメッセージを送った。

風呂から出ると、初めてのメッセージへの返事が届いていた。夜七時以降なら家にいる、とだけあった。

一体どういう心境の変化なのだろう。押し掛けるのは良くても、誘われると構えてしまう自分がいた。だがそれでも、じっくりと原稿を読ませることができて、きちんとした感想を聞けるのなら、場所はどこでも構わなかった。

8

約束の日の晩、広一は祖母宅で夕飯を済ませると、自転車で二木の家に向かった。

前かごに載せたトートバッグの口から、クリアファイルに入れた原稿の端がのぞいている。期待と恐れで胃と心臓が不規則にきゅっとなる。今度はこっちがトイレで吐くかもしれない。そう思いながら、広一は二木のアパートの脇に自転車を止めた。

インターフォンを押すと、中から物音がしてドアが開いた。二木の部屋の匂いが流れ出てくる。七分袖のTシャツにスウェットパンツ姿の二木が出迎えた。

「あの」

「さっさと入って」

二木が低いトーンの早口で言った。促されるまま素早く玄関に滑り込むと、何かが足に当たって大きな音が鳴った。見ると、空き缶が大量に入ったごみ袋だった。

二木の部屋は、以前来た時に比べて散らかっていた。

パソコンデスクの上には飲料缶があり、傍らに本と書類とが乱雑に積まれている。真ん中に置かれた例の四角い大きな機械の上には、今まで作業していた雰囲気でプラスチック製のペンのようなものが放り出されている。このあいだは整っていた本棚も、立てかけてある本の列の手前に別の本が何冊も横積みにされていた。部屋の中で割と面積を占めている大きな本棚が荒れていると、それだけで部屋の印象がかなり違って見えた。心なしか空気も淀んでいる気がする。

もしかして、いわゆる漫画家の締め切り前というものなのだろうか。本人が家に呼んだのだから、気にすることはない。

質問するのはやめておいた。触れるとやぶへびになる気がした。

二木がパソコンデスクの前にある椅子に腰かけた。それで？　という顔をしている。広一はトートバッグを床に置くと、中から原稿を取り出して二木に渡した。

「まず最初に説明させてください」

「うん」

「元ネタになった作品があります。でもストーリーはパクリじゃありません。うまく言えないんですけど、好きな作品に出てくる好きなキャラクターのスピンオフを俺が書いたと思ったらいいかも」

「つまり二次創作か」

そうなるのだろうか。二木の同人誌をネットで漁る過程で、二次創作というものを知った。著作権のある作品の非公式なパロディをそう呼ぶのだ。例えば漫画『ドラゴンボール』のファンが、主人公である孫悟空のイラストなり漫画なり小説を著作権者の許可なしに創作した場合、その作品は二次創作物ということになる。

「元ネタは何？　有名な作品？」

その質問に「緑色の小説」の正式なタイトルを答えると、二木は、知らないな、と言った。

自分の書いたものがパロディだとは自覚していた。だが、二次創作、と改めて分類されたことで、急に目の前にある原稿が根暗な遊びの産物に見えて、恥ずかしさが襲ってくる。今すぐ二木の手から原稿を取り返すべきかもしれない。それは、見せなければ良かったと後悔で悶（もだ）えている未来の自分からの指令にも思えたが、広一は衝動をこらえた。褒められるかもしれないという期待と、恥をかくかもしれないという予感がせめぎ合った時、自分はいつも期待のほうを取っている気がする。「AかBか」と聞かれて、一人だけ「B」に手を挙げた時と同じだ。

原稿を持った二木が、椅子ごと回転して背を向けた。デスクにある機械の上に原稿を置くと、紙の端をつまんだまま一枚目に目を通した。ややあって、次のページを捲った。背中がどんどん丸まっていく。本格的に読む態勢へ入ったようだ。

広一は床のクッションに腰を下ろした。二木の反応が気になって仕方がないが、黙々と読み進める後ろ姿からは何の感触も得られない。二木が感じていることを推し量る唯一の手掛かりに思えるのがページを捲る手つきだった。その動作が素早いか、ゆっくりか、丁寧か、乱暴かで一喜一憂してしまう。

「ストーリーの基盤は原作に沿ってるってことでいいんだよね？」

次のページに指をかけながら二木が言った。

「はい。主人公のジョンは原作だと脇役で、内面の描写がされないまま撃たれて死ぬんです。俺が書いたその話は、そのキャラが死ぬ日の話です」

広一は二木がまだ読んでいないページの厚みに目をやった。

「死ぬことを示唆してるみたいな箇所が出てきたでしょ」

「確かに」

「ジョンは結局、原作通りに死ぬんだろうけど。本当はどんな風に考えてたのかを書きたくて。原作っていう正史は変えずに、隙間を妄想して書いたというか」

広一の説明に二木は、そう、とだけ呟いて、左手の指を動かした。ページの角を三角に折り込んでいる。二木は机の端に転がしてあった赤ペンを手に取ると、断りもなしに原稿へ何かを猛然と書き入れた。

広一は唇をひん曲げた。まさかご丁寧に「赤ペン先生」をしてくれるとは思わなかったが、絶対、批判的な内容だ。駄目だったのは一体どのくだりだろう。

そもそも、二木は正当な評価をするのだろうか。間抜けなことに、書き始めた時から作品の出来にばかり気が行って、そう思い至ったのは今この時が初めてだった。当たり前だが二木はこっちを嫌っている。そんな相手の作品は、本心はどうあれこき下ろすのが自然な気がする。逆に、自分を脅している相手の機嫌を損ねないために、手放しで褒め殺すというのもあり得る。どっちにせよ、そんな評価は欲しくない。

疑心暗鬼で胸がむかついてくる。このまま後ろ姿を見守っていたら、冗談抜きで吐いてしまいそうだ。落ち着かない気持ちで広一は部屋を見回した。二木が読み終えるまでにはもうしばらくかかるだろう。壁の半分以上を占めている大きな二つの本棚を眺める。探しているのは、二木の漫画が掲載されている例の雑誌だった。前に訪れた時、手渡されたにもかかわらず部屋を飛び出したせいで、結局、前の号には目を通せていないままだ。視線の高さの位置に堂々と同人誌を並べているのに、あの雑誌の姿は本棚のどこにもなかった。一番下の、大判サイズが入る段にもこの間と同様に美術関係の重厚な本しか置かれていない。

「先生」

「何」

「待ってる間、あの雑誌の前の号が読みたいんですけど、どこにありますか」

プラスチックが軋む音を立てて赤ペンを走らせながら、二木が言う。

「ああ、あれ、ちょっと中に仕舞ってるから」

中、という言葉に、広一は上半身を背後にねじって、クローゼットの扉を見た。そういえば初めてこの家の玄関に足を踏み入れた時、先に寝室へ入った二木が、この辺りでごそごそとしていた気がする。

「開けていいですか？」

一応、確認した。中にあるのがあの雑誌だけならいいが、もし、彼が普段使っているなにかしらのアダルトグッズなんかも隠してあったとしたら、そんなものはむしろ見たくなかった。あくまでも二木の許しが出てから扉を開くつもりで、クローゼットへ手をかける。

その時、ふいに後ろの方から、短い叱責が飛んできた。

「触るな」

扉にかかった手を声ではたき落とすような、ぴしゃりとした語気だった。

振り返ると、椅子に座った二木が、ペンを握った拳を後ろ手に机の上へ残したままで、こっちに体を向けていた。鼻の付け根に皺を寄せて、唇を引き結んでいる。二木らしくないほど、嫌悪感をあらわにした表情だった。

「……何かまずいものが中にあるんだったら、別に見たくないんで、先生が雑誌取ってくれませんか。あっち向いときますから」

二木がこれまで大人しく従っていたとは言い難い。けれど、こんなにもストレートに「やめろ」と言ったのは、たぶん、初めてだった。怪訝に思ったが、おそらく、よっぽど見られたくないものを隠しているのだろう。二木は一点を凝視していた。クローゼットにかかった広一の手を、食い入るように見ている。

えらく切羽詰まった様子をいぶかしみながらも、広一は素直に扉から手を離した。今日ばかりは多少、尊重してやろう。これから彼の評価を受けるのだから。

二木は、広一の手が扉から離れた後も、その手に視線を注ぎ続けていたが、やがて自分の中で何かの整理がついたのか、目を閉じると深い息を吐いた。さっきまで微動だにしなかった二木の肩が呼気とともに下がっていく様子を見て、広一は、二木が、息すら止めるほど張り詰めていたのだと知り、驚いた。

そうまで大げさに安堵されると、今度はクローゼットの中身への興味が湧いてきた。へえ、とあれこれ想像しながら二木を眺めまわす。二木は、気を取り直そうとするかのように自分の顔全体を片手で拭うと、そのまま手のひらで口元を覆い、目を瞬いて、しばらく何か、深く考え込んでいる様子だった。観察を続けていると、目と目が合った。二木はそこでようやく、自分にまとわりついている視線に気が付いたらしく、鬱陶し気に頭を左右へ振って、椅子から腰を上げた。

「どんな想像してるのか知らないけど」

そう言いながら歩み寄ってくる。

「面白いものは何もないよ、ほら」

えっ、と思った時にはすでに、二木はやけくそ気味な動作でクローゼットの扉を開けていた。

屏風式の扉の中には、確かに二木の言う通り、バーに吊った衣服と小さな箪笥、そして、雑誌らしきものを入れたコンテナケースがあるだけだった。

二木は、ケースに入った雑誌のうち、端にあった一冊を取り出すと、広一へ手渡した。浴衣の少女のイラストが表紙に描かれている。もはや見慣れた例の雑誌だった。

「なんならこの中身、全部チェックする？」

顎でケースを指す二木の表情は、もうすっかり、目の前の無礼な子供を冷ややかに見るという、ある意味でいつも通りのものへ戻っていた。急に釈然としない気持ちが胸の内に生まれて、広一はおぼつかない顔で雑誌を受け取った。本気で犯罪がらみの児童ポルノや、等身大サイズの少女型ダッチワイフでも隠してあったのならまだしも、そうではないらしいと知った今、二木が一体、何に対してあそこまで拒絶反応を示したのかがわからなくなっていた。自分の作品だけをクローゼットの中に仕舞っているのも謎だが、それ以上に、こっちがクローゼットの扉に手をかけた時の、彼のリアクションが不可解だった。

あの瞬間の二木は、これまでで一番、ひどいことをされたという顔をしていたからだ。

原稿を読みに机へ戻った二木の後ろで、広一はあぐらの上に置いた雑誌を見るともなしに開きながら、考えていた。

仮に後ろめたいものがなくとも、他人に家のあちこちを勝手に触られれば誰だって不愉快になるはずだ。だが、二木はすでに嫌というほどプライベート領域を踏み荒らされてきた訳で、今更あんなことで毛を逆立てるのは、ちょっと遅いだろうという気がした。

とはいえ、触られたくないゾーンがあるというのはわかる。体の話なので、二木のそれとは意味合いが違うかもしれないが、例えば、自分は人に頭を触られるのが苦手だ。幼い頃からなぜか、頭を触られると、くすぐったさが極端になったもののような尖った感覚を抱いて、無性に気が立ってしまう。定期的に駅前の美容室へ散髪に行くが、髪をいじくられている間は苦痛で仕方がない。自分の手なら平気だが、他人の手は動きが読めない。毎回、結構な精神力を使って我慢している。

だが、苦手な理由は、そうした身体的不快感だけではない。

他人の手が頭を這うと、ぴりぴりとする頭皮の下で、昔、あの誕生会の日に、委員長の父親に頭へ手を置かれた時のことを思い出してしまう。

あの手は、温かくて、力強くて、まさに父親といった感触をしていたくせに、こっちの本質を一ミリも認めていなかった。あの父親をというより、あの手を撥(は)ねのけなかった自分を許せていないような気がする。それこそさっきの二木のように、触るな、と言えていたら、こんな風にはわだかまらなかっただろうか。

広一は先々月号のページに目を落とした。

「がじぞう」の漫画の扉絵だ。茶色のロングヘア――モノクロだったが、スクリーントーンを貼ったその髪を、広一は茶髪と認識した――の女の子が、手でハートマークを作って笑っている。ステージ衣装のような服を着ているから、きっとこの子はアイドルなのだろう。机に向かう二木の後ろ姿を眺めながら、もしかしたら、下北でライブを開催していたあのアイドルを投影したヒロインなのかもしれないと考えると、二木が以前、読むなら余所で読んでくれと言った気持ちがわからなくもなかった。当の本人は、今ではとっくにそのことについて諦めた様子だが。

扉絵を捲っても、さっきの出来事がまだ尾を引いているのか、いまひとつ内容に集中できなかった。二木は原稿へ没入している。彼が、あんな顔をした後にすぐ態度を元通りにしたことにも、しくじりの正体を誰からも教えてもらえない時のような、小さな不安感があった。モヤモヤした気持ちでページを繰っていると、二木が椅子から立ち上がった。

原稿を持ったままキッチンへ向かった二木の姿を、広一は寝室の入り口から両手両膝をついた姿勢で覗き込んだ。二木は煙草をふかしながら、原稿の最初のページから順にざっと目を通している。どうやらとりあえず読み終えたようだ。伝えるべき言葉を頭の中でまとめているのかもしれない。二木が自分の作品を読み終えた。そう実感した途端、今度こそ頭にかかっていた靄は吹っ飛んで、代わりに心臓が脈打ち始めた。

何度もページを読み返して、二木が立て続けに二本目の煙草へ火を点ける。煙草には、頭の回転数を上げる効果でもあるのだろうか。換気扇が吸い込み切れない煙が広一のところにも漂ってくる。臭いに顔をしかめながらも、二木の様子を窺わずにはいられないでいると、二木が原稿を閉じた。

「読んだよ」

そう言って煙草を消し、寝室へと戻ってくる。

「……どうでしたか」

力関係ではこっちが優位のはずだが、今この瞬間においては二木が絶対的な存在だ。二木の部屋にはクッションがひとつしかない。再び椅子に座った二木から、奇しくも見下ろされる構図になった。

広一は床の上で膝を抱えて二木の言葉を待った。書き始めた時から今にかけて、望みは徐々に低くなっている。隠された才能に舌を巻け、から、どこかしら光る部分を見出して欲しい、になり、せめて書き上げた根性だけでも大したものだと思ってくれ、へと変化して、今この時は、ただただ、本当のことを言ってもらいたい、と縋（すが）るような気持ちだった。

二木と目が合う。二木は広一の顔を見て、うすら笑いを浮かべながら目を逸らした。きっと切実さがほとばしる顔面だったのだろう。

「正直、驚いたよ」

「はあ」

呆けた返事をする広一に、二木が真面目な声色で言った。

「きみ、すごくうまいね」

広一は短く息を吸った。溶岩のような熱さと粘りを持った何かが、ゆっくりと体の中心を降りていき、腹の辺りに落ちるとそこで、ぼっと咲いた。

「本当にきみが書いたの？」

広一は黙って何度も頷いた。疑われるのは困るが、誉め言葉であるのは間違いなかった。

そっか、いや、びっくりびっくり。そう言いながら二木が原稿を開いた。

「まず文章力の高さに驚いたけどさ、ひとつの話としてちゃんと成立してるよね。二次創作って聞いた時は、正直、元ネタを知らない人間にはさっぱりなんだろうなと予想してたんだけど。説明臭くしてないのに、背景がわかるよ。例えば、最初らへんのここ」

二木が冒頭あたりの文を指で示す。文の頭に赤ペンで二重丸が書きこまれていた。

「寝てるところに電話が掛かってくるだろ。変な時間に鳴る電話を、普通以上に嫌ってる描写で主人公が過去に大事な人を亡くしてると読み手に伝えられてるし、職場での会話で今起きてる事件のあらましをさりげなく説明しながら、台詞と内面描写に差を付けて、一見お調子者だけど実は割とダウナーっていうキャラクターを表現してる。同僚間でのヒエラルキー低いんだろうなってのも読み取れるし……自然な流れの中に必要な情報があって、話にすっと入り込めるよ」

さっきの一件をまったく引きずる風もなく軽妙に語る二木を前に、広一は高まる感情で手の平に湧いた汗をズボンで拭った。

「ストーリーの構成もいいね。この、序盤で匂わせた父親の謎で、読み手を牽引して」

二木が中盤あたりの角を折ったページを開く。

「ここで過去を明らかにして、後は読み手にも彼の動機を理解させた状態でラストまで読ませるやり方が、効果的で、感心した。ていうか、技巧的なことについてばかり言ったけど、もっと別の意味で、本当に、これをきみが書いたっていうのが信じられない」

腹に落ちた塊が燃え上がり、腹はもはや、さかんに快感物質を発生させる融合炉と化していた。目が眩む。床がふわふわとする。その感覚に酔いながら、広一は言った。

「別の意味で信じられないって、どういうことですか」

「だって、この話は、すごく優しい」

「……結局、主人公は死にますけどね」

「きっとそれが、この作品世界での彼の役割だったんだろう。原作でどういう扱いなのかは知らないけど、これだけ掘り下げて書いてもらえたら浮かばれるんじゃないかな。少なくとも僕はこれを読んで、彼がこの作中で同僚から言われてるような、ただの道化だとは思わなかった。キャラクターを魅力的に書けてるね」

その言葉は、今まで味わったことのある喜びの上限を軽々と突破した。子供の頃に、物語を母に褒められた時の嬉しさよりも数段上だ。二木の言葉には、身内の忌憚を差し引いた真実味があったし、何より、ジョンを輝かせたいというそもそもの意図が成功したのが、たまらなく嬉しかった。

「ただ」

二木が原稿を顔から遠ざけた。

「よくない点もある」

誉め言葉で心を開いていたぶん、その台詞は心の柔らかい部分を直にぐっと押した。広一は無意識に浮かせかかっていた尻をクッションの上に降ろし、二木を見上げた。

「文章、基本的に上手なんだけど、ところどころ文がねじれてるんだよね。述語がどの主語にかかってるのかわからない箇所がある。見た限り、誤字と、数ページ単位での言葉の重複がひとつもないから、見直しは相当やったんだろうな。その上でこれを良しとしたんだったら、国語的な部分でまだちょっと怪しい点があると言わざるを得ないかな。あと、二人以上で会話してるシーンの台詞が、誰のものなのかがわかりにくい。読んでたら、後から誰の台詞かちゃんとわかるんだけど、これだと読者の感覚にタイムラグが生じる。読んでる人が情景をリアルタイムに思い浮かべられるように、後から読んでわかることでも、全部、前倒しにしたほうがいいね。誰それは言った、って先に書くとか、その人物が喋ってるんだと伝わる文脈を作るとか」

二木が咳ばらいをする。

「まあ、文章力にまつわることはきっと些末な問題だな。それよりも僕が気になるのは、きみの癖みたいな部分だよ」

ページが捲られる。

「無意味な比喩が多すぎる。表現って、伝えるべきことを伝えるために、都度、ふさわしい手法を選ぶものだろ。きみの書き方は、そういう本来の目的をないがしろにして、自分はこんなに巧みな表現ができるんだ、って見せびらかすのを常に優先してるように見えて、うざったい。雰囲気作りも大事だろうけど、ただのエゴなら、必要ない」

広一の顔が熱くなった。

「それと、妙に気障（きざ）な言い回しでまとめにかかる傾向あるよね。特にラストの一文が大きく価値を損なってる。『そしてそれは、全ての人に言えることだ』ってとこ」

黙って聞いていようかと思っていた。褒めるだけでなく、しっかり駄目出しをしているのが、二木が真摯に批評をしている証拠だったからだ。だがそれでも、今の台詞には反論したかった。

「……そうですか？　テーマをその文に込めたつもりなんですけど」

「それってストーリーから読者が汲むことだと思うんだよね」

それは、確かにそうなのかもしれない、と納得しながらも、素直になりきれない気持ちがあった。批判されたからではない。その位の覚悟はしてこの部屋に来ている。反感を覚えたのは、二木の言葉選びに若干のサドッ気を感じたからだ。巧みな表現を見せびらかしたい、だとか、気障、だとか、わざわざそんな言い方をしなくてもいいだろう。

「ずいぶん、小説のことがわかるんですね。先生が描いてるのは漫画なのに」

「僕だって一応、ネーム切る時に色々考えるから。あ、ネームっていうのは漫画の設計図みたいなやつのことなんだけど」

「エロ漫画描くのに考えるもクソもあるんですか？」

「あるよ」

断言だった。

「エロは、タイトだよ」

知るか、と思った。文章と漫画では違う。広一は二木の本棚に目をやった。文庫の小説が数多く並んでいる。所詮、ちょっと小説を読み付けている人間が、書いているほうの気も知らずに言っているだけに過ぎない。岡目八目って言いますもんね、と口にしかけて、やめた。これ以上小物臭くはなりたくなかった。一応は褒められたことで、初めて、保ちたい矜持(きょうじ)が生まれていた。

「……ありがとうございました」

すねたような口調になったのは否めないが、礼を言うことができた。意地だった。犬同士がマウントを取ろうとするのと同じ理由で頭を下げるのだから、人間は複雑だ。

二木は本当に人を微妙な気持ちにさせるのがうまい。批評の順序を、上げて落とす方式にしたのは、まず誉め言葉でこっちのガードを下げておいてから、がら空きの胴体に駄目出しを叩きこむという戦法だったのだ。はじめに耳に痛いことを言って心を固くさせるよりもダメージが通りやすいに決まっている。こっちが普段彼にしていることを考えれば、多少、やり返されても無理はないが、批評にかこつけられたように思えて、腹立たしい。とはいえ、内容自体は望んだ通りの率直な意見だ。

顔を上げると、広一は二木の膝にある原稿を掴んだ。手元に引き寄せようとしたが、二木は原稿を離さなかった。まだ何かあるのだろうか、と顔をしかめて二木を見る。原稿を胸元で揺らしながら、二木が言った。

「で、これどうすんの？」

広一は硬い表情のまま首をひねった。

「別にどうもしませんけど」

二木を見返すために書いた小説だ。けなされはしたが、驚いた、と言わせることもできた。結果としては十分、目的を果たせただろう。

「書き直しなよ」

「は？」

「僕なりにアドバイス書いといたからさ」

二木が原稿の表紙を指で叩く。

「嫌ですよ。やる意味ないし」

「この仕上がりのままじゃ勿体ない。せっかくいい作品になりそうなのに」

二木の言葉に眉をひそめる。どうも噛み合っていない気がした。

「だから、別にこれ以上直す意味がないんですって。こっちの気はもう済んだんで」

「直しって、すごく勉強になるよ」

「だから」

勉強する意味なんて、と言いかけて、広一は口をつぐんだ。二木が急に冷めた目をしたからだ。

「そう」

視線を逸らしながら二木が言う。

「やりたくないなら仕方ないね。人間、向いてることには自然と気が向くもんだ」

「……俺は一応、書き上げはしたじゃないですか。下手だったかもしれないけど、向いてないとは思わない」

「逆だよ。きみはすごく上手だ。でも初稿のまんまでほっぽり出すんだったら、肝心な部分で向いてないかもね。全部僕のアドバイス通りに直せなんて言わない。意見を自分のセンスのふるいにかけて、いいと思うものだけ採用したらいい」

「なんなんですか、急に指導に燃えて。熱血教師みたいに」

「本当に、勿体ないと思うからだよ」

真面目な口調で二木が言う。

「きみみたいな奴がいっぱいいたよ。なまじ元々うまいぶん、変わろうとしないで、ずっと手癖だけで描いてる奴。言っとくけど、今のままじゃ僕はきみを認めないからな。直しをしない奴は駄目だ」

言い切られて閉口する。二木と自分には意識の高低差があった。広一は膝の上に置いた拳を見つめた。書き上げて、褒められて、その後どうするかなんて考えてもいなかった。

どうやら自分は一応、いいものを持っているらしい。ずっと渇望していたことだ。噛みしめた途端に、暖かい熱がぼんやりと息を吹き返した。

「書き直したら、今より良くなりますか」

「なるよ、絶対」

芯の通った声だった。

「……俺、才能ありますか？」

「欲しがるね」

からかう口調が気に障ったので黙っていると、二木が笑った。

「たぶん百人に一人くらいの才能はあると思うよ。小説書く人間の中で、って意味じゃなくて、世の中全体を分母にした比率だけど。でもそのうちの何人が実際に行動に移すと思う？　こうなるともう書くか書かないかだよ」

「別にどこを目指してるとかはないんですけど」

「でもさ、やってる時、夢中だったんじゃないか」

「まあ、確かに」

「人間は、自分の能力が発揮できることに取り組んでる時、とにかくそうなるんだ。人間ってそういう風に作られてるんだよ」

　ところで、と二木が言う。

「なんでタイトルが『グリーン』なの」

　広一が自分の小説に付けたタイトルのことだ。

「読んだ限りでは、このタイトルにした理由がわからなかったから、少しだけ疑問に思ったんだけど。原作を読んでたら、なるほどと思える感じ？」

「いや、原作読んでてもわからないと思います。単に、原作のタイトルを見た時に緑だなと思っただけだから」

　二木は腑に落ちないようだった。当然だ。「緑色の小説」の実際のタイトルには、普通に考えれば別段、緑色を想起させる言葉は使われていない。

「元のタイトルには『血の』って入ってるから、連想するならむしろ赤じゃないの」

「俺の場合、葉っぱやトカゲと聞いて緑をイメージするのとは違って、特に関連性はないです。文字とか数字について見える色はいつも意味不明な感じだし。自販機で売ってる缶の下に表示されてる『ＨＯＴ』もフランスの国旗と同じカラーリングに見えるし。見えるというか、その表示が赤背景に白抜きの文字っていうのはちゃんとわかるんですけど。とにかく、そのタイトルの名付け方はただの自己満です」

初めて言葉にしてみると、つくづく妙で、今まで母にも言わなかったのは本当に正解だと思った。どことなく気まずさを覚えて二木の表情を窺う。

二木は変な顔をしていた。

「なんですか？」

「いや……別に」

そう言って、二木は目を伏せた。

二木が原稿を差し出す。広一が受け取ると、二木はキイ、と公園の遊具に似た音を立てて椅子の上で足を組んだ。

「しっかり直して来いよ。直した後、しばらく寝かせてから、また見直すこと。もう自分ではこれ以上直しようがないって状態になったら持っといで。もっぺん見てあげるから」

正直、戸惑った。自分たちの関係にはまったくそぐわないやり取りに思えて落ち着かなくなる。だいたい、辛口だったとはいえ、まともに批評されたこと自体が不思議だ。美術畑の人間というだけあって、内面には熱いものを秘めていて、人の気持ちがこもった作品となると誠実に向き合わずにはいられないのだろうか。たとえそれが自分を脅している相手でも同じなのかもしれない。だとすると二木はアホだ。最後にやり合った日、トイレでゲロを吐くまで追い詰められたというのに。広一は原稿を膝に置いて床を見つめた。自分にとっても、二木とお互いを否定し合った日々の熱は、どす黒いものから、少し、種類の違うものに変質していた。この一か月ほど、小説にかまけてたからな、と考えて広一は原稿の表紙を撫でた。

その瞬間、脳裏で閃くものがあった。

広一は手を止めた。

紙に添えている指先が、微動だにしないまま、急速に感覚を失っていくのがわかった。

閃きを起点にして伸びた思考の線が、書き損じた字を塗りつぶす時のように左右へ走り、心を汚していく。

それは、今日感じた喜びのすべてをあざ笑う気付きだった。

「どうした？　まだ何かあるの」

広一は黙ったまま、原稿の端を爪で数度、引っ掻いた。心から、今以上に黒く塗る余白がなくなった時、広一は口を開いた。

「俺、小学生の頃、聴きたくもない流行りの曲をずっと聴いてたんです」

出た声は、自分でも意外なほど何の含みもなかった。話題が急に内省的な方向へ変わったからなのか、二木が「ん」と、まごつきと慣れが半々になったような声を漏らした。

「皆が好きな音楽を好きになれたら、普通になれると思って」

二木はすぐには相槌を打たず、黙り込んだあと、小さな声で、うん、と言った。

「友達がいないのは平気だったけど、変って言われるのは嫌だった。自分にはその理由がわからないから、すごく不安になるんです」

二木は何も言わずに耳を傾けている。

「母さんはいつも俺に、あんたはユニークなんだからそのままでいなさい、って言ってました。俺はそれも嫌だった。親だったらもっと、周りとうまくやれる方法を授けるべきだと思いませんか。皆、きっと、そんな技術を親が教えてくれたからやっていけてるんだ。でも、俺自身もいつの間にか母さんと同じことを考えるようになりました。自分は変かもしれないけど、それは特別な何かを持ってるからなんだって。アインシュタインも言ったらしいじゃないですか。『木登りの上手さで魚を測ったら、魚は自分を無能だと思って一生を終える』って。魚にとっての泳ぎが、自分にとって何なのか、本当にそんなものがあるのかはわからなかったけど」

原稿に目を落とす。三角に折られた左端が、かさを増していた。

「だから今日、褒められて嬉しかったです」

二木が口を開いた。

「僕の何気ない一言で、小説一本書き上げてくるほど発奮するとは思わなかった。きみには散々いじめられたけど、思えば、やり場のないエネルギーを持て余してたんだろうな。正しく向かう先が見つかって良かった」

「確かに。でも小説に打ち込んだからって、それが何になるんでしょうか」

「文章力を活かせる仕事は色々あるよ。いっそ小説家を目指してみてもいいんじゃない？　でもなかなか難しい道だと思うから、本業を持ったほうがいいかもね」

「先生みたいに教師とか？」

「なんか、こんなやり取り、かなり前にもした気がするな」二木が苦笑する。「今度はかま掛けてないよね？」

「先生こそ、俺に才能があるって本気で言ってるんですよね」

「本心だよ。まあ、僕が言わなくても、遅かれ早かれ自分で気付いたと思うよ」

そうなのかな、と返して広一は腰を上げると、作業机の前に立った。絵を描くものらしき四角い大きな機械の周りに、飲料缶やペンが置かれている。雑然としていた。二木がこっちに体を向けようとしたが、広一は椅子の背を掴んで制止した。

「何」

広一は四角い機械の表面を撫でた。

「この機械って何なんですか？」

「液タブ。パソコンで絵を描く道具」

「いくらぐらいするんですか？」

そう言って機械に繋がっているケーブルを乱暴に引き抜くと、広一は椅子の背を反対側のクローゼットに向かって強く押した。キャスター付きの椅子ごとわずかな距離を移動させられた二木が、眉を寄せた顔で振り返った。そのままじっとこっちを見ている。顔に浮かんでいた困惑が一瞬にして失せ、警戒の表情に切り替わっていた。

「安物だよ」

二木の視線は、広一が宙高く持ち上げている四角い機械を見据えていた。

機械にはずっしりとした重みがあった。

「あんたがなめたことするのは今に始まった話じゃないけど」

広一は静かな声で言った。

「俺が小説を仕上げるのに必死になってる間、あんた、平和だったもんな。で、思ったんだろ。おだててその気にさせてから、書き直しっていう宿題を与えれば、またしばらく平和が戻ってくるって」

部屋の中が静かになる。お互い無表情の睨み合いが続いた。

やがて、二木が言葉を発した。

「ばれた？」

その言葉に、広一は瞼を細かく痙攣（けいれん）させると、大きく機械を振りかぶった。二木が片手を前に突き出す。

「待て。そんなの床に叩きつけたら近所迷惑だろ。何時だと思ってんだ」

「顔のほうがいいですか」

「確かに誉め言葉を多少盛ったのは認める。でも、思い出してみろよ。具体性のある意見だっただろ？　大げさにはしたけど、基本的に嘘は言ってない。きみは上手だよ。特技を伸ばすべきだ。僕がアドバイスして、きみの作品をより良くする。きみが取り組んでる間、僕は平穏な毎日を取り戻す。お互いにメリットがあると思わないか」

「馬鹿にしやがって。本当は才能なんて感じなかったくせに」

「才能、才能って。元々のもんにこだわり過ぎだ。くだらない。自分が今日、褒められて嬉しかったのがどうしてかをよく考えてみろ。おかーさんが言う根拠のない誉め言葉と違って、初めて実際に努力したことで褒められたからだろ？　今後もそうやって少しずつ自信を付けていこうとは思わないのか」

広一は二木を見下ろした。まともなことを言っている。こいつはいつもそうだ。幼稚園児程度の重さがありそうな物を持ち上げているにもかかわらず、腕は鉄の添え棒をされたように伸びていた。

「やれば」

叩き壊されようとしている機械を一瞥した後、広一の目を見て二木が言った。

「値段相応の仕返しはしてやるからな」

「安物なんでしょ」

二木は黙ったまま広一から視線を外さなかった。まるで、そうすれば瞳の魔法で相手を石にできるとでも思っていそうな目つきだ。広一は、切迫した状況を思わせる散らかった室内を見回した。締め切り前に、道具を壊されて、気の毒に。息をつく。自分がなまこのように内臓をごっそり吐き出した気分になった。からっぽになって、萎んでいる。

広一は、腰を入れて体をたわませると、機械を真横に放り投げた。

円盤のように回転すると思っていた機械は、イメージとは違い、まるでパソコン画面上のアイコンをドラッグした時のような不動の姿勢で、ベッドの上へぼすんと沈んだ。

宙に舞い上がった埃が、電灯の下をゆっくり横断していく。

広一はその小さな浮遊物を眺めていた。

むなしかった。

二木が椅子を回転させ、背を向けた。

広一は言った。

「書き直しは、しないと思う」

椅子が軋む音がする。二木はこっちを見ようともしない。

「でも……もしかしたら、するかもしれない。気が向いたら別のも書くかもしれない」

「そう」

「どっちにしろ、あんたの意見はいらない」

後ろ姿の二木が頭を傾けた。

「じゃあ僕自身も、もう、いらないね」

それは虫が良すぎるだろう。広一は目をすがめた。悪意を込めて、いいえ明日からまたよろしくと言ってやるべきかとも思ったが、そんな気分にもならなかった。床の上のトートバッグへ手を伸ばす。バッグは口を大きく開いたまま、意気消沈しているかのように持ち手をくたりとしな垂れさせていた。バッグを持って部屋を後にしようとすると、後ろから二木が言った。

「なあ、こんな話する機会が今後あるかわからないから言うんだけど」

広一の行為に、二木が怒る価値すら感じず呆れているのは明らかだった。広一はその場に留まり、無言で続きを促した。二木は深く椅子に体を預けている。映画鑑賞をする人間のような姿勢で、クローゼットの扉を前にしていた。

「きみさ……」

そう言ったきり、間があった。

呼び止めておいて長考する姑息さに嫌気が差す。急き立てようと口を開きかけた時、二木が言葉を発した。

「子供の頃、悪さをしたらお化けが来るぞ、って親に脅されたことある？」

広一は何も言わなかった。翻弄するような切り出し方が気に食わない。喋るなら勝手に喋ればいい。二木は特に気にした風もなく続けた。

「世界中ほとんどの国で、親って子供にそんなこと言うらしいね」

日本だと、なまはげとかね、と二木が言う。

「僕の親は、絵本を使ったよ。僕が絵の好きな子供だったからかもしれないし、そもそも僕が絵を好きになったのが、そんな教育の影響なのかもしれない。僕の親は絵本を広げて、正直さや、自己犠牲みたいな、色んな美徳を子供の僕に読み聞かせた。沢山与えられた絵本の中に、外国のお化けが出てくるものがあった。そいつはクローゼットに住んでるんだ。内容はよく覚えてないけど、母親が僕にこう言ってたのは記憶に残ってる。『このお化けは子供を食べちゃう怖いお化けだけど、大丈夫、あんたが良い子でいるんなら、お化けは絶対に押入れの中から出てこないから』って」

訥々と喋りながら二木は椅子を左右に揺らした。

「押入れの中に、子供に悪さをするお化けが住んでいる、っていうのが僕にとって特別な寓話になったのは、もう少し大きくなって、自分に後ろめたさを感じ始めた頃からだ。いつからか、どう生きていくかのイメージそのものになってたんだよ。子供に悪さをする化け物の僕は、押入れの中に閉じ込める。僕がちゃんとした人間であり続ける限り、そいつは絶対に出てこない」

妙な理屈だったが、頭に浮かんだのは、二木が自分の作品だけをクローゼットに仕舞っていたことだった。すると二木が、こっちの思考の道すがらで待ち構えていたかのように言った。

「馬鹿みたいだろ。そうやって、閉じ込めた気になってるんだから。でも僕は、このイメージのおかげで、今までやってこれてるんだよ」

「つまり、何が言いたいんですか」

二木は黙ってうつむいた後、また扉へ顔を向けた。

「思ったんだよ。きみってすごく極端だ」

「極端？」

「流行りの音楽聴いて皆と同じになろうとしてみたり、自分の感性をひけらかしたり。自分を殺すか、むき出しで生きるか、その二択しかないなんて」

二木の椅子がまた、公園の遊具の音で鳴る。決していい思い出ばかりではない子供の頃の記憶を伴って、否応なく気持ちに食い込んでくる。

「自分の大事な部分をクローゼットの中に隠して生きていく方法もあるのに」

気付けば広一は、二木の目の前にある扉を見つめていた。

二木は今、核心に触れようとしている。

そんな予感があった。

「きみ、ずっと僕みたいになりたかったんじゃないかな」

初めに訪れたのはせせら笑いだった。

その次に怒りがやってきた。

「は？」

「それだけ。気を付けて帰れよ。何かあって僕んちからの帰り道だってわかったら面倒だし」

二木は立ち上がると、ベッドの上に放り出されている機械を両手で持った。表、裏と確認している。

締め出されている。

不思議なことに、この部屋の中で自分が異物だと感じたのは今が初めてだった。二木が広一を拒絶しているというよりも、自分の中で、今目の前にいる彼が他人で、まったく違った一人の人間だということがまざまざと浮き彫りになっていた。同じ人間だとも、そうありたいとも、思ったことはなかったはずだった。


自宅の駐車スペースに自転車を止めて、玄関扉を引いた時、広一はやっと、我に返った。

三和土の上に、母の普段履きがあったからだ。

自殺名所の崖の上の遺留物を思わせる整然さで揃えられている。

リビングの扉からバラエティ番組の明るい音声が漏れ出てきているのが、余計に恐ろしかった。いくら物理的な逃げ場が背後に広がっていたとしても、この場合、選択肢はない。広一は暗い気持ちでリビングへ足を踏み入れた。

キッチンの小さな蛍光灯だけを点けた薄暗い食卓の席に、母が腰かけていた。

「……コンビニ行ってた」

ただいま、や、仕事は？　という言葉よりも先に言い訳が口をついた。母はテーブルの上で手を組み、向かい側の広一が普段座っているあたりに視線を落としたまま、淡々とした声で言った。

「そう」

無言が続く。空白恐怖症のような気持ちになって、何でもいいから何か言わなければと無計画に口を開こうとしたが、母が言葉を発したのもまた、同じタイミングだった。

「隣の矢野さんに言われたのよ。息子さん、最近たまに遅く帰ってきてるけど、塾に通い始めたの？　って。あんた、えらく勉強頑張ってる子に見えたみたいよ。こんな遅くまでいるほど、おばあちゃんち好きだったっけ？」

「だから、ばあちゃんち出た後コンビニに行ってたんだって」

「どこの？」

「……国道出る途中のファミマ」

「捜したけどいなかったわ」

広一が黙り込むと、母が言った。

「捜したのは嘘よ」

はめられたことに舌打ちしたくなるよりも先に、どこか他人事のような温度で、母のやり口に血の繋がりを感じていた。

今夜は準夜勤だと言っていたのも嘘だったのか。もしかすると母自身、素でシフトを言い間違えていただけかもしれないが、嘘をついて家で待ち伏せしていたのだとしたら、卑怯なやり方だ。だが、そうして責める資格が自分にないことは明らかだった。

「あのね」

そう言って言葉を区切った後、母は溜息を吐いて、頭を横に振った。

「私が仕事に行けるのは、あんたへの信頼があってこそなの。親が夜、家にいないことが多いからって、好き放題していいと思ったの？　それは違うでしょう」

母が髪をかき上げる。

「私だって、夜、家にいられるように努力したわ。でも夜勤なしで雇ってくれるところなんて、そうそうないの。あったところで、夜勤手当がなきゃあんたをこの先進学させられない。おばあちゃんだって、いつまでも元気じゃないんだから、介護の費用もいる。あんたにこんなシビアな話したくなかったけど、うちはそういう状況なのよ」

「……だったら、俺、大学行かずに働くよ」

ゆっくり髪をかきまわしてから、母が立ち上がる。広一の目の前に歩み寄り、片手をぴくりと動かした。広一は体を強張らせたが、その手が自分に向かってふるわれることはなく、母は静かに言った。

「簡単に言わないで」

「ごめん」

「二度とそんなことは言わせないわ。あんたはやりたいこと見付けて、進みたい道に進むの。母子家庭だから何かを諦めたなんて絶対に言わせない。高校生の息子が夜フラフラ出歩くのを放置するバカ親になるつもりもないわ」

広一はうつむいたまま、母のズボンにあるベルトを通す輪を見つめていた。テレビから聞こえてくる笑い声が、果てしなく気まずかった。

「それで、本当はどこにいたの」

「考えごとしながら、自転車で走ってただけ」

「本当に？」

「うん……もうやめるよ」

母はしばらく探るような目で広一を眺めてから、また、深い息を吐くと肩を落とした。

その直後に、顔をしかめて鼻をスンと鳴らした。

普段は丸みのある目つきがみるみる鋭くなっていく。

「あんた、煙草吸ってるわね」

ぎくりとした。二木の部屋にいたせいだ。

「吸ってない」

「なら鞄の中見せてみなさい」

肩にかけたままのトートバッグを母が引っ張る。中には原稿が入っている。持ち手を掴んで抵抗したが、母を相手に本気の力では抗えず、バッグは奪われてしまった。母が手探りで中をかきまわす。煙草らしきものが手に触れないことに焦れたのか、テーブルの上に中身をすべて出した。

「これ、何?」

クリアファイルに入った原稿を見て、母が言った。

「小説?　……あんたが書いたの?」

「違うよ……」

「この赤い文字、大人の字よね」

母が二木の書き込みを指でさす。

「誰か大人と会ってるの？」

表情に、これまで以上の険があった。

「相手は誰なの。言いなさい！　こんな遅くまで子供を引っ張り回すなんて……！」

原稿の表紙を叩いて母が詰め寄る。頭の中に言い訳が乱立したが、肝心の相手が思いつかない。悲しいくらいに知り合いの引き出しが少なかった。

「違う！　えっと……その字を書いたのは二木先生だよ」

とうとう二木の名前を出してしまったことに、広一は内心で膝を折った。

「二木先生って、担任の？」

母の険しい顔に、訝（いぶか）しみが混じる。

「うん。あー……恥ずかしいから言いたくなかったけど、小説書いてて……誰かに評価して欲しくて二木先生に見せたんだ。そしたら、こう書き直せばもっと良くなるってアドバイス付きで返ってきて。全部、学校でのやり取りだから遅くなったのは先生のせいじゃないよ。今まで、アドバイスを参考にどう書き直そうかって駅前のファミレスで考えてたんだ。家より集中できるから」

本当と嘘が半分ずつだ。この言い分だと、二木に非はないはずだ。二木にまで非難が及ぶのは避けたい。変に彼を巻き込んで、これまでのことが母にばれたらビンタどころでは済まない。母が原稿に目を落とした。目玉が小刻みに動いている。文章を読んでいるのではなく、今の話を吟味しているのだろう。

「そういうことだったの。最近、遅くまでキーボード打ってるなと思ったら、これを書いてたのね」

「嘘ついてごめん。夜、ファミレスに行くのもやめる」

「やっと勉強しだしたと思ったのに。高二の二学期なのよ。勉強しろしろってうるさく言うつもりはないけど、こんな大事な時期の生徒を他のことに焚き付けるなんて、二木先生は何考えてるの」

広一は言葉に詰まった。雲行きが妙だ。

「この時間までレストランにこもるほど煽って……」

自分自身の言葉によって、母はさらに怒りをつのらせている。

「母さん、それはちょっとおかしいよ」

二木を責めるのは筋が違う。それに、母は勉強したことを褒めはしても、しろとはあまり言わないタイプだ。母の性格で言うなら、どちらかと言えば小説を書いていたことを喜んでも良さそうだった。母は今、本来の母のものではない理屈で動いていた。自分たち以外の悪者を作らなければ気が収まらない程、子供に欺かれていたことがショックだったのだろうか。

母がキッチンの手前にあるカウンターから自分の携帯を手に取った。無言のままキーを操作し、画面を見下ろして何やら思案した後、携帯を耳に当てた。

「何？　どこに掛けてるの」

「二木先生の携帯」

広一は仰天した。

「やめてよ！　ていうか何で知ってんの」

なぜそんな突飛な行動を、という驚きを押しのけて、番号を知っている理由への疑問が前に飛び出た。何に対してもっとも声高に「何で」と叫べばいいのか、混乱していた。

「学年はじめに連絡網で回ってきたから」

いくら子供を預かる身とはいえ、携帯番号を保護者に開示するのはどうかと思う。二木がすすんでそうしたがった訳もないだろうから、きっと強要されてはいないが抗えない同調圧力のようなものがあるに違いない。悪しき慣習、という言葉が脳裏をよぎる。まさにそれだ。こんな風に、夜更けに言い掛かりの電話を掛けてくる親もいるのだから。

「ちょっとひとこと言わせてもらうわ」

この行為には正当性があるのだと自分へ言い聞かせるように母が呟く。その直後に発せられた、若干トーンの違う母の「あ」という声を聞いた瞬間、広一は瞠目した。出るなよ。二木がすでに眠りの世界かもしくは風呂に入っていることを願っていた。

「夜分遅くに失礼致します。二年A組の田井中広一の母ですけれども」

今すぐ携帯を奪い取って通話を切ってやりたい。だが、電話口の向こうにいる二木の反応を想像してはらはらと気を揉むことしかできなかった。焦りと羞恥が同時にやってくる。

「本当に、非常識な時間に申し訳ありません。大変失礼だとは思いますが、息子のことでお話ししたいことがありまして」

母が背を向ける。戦闘態勢だ。

「いえ、違います。隣にいます。ですが帰ってきたのがつい先程でした。こんな時間にお電話を差し上げているのはそういった次第でです。私が夜、仕事で留守にすることが多いせいで気付けなかったんですけれど、近頃、しょっちゅう夜遅くまで出歩いていたようでして。深夜営業のファミリーレストランにいたと本人は言っています。……小説を書いていたとか」

書いていたのではなくアイデアを練っていたと言ったはずだ、と、今この状況で取り沙汰する必要のないディテールに突っかかりたくなってしまうのは、現実逃避だろうか。

「……ええ。そう聞きました。いえ、女の子ではありませんし、もう高校生ですから、その点はある程度。問題はそこまでこの子がのめり込んでるということなんです」

そう言うと、母は振り返ってこっちを見た。その表情から、母はこっちがこの場にいることを望んでいないのだと察したが、気を利かせて移動する気はさらさらなかった。頑としてその場に留まる息子に、母はためらいの後、決意の表情になると、顔を背けて話し始めた。

「高校二年生の二学期ですから、本来なら努力をもっと他へ向けるべき時期だと思うんです。息子の書いたものにアドバイスをくださってることには、本当になんていい先生なんだろうと感激しています。けれど……これは先生がご存じないことですから、責めているのではなく、今後のご指導の際にご留意頂きたいだけなんですけれども」

言葉を探している。その言い淀みぶりから、身構えるを通り越して白けた気持ちになっていると、母が言った。

「うちの子は、なんというか、過度に集中してしまうタイプなんです。それはもう、ちょっと普通じゃないレベルで」

軽く、ショックを受けた。つくづく「普通じゃない」という言葉は自分にとっての地雷だった。散々言われてきたうえに自覚もしていたが、母がその言葉をネガティブな文脈で使うのは初めてだった。

「一般的に言う、集中力がある、ともまた違います。一度火がつくと、長い間そればっかりになるんです。食事もあまり欲しくなくなるみたいで……小さい頃からそうでした。昔、書きかけの物語を私が褒めたら、ノートに何十冊も続きを書いてきました。二年かけて。その二年間はめちゃくちゃでした。体重はどんどん落ちていくし、しゃべり掛けても上の空で。口の中は口内炎だらけになって、通院して栄養剤を与えても治りませんでした。自分で頬の内側を齧ってたんですよ。噛み傷が原因の炎症だとすぐに気付けなかった医者も私も目が節穴ですが。欠食の代償行動かストレスからくる自傷だったんだと思います。いくら好きでやってることでも脳は緊張しっぱなしな訳ですから。さすがにノートをすべて取り上げました。正しいことかはわかりませんでしたが他に方法が見つからなかったんです。そしたら、手元になくなったぶんの物語を別の紙にまた最初から書き始めました。全部覚えてるんです。一言一句同じという訳ではありませんでしたが」

母が髪を手で梳く。

「叱っても、満足させるために褒めても、やめませんでした。途方に暮れてたら、ある日突然終わったんです。座っている私の横に来て、二年ぶりに見るまともな表情で、お腹が空いた、と言って、出した料理をペロッと完食したあと洗面所で全部吐きました。翌日からは普通に食事をして、書くこともしなくなりました。……大きくなるにつれてそこまでのことはなくなりましたが、今でも少し、その傾向はあると思います。……また物語を書いてるとは知りませんでした。夜中まで起きてるのは勉強してると思ってたんです。本人もそう言ってましたし。とはいえ、今のところは食事も普段通りとってますから、色んな意味で、小さな頃とは違ってきてるんだと感じてます。でも」

声色が沈んだ。

「また、あの時のようになったらと思うと怖いんです。あの時、きっかけになったのは私の誉め言葉だと思います。ですから……書くのを後押しするようなことはしないで下さい。良かれと思ってそうして下さったのはわかっていますけれども、正直、息子のそういった部分が長所なのか短所なのかわかりません。ある種の長所に転じることもあるかとは思います。だから私は、この子に好きな道へ進んで欲しいんです。そのためにはできるだけ沢山の可能性を与えてあげたい。今、またあの状態になったら……大事な時期を棒に振って、この子の可能性はぐっと狭まります。

矛盾しているようですが、いつか長所として活かせるように、今はやめさせて欲しいんです」

今まで直接語らなかった気持ちを、背を向けたまま母が語っている。

当時の記憶はもちろんある。だが、母がそこまで気に病んでいたとは知らなかったので、驚いていた。食事を残すことに怒っていたイメージしかなかったからだ。

「……いえ、それとは違うみたいです。……やっぱり、お子さんを受け持たれてるからそういうこともご存じなんですね。正確には、違うとも言い切れないんですけども。ひとくくりにそうとは言っても、異なる要素が組み合わさった複合型の子もいるようですし。診断を受けさせたこともありますが、下りませんでした。比喩や婉曲表現を十分に理解できることが理由のひとつだそうです。書いたものを読まれたんでしたらおわかりですよね。名前を与えられればかえって救われるという考えに組ったこともありますが、もう、やめました。この子は確固としてこの子なんです。人間が作ったカテゴリ以前に、この子があるんですから」

それ、だの、そう、だの、この期に及んで濁さなくても、こっちはもう小さな子供ではないのにな、と思った。名前が付けば救われるという思いを切り捨てた母に、どこか、置いてけぼりをくらった気持ちになる。

「ええ。ですから。……そうでしょうか。ありがとうございます。……はあ……は？」

その瞬間、ぴりっと雰囲気が殺気だった。

「待って下さい、何でそういうことになるんですか？　……はあ。それは確かにそうかもしれませんけれども……」

腰に手を当てたまま、母がうろうろと歩き始める。

「はあ……」

さっきまでは二木と話しながら、こっちにも内容を聞かせていた素振りの母だったが、今の母は確実に息子の存在を意識の外に追いやっていた。長い沈黙だ。広一は話が見えない落ち着かなさで唇をいじり回していたが、不安が押し寄せてきて、口を挟んだ。

「何の話してんの」

母がこっちを一瞥した。それだけだった。自分が蚊帳の外だと強く感じて広一は口を歪めた。

「そうでしょうか……そのへんは、正直言って私にはわからない世界なんですけれど……そこまで親馬鹿にもなれませんし……」

親馬鹿、という単語が出てきたことでぴんと来る。

あいつ、懐柔しようとしている。

「ちょっと、電話替わって」

丸く収まるのはこっちにしても望ましいことだが、徐々に角が取れつつある母の声を聞いていると、無性に不快だった。携帯に頬を張り付けている母の目の前に手をかざす。

母は自分めがけて飛んできたカナブンを避けるような動きで広一の手をかわした。

「なるほど」

何がなるほどなんだと怒鳴りたくなる。

「すみません、私にはなかった発想でしたから驚いてしまって……」

しきりに髪を耳へ掛けている。

「もっと早く、先生にご相談するべきだったかも……」

その発言で広一が息を飲んだ直後に、母は深い溜息を洩らした。

「今までずっと、一人で抱えてきたもので……」

あろうことか、母は涙声だった。呆気に取られる広一をよそに、通話は続いた。ようやく、結びの言葉らしき台詞を母が口にした頃には、広一も、母も、椅子に腰かけていた。

「ええ……ええ……そうですね。本当に、親身になって下さってありがとうございます。こんな時間に、しかも長々と、大変申し訳ありませんでした。ええ、はい。

今後とも何卒よろしくお願いいたします。はい……それでは失礼いたします……」

シンクに向かって頭を下げた姿勢で静止したあと、母は顎を使って携帯を閉じた。そのまま携帯を口元に押し当てている。

点けっぱなしだった背後のテレビは、とうに、バラエティ番組から夜更けのニュースに切り替わっていた。

鼻をすする音がした。母が本格的に泣き始めたのかと思ってぎょっとしたが、顔を上げた目に涙はなく、二木に電話を掛けだした時とは別人のように穏やかな表情だった。広一は硬い声で言った。

「大丈夫?」

母は返事の代わりに、散々かき上げた甲斐もなくまた顔に垂れてきた前髪をふうっと吹き上げると、広一を見た。

「あんた……」

「……うん」

唾を飲み込む。よくよく考えなくても、何の口裏合わせもなく二木と母が話してしまったのはかなりまずい。二木は困ったことを口走らなかっただろうか? こっちの言い分と矛盾するようなことを言わなかっただろうか。

母が瞬きをする。広一は靴下の中で足の指を縮こまらせた。

「あんた、小説の新人賞に応募するんだって？」

常々思っていたことがある。自分が言葉を口にした時、周りが面食らったような反応をするのは、発言が飛躍しすぎているからなのかもしれないと。だが、他人にしてみればおかしな発想でも、自分の中にはすべてきちんとした筋道があるのだ。どういう段階を経てその発言に至ったのかさえわかってもらえたなら、一見、宇宙人的な発言も納得を得られるのではないだろうか。そんな考えのもとに、ひっそりとある決意をしていた。もし誰かが突拍子もないことを言ったり、やったりしたら、自分はできるだけ、その内側にある相手なりの理屈を想像してみようと。

そう考えていた。

でも——

なんで、そうなった？

9

「言っちゃったもんは仕方ないよな」

紙パックに刺さったストローから口を離して、二木が言った。

コンクリートの上でしゃがみ込んだまま、弁当に箸を伸ばす気にすらなれないでいる広一を尻目に、「あ」と声を上げて二木が前に出る。

「吸い殻発見。僕ですら学校では我慢してるのに、まったく」

そう言って二木は吸い殻を拾い上げ、体育倉庫の裏に放置されてある、誰が置いたとも知れない空き缶の中に捨てた。

喫煙者は全員死んでほしい。昨日のことから一夜明けた今では強くそう思う。


広一くんの小説を読んだ時、僕は驚きました。

彼、すごいですよ。才能があります。

僕は門外漢ですが、しかるべき場に出しても通用するのではと思って文学賞への応募を勧めました。本人もやる気のようで、すぐに新人賞を調べてきました。

確か三月締め切りの賞に出したいと言ってたような。

お母さんがご心配されている事情については存じ上げませんでしたが、知った今、お気持ちはとてもよくわかります。本人と接していながら、そうした傾向があることに気付けなかったのは、教育者として至らなかったと言うほかありません。

ですが、やめさせてしまって本当にいいんだろうかと思うんです。

広一くんは一度も部活に入ったことがありませんよね。

高校二年生は確かに大事な時期です。けれど、部活に入っている子たちはまだ勉強もほどほどに青春を満喫している時期ですよ。

もちろん、大抵は三年になったら受験勉強のために引退しますが。

僕は、広一くんが賞に応募するのはひとつの区切りだと考えているんです。

彼は今、目標に向かって一生懸命に努力しています。月並みですが、その経験は今後の人生において、大きな財産になるはずです。

何より本人が、すでに火の点いた状態です。

お母さんが、むしろその点を不安に思われていることはよくわかりました。賞に応募という明確なゴールを定めることは、ずるずると続けさせないためにも良いのではないでしょうか？

本人とも僕は取り決めをしています。

三月までは小説を頑張って書く。その代わり、それが過ぎたら勉強に専念すること、と。

必ずそうすると広一くんは約束してくれました。

ここで中途半端にやめさせてしまったら、かえってけじめがつかず、気もそぞろになって受験勉強にも身が入らないかもしれません。

あくまでも僕の考えです。

お母さんの方針を尊重するつもりです。
けれど、何より思うのは、彼は良い意味で「普通の子」じゃないということです。
ぜひ実力を試す機会を与えてあげて欲しいです。

口八丁とはこのことだ。

「一応、共有しておこう」と言う二木の口から聞いた、昨夜の電話で交わされた内容は大体そんなところだった。

こいつが普通じゃないのは性癖においてのみだと思っていたが、それとは別に破綻している部分があるのではと思えてきた。「良い意味で普通じゃない」なんて、母にすれば完全な殺し文句だ。初めて会話した相手のツボを見抜くだけでも恐怖だが、モンペをいなしながら、自分が楽になれるよう、こっちをまた小説に縛り付けるための嘘を構築したのだ。

「三月締め切りの賞って……？」

項垂れながら広一は言った。

「知らない。でまかせ。まあ何かあるだろ」

頭の中に温度の低い液体がすっと流れ込んできた。怒りの成分が冷たいということを初めて知った。

「賞になんか出さない」

広一は言った。

「だいたい、あれ、二次創作だし出せない」

「別の書けば？　まだ十月だし」

簡単に言うなという返しすら無意味だ。

今朝の母からは、華やいだ雰囲気すら漂っていた。二木の言葉はよほど心をくすぐったのだろう。広一は、卵焼きを少し齧っただけで箸を置いた弁当を横目で見た。ウインナーが飾り切りされている。

母の期待を裏切ったところで、別に、なんてこともない。やっぱり出すのはやめた、と言っても少しがっかりさせるだけだ。むしろ二木と話す前までは、母もそう望んでいたはずだ。

応募したふりをして、結果発表の日に「駄目だった」と言えば、一応頑張ったということで出さないよりは母のがっかり加減も少ないだろうが、その場合はプライドの問題が関わってくるので、嫌だ。

「締め切りが近付いた時期に、やっぱりやめたって言う。今言ったら、色々言われると思うし」

「あっそう。まあ好きにすれば」

そう言い捨てると二木は、吸い殻入りの空き缶を拾い上げて背を向けた。

「あ」

後ろ姿の二木が言った。今度は吸い殻じゃなくて何だ。

「猫」

見慣れた茶と黒の毛玉が、微塵も警戒心のない足取りでこっちへ向かってくる。媚び猫だった。ヤアアアン、といういつものアルファベットが一文字欠けた鳴き声を上げて、頭突きをするような勢いで二木の足に頭を擦りつけた。どうせなら、弁当を持っているこっちに来ればいいのに。構いたい気分でもなかったが、馴染みの自分を無視して二木にすり寄っている様子は見ていて面白くなかった。

「前から思ってたけど、これ本当に猫？　懐っこさが犬だよな」

両足の間を8の字を描いて回りだす媚び猫を見て二木が呟いた。踏んじゃうから、やめて、と言いながら、二木が媚び猫を追いやるようにして歩いていく。どことなくぞんざいなあしらい方に、二木の連絡先のアイコンが犬の画像だったことを思い出した。

机に突っ伏してみても眠気はやってこなかった。

まんじりともせずに広一は休み時間の喧噪を聴いていた。寝たふりだ。休み時間はいつも所在ないので、たまにこうして過ごす。後ろで男子生徒のグループが話している。その内の誰かが気まぐれを起こして自分をいじってこないことを祈りながら、腕と額の丁度いい位置を模索した。

うるさい。教室がではなく自分の頭の中がだ。一気に色々なことがありすぎて、何から気持ちの折り合いを付ければいいのか優先順位が付けられない。

それでも、昨夜起きたことの中で、何が自分にとって一番大きな出来事だったかは、はっきりとしている。

——きみはずっと僕みたいになりたかったんじゃないか。

A。

B。

AとB。

昨夜の帰り道で頭に浮かんでいたのは、以前、美術の授業で貼り出された、○が並んでいる二枚の図だった。

感情の抵抗も虚しく、二木の言葉に納得してしまっていた。

Aの人間になろうとするのではない。

Bの自分をさらして生きていくのとも違う。

二木という人間の姿は、広一に第三の案を示していた。

Aの皮を被る。

とても単純な、地球で生きる宇宙人のためのサバイバル技術だった。

こんな、おそらく大抵の人間が当たり前にやっているようなことに二木を通してしか気付けなかった時点で、やはり自分は何かがちょっと足りていないのだろう。

本音と建て前、外面と素、擬態、そんな言葉は沢山耳や目にしてきたはずなのに。

二木は、普通の男がどんな風に相応の年頃の相手へ興味を示すのかを、観察して身につけたと言っていた。

似たようなことが、自分にもできるのだろうか。

ふと、教室が一瞬静まり返った。

皆が一斉に黙り込んだというよりは、会話の切れ目が偶然重なったようだった。稀に起きる現象だ。小説で、天使が通った、と表現しているのを目にしたことがある。

「山本、なんか面白いこと言って」

後ろの男子グループの一人が静けさをやぶった。周りから、んふっ、と押し殺すような噴き出し笑いが聞こえた。

振られたのが自分でないにせよ、肝の冷える言葉だった。自分だったらどう切り抜けていいかがわからないからだ。きっと固まってしまう。でもそれでは駄目だ。

もし自分だったらどう返そう——面白い話。この前、本で知った「テルミット反応」の話でもしようか。酸化鉄とアルミニウム粉末を混ぜて着火すると、ものすごい高熱を発する。容れ物が鉄の鍋だった場合、火柱を噴き上げながら鍋ごとドロドロに溶ける。そんな激しい化学反応だというのに、酸化鉄もアルミニウム粉末もインターネットで簡単に買えるのだ。こんなに便利なサイエンスがあるのに、どうして未だに山や東京湾から他殺死体が出てくるのだろう。面白い。

話を振られた当人らしき男子が言った。

「……って吉田が言ってるよ、西野」

「ぶっ」

西野がしぶしぶ口を開く。

「あー、昨日、山本が……」

「もっと終わりの会みたいに言って！」

そう言われて西野が声を張り上げる。

「きのオー、山本君がアー、掃除の時間にイー」

教室中から笑いが沸き起こった。

「謝ってエー」

小学校の終わりの会でほぼ毎回行われていた告発を忠実に再現する演技力に感心

している広一を残して、皆、爆笑していた。

感心しながらも、広一は泣きたくなるような情けなさを覚えていた。ああ、面白いってそっちか。interesting じゃなくて funny の方か。自分の天然っぷりが悲しかった。

普通の人間に擬態する、という方法に膝を打ってはみたものの、自分の感覚にはやはりズレがあるから、普通の振る舞い自体がわからないのだ。だが、周りの人間を、劣等感と優越感が入り混じった目ではなく、自分に「普通」を教えてくれるサンプルとして見れば、対人関係というのはパターンに満ちていた。さっき最初に無茶振りをされた男子がやってみせた、他人にパスする方法は、今後のために頭のファイルへ仕舞っておいた。

こうしてケース別マニュアルを作るやり方なら、自分にもできそうだ。感覚の部分ではズレているから応用は利かないだろうが、それだってもっと観察を繰り返せば、いずれは――

笑いの余韻が徐々に会話へ変わり、皆がふたたび元のグループ形態に戻っていったことを耳が捉えた。

雑多な音の中で、広一はひとつの音を拾った。委員長の声だ。会話の内容までは聞こえないが、言葉のリズムが彼女のものだけモールス信号のように流れ込んでくる。

ざわざわざわ、トトト。ざわざわざわざわ、トトット。えーっ。

端的だな、と思った。派手になった見た目のイメージに反して、言葉少なになった気がする。

もし自分が普通に振る舞えるようになったら、女子と付き合ったりできるのだろうか。

そう頭をよぎった瞬間、おかしいだろ、と叫んでかき消したくなった。

誰かと付き合いたいと思ったことはないし、そんな理由で普通を身につけたい訳じゃない。もっと真面目な問題だ。

普通の人間を装いたい。

そうすれば、自分は自分のままで、嫌な言葉から心を守れるからだ。

けれど、今の環境でやり直すことは、もう無理だろう。明日から意識して普通の振る舞いに努めてみても、すでに自分が宇宙人だと皆にばれてしまっているし、そんなにすぐ、普通、が身につくとは思えない。

卒業まであと一年ちょっとだ。その間を準備期間と割り切って過ごすのはどうだろう。周りをよく観察してパターンを学び、練習する。特訓を積んだうえで新しい環境に行けば、晴れて普通の人間としてスタートを切り直せるかもしれない。

特訓。懐かしい響きだ。今度は努力の方向性を間違っていないと信じたい。

一応、母に対して話の辻褄を合わせるために、帰宅するなりパソコンを開いた。

二木の出まかせだったとはいえ、三月締め切りの文学賞はいくつか存在した。年間でここまで多くの賞が設けられているとは思いもしなかった。知っていたのはせいぜい、芥川賞と直木賞、それと、街の灯り文学賞というマイナーな賞だけだった。現国の教師が過去に応募して佳作を取ったと話していたからだ。

自分が応募できそうな賞に目星をつける。もちろん、ただの設定だ。

とある出版社の名前が付いた賞が目に留まった。聞き慣れない社名の割に見覚えがあるので本棚を見ると、「緑色の小説」を出版している会社の賞だった。応募要項にある、規定枚数、原稿用紙百枚から三百枚、という数字を簡単に文字数換算してみる。原稿用紙でどのくらいと言われても感覚が掴めない。

指定されている四百字詰めの原稿用紙で、かなり単純に計算すると、最低ラインの百枚は四万字だ。この前書いた小説が三万字。頑張れば届きそうではある。実際に頑張る必要がないとはいえ、設定はリアルに固めておきたい。こっちは二木ほど土壇場の作り話がうまくない。

それにしても、四万字か。ひと月で三万字書いたのだから、締め切りまであと五か月あると考えれば、書けないこともない。

なにか、題材のアイデアはあっただろうか。

応募するつもりはまったくないというのに、いつの間にか小説の構想を練りながら部屋の中を歩き回っていた自分に気が付いて、広一はふたたび、大人しくパソコンの前に座った。マウスを動かして、自動的にスリープモードへ入っていた状態から画面を起こす。

応募作品を書くつもりはない。二木の思い通りになるのはもう嫌だ。

それに、賞なんて取れる訳がない。広一は要項にある「賞金三十万円、書籍化」という文字を無感動な目で眺めた。望みがあるなら挑戦する価値はあると思うが、二木の誉め言葉には裏があった。きっと、自分は賞を狙える力量ではないのだろう。

今は今後のための擬態スキルを身に付けることに専念して、この先またいつか書きたい衝動がやってきたら、その時は誰にも内緒でこっそり書けばいい。

文学賞のサイトを閉じると、広一は椅子ごと体を引いた。押入れを見つめる。中には、幼い頃に書き溜めた物語の詰まった段ボール箱がある。

本当に大事なことは、現実から離れた場所に隔離しておくべきだ。その方が傷付かずに、自由になれる。現に二木がそうしている。

明日明後日は休みだ。週明けの学校では、どんなパターンが学べるだろうか。休みの日をもどかしいと感じたのは初めてだった。とはいえ、そうと決めたら休みの日にもやるべきことはある。新しい環境を手に入れるためには、進学できる学力が必要だ。まずは無駄なく学習するために、受けたい大学や学部を絞ろう。

椅子を回して机に向き直り、進学関係の調べ物に取り掛かった。

もう認めるしかない。

自分は二木に、地球で窒息しないための方法を見出していたのだ。

10

とんでもないことが起きた。

十一月に入り、風邪が流行り始めているという前置きに次いで繰り出された二木の言葉は、微熱で浮腫(むく)んでいる広一の頭を殴りつけた。

「田井中が新人賞に出す小説を書いてるから、皆、応援してあげて」

朝だというのに薄暗い天気のせいで室内の照明がやけに明るい。

教室に流れたのは、冗談が滑った時のような沈黙だった。

視線を感じながら、感情と一緒に唾を飲み込もうとしたが、腫(は)れた喉を通らず、代わりに、風邪を引いた人間特有の深い咳が出た。

白けた空気そっちのけで二木が笑った。

「田井中、頑張り過ぎて体調崩したんじゃないか？　締め切りは三月だろ。一生懸命になるのはいいけど、根詰めすぎるなよ」

そう言って自分自身の顔全体を人差し指でぐるりと囲むジェスチャーをする。咳に加えて顔も赤いと言いたいのだろう。

「ラノベ？」

教室の隅から声が上がって、その言葉に数人がクスクスと笑った。無視して二木が言う。

「最初は内緒の約束だったんだけど、田井中はやっぱり公言しときたいんだって。自分で自分の逃げ道をなくすためらしい」

「どうでもいい！」

普段から率先して茶々を入れる生徒がそう言うと、次々に「それな」と追従の声が上がった。二木の笑顔が苦笑に変わる。

「目標を口にするのは良いことだよ」

ちなみに、と続ける。

「ちょっとだけ読ませてもらったけど、田井中は上手だよ。本当にもしかすればもしかすると思う。みんな、今のうちにサイン貰っといた方がいいんじゃないか？　クラスから作家が出るかも」

冷笑の後に、いらんわ、という声がした。二木は皆の反応を受け流しながら、HRを締める言葉を口にして、教室の戸に手を掛けると、思い出したように振り返った。真面目な顔で広一を指差す。回らない頭で、広一は自分に向かって突き出された指先を見つめた。自然とそこに焦点が定まって、その他すべてがぼやけて見えた。

二木の指だけが浮き上がった視界の奥で、彼の口が動いた。

二木が言った。

とても親身な声だった。

「別に、プレッシャーかけてるんじゃないからな」

下校する時刻になって、ようやく怒りがこみ上げてきた。

目的はわかりきっている。問い詰めるまでもない。むしろ、もう顔すら見たくない。ただでさえ風邪気味で痛む頭が尋常ではないレベルの頭痛を訴えていた。

そこまでするか、普通。いや、そもそも普通じゃなかった。

広一は怒りと怠（だる）さに任せて、乱暴に鞄へ教科書類を詰め込んだ。

こっちが、宣言通りに応募作品を書いていないことを見抜いて、また執筆で手一杯にさせるために、やらざるを得ない状況へ追い込んできたのだろう。プライドだけは一丁前な性格を利用されているのだ。二木自身の平和を守るためだというなら悪手だと思った。二木は証拠の画像の存在を信じているはずだ。おだてて書かせるならまだしも、追い詰められてキレたこっちが何もかもバラしたらどうするつもりなのだろう。だが、思えば今に始まったことではない。脅されている立場にもかかわらず、二木はいつも主導権を握ろうとしてきた。

「おい、田井中」

背後から男子生徒に呼ばれて、広一は身を硬くした。自分が何様だと思っているのか、使用人に対するような尊大さで人の名を呼ぶ相手に、心がみるみる閉じていく。鬱々としているのを気取られたくない一心で、広一は平静な表情を取り繕って振り返った。机の上に腰かけて、長い前髪を女みたいにクリップで留めた男子がこっちを見ていた。吉田だ。

同じ席の椅子には、板のようにまっすぐでつるつると光る髪の女子が座っていた。横向きの角度で足を組み、こっちには目もくれずにスマートフォンをいじっている。

吉田が言った。

「小説ってどんなん書いてんの」

「別に」

「返事嚙み合ってませんけど」

こいつが純粋な興味で質問している訳ではないことはもちろん知っている。こいつはこっちを、つつけば面白い踊りをするオモチャだと思っている。

「アクタガワ賞に出すの？」

「芥川賞は出すとかないから」

「うわ感じ悪。普通はそんなん知らねえから。お前は小説書いてるから知ってるだけだから。偉そうに言うなよ、キモいな」

意外にもっともだったので納得してしまう。悔しさでますます頭が痛くなる。

「あー、お前だめだ」

「は？」

脈拍と連動した頭痛の波を、こめかみを押して和らげながら、広一は思わず嚙み付いた。吉田に駄目だと言われる筋合いはない。

「いやわからんけど、たぶんお前、駄目だわ。どんなん書いてんだって人に聞かれて答えられない時点で」

ムカつく、というある意味まっすぐな感情を学校の人間に対して抱いたのは初めてだった。これまではもっと屈折した気持ちを感じていた気がする。

「それは、お前に説明する必要がないだけだし」

相手をお前呼ばわりしたことに、おそらく吉田も、何より自分自身が驚いていた。それに自分は一体何を言っているのだろう。説明する必要がないというより、説明できることがないのだ。賞のために書いている小説なんて本当は存在しないのだから。それでも、吉田に知ったような口を利かれたのがたまらなく頭にきた。

「なあ見て、こいつめっちゃキレてる」

そう言って吉田が後ろの女子を肘でつつく。女子は興味がなさそうにスマートフォンを見たままアハハと笑った。何もかもが嫌になる。今後はぶりっ子して生きていこうと決めた矢先にこれだ。

「田井中スイッチ」の田井中が荒ぶっている事態に気付いたのか、教室に残っていた生徒が数人、近付いてきた。「何?」という言葉が楽し気に飛び交っている。吉田が説明した。

「どんなん書いてんのって聞いたら、なんかキレ始めて」

「それは違うだろ」

口にした瞬間、後から来た生徒たちがけたたましく笑った。

「ちょ、声！　ダースベイダーみたいになってるけど」

風邪で腫れた喉が圧迫している声帯は、吉田と交わした二言三言で限界に達してしまっていた。大声での揶揄に遠巻きに見ていた生徒たちまで笑い出す。自分が円陣の中央に放り出されて槍でつつき回されている気分になってきた。

「あ、そうだ」

そう言って、吉田が、ぱん、と手を合わせた。

「『ダラーの虎』しようぜ」

意味がわからなかったが、ロクでもない思いつきなのはわかる。嫌な予感で後ずさった広一の肩を、男子が二人掛かりで掴まえた。

「田井中知ってる？　ダラーの虎。番組と同じように、田井中くんにはこれから自分のビジネス……この場合小説な。の、プレゼンをしてもらいます。んで面白そうだったら、皆、金額言うから。お前の希望出資額に到達したらダラー成立でお金は田井中くんのものです。達さなかったら……そうだな、お前、『三割増し』とパコれ。まああつまりはクラミジアの刑です」

いじりを受けたことはあってもヘビーないじめに遭った経験はない。吉田は「お前」呼ばわりされたことが相当気に食わなかったらしい。後ろに、見た目のいい女子が座っていたのが怒りを助長する原因だったのかもしれない。三割増しと呼ばれている隣のクラスの女子のことは知っている。異様に短い丈のスカートから太めの脚を露出している女子だ。あだ名の由来は体型だろう。「田井中スイッチ」というあだ名を付けられている身としては同情しなくもないが、吉田の提案ほど関わりたいとは思わない。

妙なことに、罰ゲームとしてセックスを持ち出された時から気持ちに余裕が出てきていた。さっきまでは、吉田の発言を受け流せなかった自分自身に何より嫌気が差していたのだと思う。相手が勝手に下品な存在へ成り下がってくれたおかげで、相対的に自己愛が回復していた。

吉田が言った。

「希望出資額どうする？　にーしーろ……十二人いるから十二万でいいよな。じゃあ十二万で」

勝手に決められて、希望出資額とは一体、と思った。一人一万円という、それなりに財布に痛い金額なのに誰からも不満の声が上がらないあたり、実際に支払われることはないのだろう。肩を掴んでいた二人の男子が、すべて心得ている様子で広一を教卓へ連れていく。抵抗しても無駄だとわかりきっていたので、つんのめりながらも素直に歩くと、後ろでまた、まばらな笑いが起こった。

床より少し高い教壇の上に立たされ、げんなりとしながら顔を上げる。自分に向いている顔の数に、めまいを起こしそうになった。二人の男子生徒は横を離れると、前側の戸近くに陣取って、広一が教室から逃げ出せないように出入り口を固めた。

教室全体を目で捉える。ああ、いやだな、と思った。

ここでたとえ神がかり的な冴えが降りてきて、本来のトーク力では有り得ないようなパフォーマンスを披露したとしても、誰ひとり支持してはくれないだろう。そう確信する出来レースの空気があった。

このくらい、わかりやすく悪辣な手段を取ってくれたほうが気は楽だ。いつものような惨めさはなかったが、何を言ってもあげつらわれると思うと、口を開くのが怖かった。縮こまった気持ちはしばらく心の中でさまよっていたが、そもそもの発端を作った人物が思い浮かんだ途端、そこめがけて小さな穴から高圧の苛立ちとなって噴き出した。

血がぐらぐらと煮立っているのを感じながら、広一は改めて教室の顔ぶれを素早く見回した。委員長はいない。確認したと同時に、広一は言葉を発していた。

「小説の内容を言えばいいの？」

後ろの席から吉田が声を飛ばす。

「みんなに興味持ってもらえるようにな！　その時点でつまんなかったら駄目だと思うぞ。作家だったらできるだろ」

心の中で、誰が作家だ、と言いながら吉田の頭に鈍器を数回振り下ろした。

「わかった」

そう言って、教室の後ろにある掲示板に視線を固定した。

「まず……ファンタジーじゃない。現実の、現代の話。田舎だよ。ここみたいな」

瞬きをする。シャッターをきったように、ピンぼけの教室が脳に焼き付いた。

「主人公は、学校の先生」

気持ちがどんどんこの場から離れていく。

「そいつには秘密があるんだ。誰にも知られちゃいけない本性を持ってるんだよ。でもうまく隠してる。みんなを騙してるんだ。嘘がうまいんだよ。小っちゃいときからずっと嘘つきだったから」

あらぬ方向を見つめて語っている広一を訝しんだのか、生徒が一人、振り返って背後を見た。

「みんな、そいつがいい奴だと思ってる。生徒も、他の教師も、……生徒の親たちも。でも本当は、ヤバい奴なんだ。秘密が知られたら終わりだよ。みんな、裏切られたって気持ちになると思う。実際、裏切りだ。本当は教師になんかなっちゃいけないような奴だから」

「秘密って何？　実は殺人鬼とか？」

誰かが口を挟んだ。広一は教室の中心に向かって、はっきりと言葉を落とした。

「変態なんだ」

しん、と教室が静まり返る。

何だよ、と思った。普段はえげつない猥談をしているくせに、皆、明らかに引いていた。

「なんか、お前みたいな奴が変態とか言うと、妙にグロいわ」

机の上であぐらをかいた吉田が言った。

お前みたいな奴、がどういうことなのかは謎だったが、自分がその手の話をすると相手が引く、とだけは心に留めておいた。皆の様子を見る。微妙な雰囲気のまま、何も反応はない。広一はしばらく棒立ちでいたが、いつまで経っても何も判定が下されないので、とりあえず、軽く頭を下げてみた。数か所から、同時多発的に、えっ、という声が上がった。

「それだけ？」

質問をしてきた男子の言葉に頷くと、彼は頬杖から顎を落とす仕草をした。

「はい、じゃあ皆、順番に出資額ー」

全員に念を押すように、あからさまにテンションの低い声で吉田が、出入り口の横に立っていた男子を指さした。指された男子は、様子見をするような表情をした後、注意深げに口を開いた。

「百円」

少し語尾の上がったその言葉を皮切りに、次々と、百円、百円、百円、が続いた。

自然とゴールに設定されていたらしい吉田のもとへ順番が辿り着くと、指先を見つめながら、つまらなそうに吉田が言った。

「マネー不成立です」

自分の出資額すら言わなかったが、そんなことは別にどうでもいい。吉田が顔を上げて、広一を見た。

「十二万ひく千百円っていくら？」

「十一万八千九百円」

「ならその額、明日、お前持ってこい。つか半端だから十二万だな。明日、十二万な」

「三割増しさんとどうこうって話じゃなかったの」

「その料金だよ」

思い付きで喋っている。こんな風に小説もポンポンと書けたらいいのに、と広一は思った。

「料金は三割増しにしなくていいの」

広一の言葉に、一人の男子生徒がゆるい笑い声を上げたが、笑ったのが自分ひとりと自覚したのかすぐに黙った。

「やっぱりお前、駄目だな」

吉田が言った。こいつは一体何なのだろう。さっきから訳知り顔で、駄目、を連呼してくる。

「なあ、誰か三割増しに連絡して。場所変えるわ」

非情な言い方に、ようやく、本格的な危機感を覚えた。関わった人間全員が停学処分になりそうな罰ゲームはどうせ企画倒れになるだろうと、どこかでたかをくくっていたのだ。吉田の呼びかけに生徒たちが顔を見合わせる。

「俺、連絡先知らん。てか消した」

「俺も」

吉田が舌打ちをした。

「女子で知ってる奴いねえの？」

首を振ったり肩をすくめたりして何も言わない女子生徒たちの反応を見て、吉田が、んだよ、と言いながら、机に座ったまま体を反転させて、椅子に腰かけている女子の体を両脚で挟んだ。

「なー、ゆりっぺ。ゆりっぺは知ってるだろ？　仲良かったよな？」

蟹ばさみにされた女子は何も言わず、スマートフォンをいじり続けている。

「呼び出せよ。なー、ゆりっぺ。ぺーゆりー聞いてますか？」

吉田が脚を揺する。体が揺れるのも構わずに黙々と手元の機械を触っている「ゆりっぺ」に、吉田が手を伸ばし、つるつるの髪に触れた時、バシン、と大きな音が鳴った。「ゆりっぺ」が吉田の手を振り払ったのだ。

「うっせーな、テメー！」

女子の口から放たれた突然の怒号に、広一の両肩が跳ねた。

「誰に命令してんだコラ。チンカスが。三割増しはお前が呼んでこいや。お前に性病伝染したの、あいつだろうが」

椅子の背に肘を掛けて吉田を睨み上げたその顔は、整っているぶん、ものすごい迫力があった。彼女はふたたびスマートフォンに視線を落とすと、歪めた口元を髪の隙間から覗かせながら、がなった。

「つか、ゆみこ遅っせえんだけど！」

いらつく、ありえん、もう帰る、と呟いて高速の指さばきでスマートフォンを操作する「ゆりっぺ」を、吉田がなだめている。

他の生徒たちは、それほど驚いた様子も見せずに、どことなく卑屈な笑いを浮かべてその光景を眺めていた。誰もこっちを見ていない。広一は、気配を消してそそくさと出入り口に向かうと、静かに戸を引いた。戸を守っていた男子が振り返り、「あ」と声を上げた瞬間、広一は一気に駆け出した。

体育倉庫の壁に到着して手をつくと、広一は息を整えた。

帰巣本能のような無意識さで、走る足は自然とここを行き先に選んだ。学校の中で、ここが一番落ち着く場所だ。張りつめていた気持ちが解けていく。

直後に、たった今の出来事を思い出して呻いた。

どうしてあんなことを言ってしまったのだろう。完全に引っ込みがつかなくなった。イコール賞の結果発表で恥をかくという意味だ。発表がある頃には誰も、こっちが賞に応募したことなんて覚えていないかもしれないが、あの二木のことだ。どうせまた、意地悪く話を蒸し返すに決まっている。この学校にはクラス替えがない。おまけに、学年が変わって二木が担任から外れたとしても、美術の授業がある限り、二木を避けては通れない。

いや、それよりも今心配すべきなのは、明日から学校でどんな目に遭うかだ。

頭が混乱している。

汗ばんだ首筋を拭うと、朝から微熱が続いている体へ、さして強くもない十一月の日差しと、グラウンドで部活動をする運動部員の声がのし掛かってきた。

吉田たちが教室からいなくなるまで待たなければいけない。財布やスマートフォン、バスの定期券も入った鞄を教室に置いたまま飛び出してしまった。全身が重い。

具合が悪いのに全力疾走するという無茶をしたつけが一気に押し寄せてきている感覚がした。

手で壁を這うようにして角を曲がる。

うっすらと目を開けた時、広一の全身にふたたび、緊張感が駆け抜けた。

視線の先、少し離れた場所に、一人の女子が座っていた。

お互い、固まった。

こっちは個室トイレの中へ入る時のような気の抜きっぷりで角を曲がったところだったし、相手はこっちが姿を現した瞬間に、手に持ったものを排水溝の隙間に捨てた様子だったが、彼女の周囲に漂っている煙から、たった今捨てたのが煙草だということは明らかだった。

横顔を長い茶髪が覆い隠している。

委員長だった。

立ち竦(すく)んだのはほんの一瞬で、広一はすぐに前へと歩き出した。

ちょっとここを通って行かないといけない場所があって、という風を装ってはみたものの、足取りはぎこちなかった。委員長が近付くにつれ、なぜあそこで引き返さなかったのだろうと後悔が強まった。あからさまに避けるよりも直進した方が自然でいいと思ったのだが、実際にやってみればこのほうがずっとおかしな感じだった。

委員長は片膝を立てて、無言のままじっと座り込んでいた。

このプレッシャーを何と表現すればいいのだろう、と思う。鎖につながれた猛犬の前を通り過ぎる時。コンビニの前にたむろしているヤンキーを横目に自動ドアをくぐる時。連想ゲームを念仏代わりにして委員長の前を横切る。彼女の姿が視界から消えると、ほっと息を吐いて、顔の筋肉をほどいた。

「いやいや」

後ろから聞こえた声に、広一の胃がごそっと別の場所に移動した。

「そっち、講堂しかないよ」

「知ってる」

小さな声でそう返して、歩調を早めた。

「ねえ」

少し大きくなった委員長の声に、足を止める。この場から逃げ出したい、という気持ちを、もはや隠しもしない表情で振り返った。

委員長がこっちを見ていた。

彼女と目が合ったのは、本当に久しぶりのことだった。

長い髪の真ん中に白くて小さな顔がある見た目が、まるで人形みたいで、広一は怖気づいた。こんな華奢な女子を怖がっている自分がおかしいようにも感じたし、委員長が女子っぽければ女子っぽいほど、怖いような気もした。

委員長が黙って手招きをした。

広一は動かなかった。委員長がまた手招きする。用があるならそっちが来ればいいのに、と思わなくもなかったが、しぶしぶ従った。

「煙草のことだったら、チクったりしないけど」

「そうじゃなくて」

大きな瞳がこっちを見上げたあと、すぐに伏せられる。定まらない視線から、気まずさを覚えているのは自分だけではないのかもしれないと思っていると、委員長が言った。

「なんか、喋るの久しぶりだね」

「うん。確かに」

その話がそれ以上掘り下げられないように、広一はなるべくきっぱりとした語調を取った。委員長が視線を逸らしたまま、自分の膝を触った。会話が途切れ、広一は手を握りしめた。喉元でつかえている「で、何？」という言葉を、きつくなりすぎないトーンに調節してから発しようとした時、委員長が言った。

「今朝、ＨＲで二木先生がしてた話なんだけど」

「……あー」

　曖昧に言葉を濁すことしかできなかった。

「ていうか、座らない？　話しにくい。急いでなかったらだけど」

　顔を上げて、委員長が言う。広一は逡巡したあと、委員長から二人分ほど離れたコンクリートの上に腰を下ろした。急いでいる、という逃げ道があったにもかかわらず流されたことを、頭の端で悔やんだ。

　委員長がぽつりと言った。

「あれ、ちょっと意地悪な言い方だと思った」

　その言葉に委員長の横顔を見ると、彼女が付け足した。

「二木先生の言い方」

「あー、そう……」

　二木の悪意を感じ取っていた人間がいたことに驚きながらも、広一は再びはぐらかした。本音では「ちょっと意地悪」以上の憎悪をもって同意していたが、陰口に乗っかるのは格好が悪いような気がした。

「でも私、あの話聞いて、真っ先に、すごいなと思った。賞に出すんでしょ」

「何もすごくない。出すだけなら誰にでもできるし」

「小説書いてる時点ですごいって。私は作文全般が無理。読書感想文なんか大嫌いだった」

「読書感想文は俺も嫌いだったよ」

「なんで？　小説とはまた違うの？」

うん、と答えると、特に理由のないその好き嫌いに、勝手に深みを感じたらしく、委員長が言った。

「やっぱり、そっち系の才能あったんだ。昔から変わってると思ってた」

変人だということと、何らかの才能があることをナチュラルに紐づけている発言に、げんなりした。この子も昔の自分や母と同じ幻想の持ち主だ。

ごめん、と委員長が言った。

「いま私、馬鹿なこと言った」

広一は爪先を眺めた。

「うん。言った」

「だよね。忘れて」

「書いたもの以外で才能があるとかないとか言うのはおかしい」

「そこ？」

そう言って委員長が笑った。横目で表情を盗み見ると、開いた口の中から、上の前歯に付いた矯正器具が見えて、ぎょっとした。

あんなにごつい器具を嵌めているなんて知らなかった。知らなかったのはそれだけではない。煙草を吸うことも、こうして話せば案外、昔と変わらず饒舌なことも、初めて知った。相手の今現在をよく知らないのは委員長も同じだろう。こんな風に話していることが、不思議だった。

「でも、私が一番すごいと思ったのは、賞に応募するって皆に言ったことだよ」

「へえ」

生返事をする。

「だって、結果が出なかった場合のこと考えたら怖いでしょ。私だったら誰にも言わずにこっそり応募するかな」

「の、ほうが賢いと思うよ」

「うん。でもさ」

委員長がポケットから青いパッケージの煙草を取り出した。

「秘密にしてたら、自分の中でどんどん気持ちがくじけてくよ。どうせ無理だとか、他にもっとやることがあるとか、後ろ向きな理由はいくらでも思い付くし」

委員長がケースの中に指を入れた。不慣れな感じのする煙草の取り出し方だった。

「挑戦しないと後悔するって予感だけはあるから、決意はとっくにしたはずなのに、気付いたら何度も機会を見送ってたり。そのたんびに自分の意志の弱さが嫌になるけど、逃げたことを正当化するのも上手になっていくんだよね。またそこに自己嫌悪して、しまいには、逃げた自分にちゃんと自己嫌悪すること自体が精神安定剤みたいになって」

委員長は火を点けないまま煙草を弄んでいる。

「でもね、今朝、田井中くんが賞に応募するって、それを皆に言っときたいんだって話聞いた時に、私、なるほどって思った。人間の意志は弱くて、でもそれが普通なんだな、って。だから田井中くんは、自分ひとりの意志力なんかにはさっさと見切り付けて、こうやって外からの圧をかけることにしたんだ、って。私がこれまで嫌だなと思ってた心の弱さが、急に当たり前のものになったんだ。そしたらなんか、自分がどうすればいいかがわかった気がした」

煙草で唇をつついていたかと思うと、委員長が体ごと向き直って、広一を見た。瞳が茶色い。明るく染めた茶髪と白い顔が相まって、全体的にコントラストが弱く、淡い、という印象があった。反発する磁石のように、広一は体を引いていた。

「よかった」

そう答えることしかできなかった。広一の顔をしばらく真顔で見据えたあと、委員長が笑った。

「他人に興味ないでしょ」

「え？」

「で、何を目指してるの？　って私に聞かないから」

その言葉に数秒のあいだ逡巡した後、広一は、はっと気が付いた。

「あ、自分のことだったんだ」

「ええ！　何だと思って聞いてたの」

「別に誰のこととも」

「察しが悪すぎるよ。それもう、宇宙人とかいう種類の問題じゃないと思う」

言われて振り返ってみれば、彼女が自分の話をしているのだと気付いても良さそうなものだった。自分に呆れながら、広一は、彼女が懐かしいあだ名をまだ覚えていたことに、苦々しさと、奇妙な感慨を覚えた。

「で、目指してるのって何なの」

少しの純粋な興味でそう聞くと、委員長は元いた位置へと戻った。

「言わない」

広一の頭に混乱が渦巻く。

「夢を公言することで自分を追い込むって話じゃなかったの？」

「そうだよ。でもまだ勇気がなくて。もし今ここでそれを口にして、田井中くんの顔に、お前には無理だろ、って反応が少しでも見えたら、それだけでメンタルがゴリッと削られる気がする。特に、私の夢は」

そう言って委員長が、唇を内側に巻き込んだ。その中にある矯正器具の存在を思い出して、広一は今度ばかりは彼女の夢について、おおまかながらにある程度の察しが付いた。おそらく容姿が関係する方面なのだろう。

広一は言った。

「よくわからないけど、聞くのやめとくよ」

「ありがとう」

嘘を見透かしたような声だったので、ばつが悪くなった。

でも、島崎さんだったら、何でもできると思うよ。そんな台詞が口を突いて出そうになったが、やめておいた。無責任な言葉だったし、あまり彼女に優しくすると後から自分が落ち込む予感がした。こうやって話せているのは二人きりの場所だからだ。周りに生徒がいる状況では、彼女がこっちと親しく接することはないのだとわかっていた。

それでも、委員長のそうしたところを特別ずるいとも思わない今の自分がいた。うまくやっていくために立ち回りが必要なのは誰だって同じだ。

広一の左側から、委員長の方へ向かって風が吹いた。さっき走った時にかいた汗が冷えて、悪寒を覚えたが、それよりも彼女に汗臭いと思われなかったかどうかが気になった。委員長が、手の中でいじくり回していた煙草にようやく火を点けた。

「俺もう行くよ」

「あ、ごめん、煙いよね」

委員長が地面で煙草を消した。

「私のほうが場所変える。ここ使いたくて来たんでしょ」

そう言って委員長は、取り出した銀色のケースに吸い殻を捨てた。さっき広一の姿を見た瞬間に煙草を放り投げた排水溝の中を覗き込み、ポイ捨てやめようと思ってたのに、とひとりごちている彼女へ、広一は素朴な疑問をぶつけた。

「あのさ、たぶんだけど、基本、真面目だよね。なんで煙草なんか吸うの」

排水溝の格子を引っ張りながら、委員長が言う。

「真面目な方がストレス溜まるんじゃない？」

「ふーん」

「ねえ、割り箸とか持ってないよね」

格子は持ち上がりそうにもなかったらしい。広一が首を横に振ると、委員長はそっか、と呟いて排水溝の中に向かってうつむき、その姿勢でしばらくしたあと、唐突に言った。

「私決めた。田井中くんが賞を取ったら、自分の夢、皆に話す。そんで挑戦してみるよ」

広一は驚愕の顔で口を開けた。

「そんなのずるいだろ！」

「いいじゃん賭けてみても。物語とかで旅人が、分かれ道で迷った時、置いた枝が倒れた方向に進むのと同じだよ。私がどんなギャンブルしようと自由だよね」

「それを聞かされた俺のプレッシャーはどうなるの」

委員長が、きょとんとした。

「どのみち本気でしょ？」

頬が引き攣る。ひとつ嘘を作るとこんなにも面倒くさいことになるのか。

「病気の子供にホームランを約束する野球選手じゃないんだから」

「あ、でもそれに近いかもしれない」

委員長が立ち上がって、埃がついたスカートの後ろをはたいた。

「田井中くんって、正直、なめられてるじゃん。そういう子が周りを一発見返してやるような結果出せたら、それこそ逆転大ホームランだよ。そういう熱い展開が見たいから、私は田井中くんに賭けてみたいのかもしれない」

「……そういうの良くないよ。結局、何かに決断をぶん投げたいだけだろ。その方が失敗した時に自分を責めなくていいから」

なめられている、とはっきり言われた仕返しに、きつい言葉を返してみたが、委員長は平然としていた。

「うちのお父さんの台詞みたい。貧乏人はギャンブルと占いが好きや、他力的なもんが好きやから貧乏になるんやー、っていつも言ってる」

あの父親の話はあまり聞きたくない。ご丁寧に関西弁まで再現してくれたおかげで、嫌な記憶が鮮明によみがえった。

「とにかく、俺に賭けるくらいだったら枝の倒れる方向でも何でもいいから別のものにした方が勝率は高いと思う。諦める言い訳にしたくて負けそうな勝負を選んでるなら別だけど」

「そう？　私は田井中くんも結構望みあるんじゃないかなと思うよ」

「だから、読んだこともないのにそれはおかしい」

「何の根拠もなく言ってるわけじゃないよ」

「何、根拠って」

どうせ適当に言っているのだろうし、真剣だとすれば間違っている。作者だけを見て創作物の内容なんて推し量れるわけがない。二木を見ていればよくわかる。ふてくされながら委員長を見上げると、彼女は眼下の広一に、妙に強気な表情を浮かべて言った。

「勘」

広一は彼女の顔からゆっくり視線を下げると、防球ネットの、ひとつだけ綻(ほころ)びのある箇所を見つめて、勘、とおうむ返しに呟いた。案の定適当だと呆れる気持ちの他に、複雑な感情があった。広一の反応をどう取ったのか、委員長が言う。

「あのね、勘って、オカルトじゃないよ。目とか耳とかから入ってきた情報で、確かに気付いてるんだけど、それをまだ言葉にできないのを、勘って言うんだと思う」

わかっている。思えば自分は、ずっとそれで判断されてきたように思う。なんか変。なんか皆と違う。病名も付けてもらえなかった。二木も前に、直感という言葉を使って、こっちが彼に執着する理由が、義憤や、ただの憂さ晴らしではないと見抜いたことがある。勘は、十分アテになる。だからこそ自分は、人の勘というものが、怖い。

「ありがとう」

感謝ではなく、それ以上その話はしたくないという意味だった。田井中くん、と委員長が言う。

「自分でも薄々感じてるんじゃないの。できる気がするって。だから書いたんでしょ」

委員長を見る。確かに、自分の中にも勘と呼べるものはあった。小説を二木に見せるために書き始めた時の妙な確信。もっと昔のことを言えば、何か特別長けたことがあるはずだという漠然とした予感。けれど、それが自尊心からくる妄想だと、少し離れたところにいる自分がしてくる忠告が、心のどこかには、きっと常にぶら下がっていた。

「他人の勘は信じられても、自分の勘は信じられない」

「なんで」

「こうだったらいいな、っていう願望が入ってるから」

口にした瞬間に、それは本当のことになってしまったような気がした。

やっぱりもう帰ろう、と思った時、委員長が言った。

「田井中くんならできるよ。これは私の勘。人の勘だったら信じられるんでしょ」

その言葉を聞いた途端、腹の底から、静かにこみ上げてくるものがあった。

笑いだった。

さっきの自分が言いかけてやめた、できるよ、という台詞を簡単に言った委員長のことを、正直、浅はかだと思ったし、言わなくてもいい心情を吐露して、適当な励まし言葉を誘ってしまった自分にも辟易した。眉をひそめて、相手と自分を同時に馬鹿にするひねくれた笑いを浮かべていると、寄せている眉間のあたりが、なぜか急に、ぐちゃっともつれた。

まずい、と思った瞬間に、広一は自分の心へ慌ててシャッターを下ろした。

「島崎さん」

「うん」

「ありがとう」

さっきと同じく、話を切り上げたい気持ちがあって、そう言った。もう終わらせないと、何かみっともないことになる気がした。委員長は、その「ありがとう」が会話終了の合図でありつつも、今度はちゃんと本来の意味も込められているとわかったらしく、頷いた。

本当なら、感謝の言葉なんて言いたくない。勝手に夢への第一歩を託して、適当な発言で発破をかけて、加えて適当ついでに過去のことを持ち出させてもらうなら、小学生の時、彼女の思い付きのプランに希望を抱いてノコノコ出かけていった自分が一体どういう思いをしたか。

だが、あれを彼女のせいにするのは無理がある。いつだって勝手に希望のほうを取っているのは自分だ。

広一は下を向いた。心を素早く閉じたおかげで、ふたたび顔が泣き笑いじみた表情に歪むことはなかったが、一歩引いたぶん、たった今自分に何が起きたのかがよくわかった。

たぶん彼女は、こっちが、ありがとう、と言った本当の理由は、理解していない。送ったエールに対する感謝だと思っているだろう。違う。彼女の言葉は、あるものへの印象を少しだけ変えたという意味で、価値があった。勘という恐ろしいものを、いい意味で使ってくれた他人は、彼女が初めてだったからだ。

11

広一は押入れから段ボール箱を引きずり出すと、中の自由帳を開いた。子供の字で書かれた物語の要点を掻い摘みながら、瞳を窓ふきをする清掃員の手つきのように素早く下へ下へと降ろしていき、ページを繰るたびにそれを繰り返した。

これは駄目だ。

自由帳を傍らにどけると同時に、反対の手で次の一冊を取り出す。

これも駄目だ。現代のプロレスラーが古代ローマにタイムスリップして剣闘士になる？　子供が書くぶんにはいいが、きちんと書くには、プロレスのことも、ローマとギリシャの違いもよく理解していない自分の手には余るし、今からその辺りの知識を深めようと思うほどこの題材には熱意が持てない。

次。

小学校に逃走中のテロリストが乗り込んでくる。子供の主人公がそいつを撃退して、最後は皆から胴上げ。

グワ、としか表現できない感情が襲った。顔が熱くなる。

次。

駅のホームで上り路線と下り路線の両方に設置された姿見が、合わせ鏡になっていて、その二枚の間を電車が通り過ぎるたびに、必ず車内の乗客が一人「みんな死んじまえ！」と叫ぶ不可解な現象が起きる。

これに関しては意味不明だ。途中まで書いて飽きたようだった。どういうつもりでこんな話を作ったのか、当時の記憶を掘り返してみる。うっすら思い出せたのは、まだ都内に住んでいた幼い頃、電車の中で突然、物騒な言葉を叫びだした大人を見たことがあって、その人間に強い恐怖を抱いたという記憶だった。恐怖の対象が創作のモチーフになった訳だ。

全体的な傾向として、「世にも奇妙」な話が多いように感じた。それ系は嫌いではないけれど、どの題材も、どうにも話が膨らむイメージが湧かない。広一はページを捲り続けた。

三月末日締切、当日消印有効。

応募規定枚数、四百字詰め原稿用紙、百から三百枚。広義のエンターテイメント作品を募集。

それが賞の要項だ。

今日は十一月十日だから、残り約四か月半。やることを簡単に分けるなら四つだ。題材を決める。筋（プロット）を立てる。実際に書く。推敲する。

前回、二次創作を書いた時には、二つ目のプロットを立てるというフェイズがなく、おおまかな流れを決めていただけだった。あの時は早く二木に作品を突き付けたいという気持ちに急き立てられていたとはいえ、揺るぎない期日は存在しなかった。今回は違う。海図もなしに海に出て、途中で座礁したら目も当てられない。

子供の自分が書いた物語を斜め読みして呆れながら、少し羨ましい気持ちになる。よくこんなに沢山思い付いたものだ。羨ましいと言うなら、ついこの前、パロディ小説を書いた時の自分ですら、すでに羨ましい。今はもう、あの時のように、書くと決めた瞬間を皮切りに次から次へとアイデアが湧いてくる状態ではなかった。

何も思い付かないのだ。

最悪なことに、ここに来て今の自分はこれまでの人生で一番「普通」だと思った。

考えられるのは、締め切り日から逆算すると、いつまでにどのくらいの作業を終えれば間に合うのかといった現実的なことのみだ。だからこうして、過去のアイデアを発掘している。縋っている相手が小学生だと思うと情けない。

それでもやるしかない。

いるのかどうかはわかりませんけど、神様ごめんなさい。

僕はきっと、百パーセント純粋な創作欲求ではなく、クラスの嫌な奴らと、一人の女の子への見栄を多分にもって、小説を書こうとしています。でも僕はあなたのことを尊敬しています。ゼロから何かを作れる存在がいるとするなら、それはあなただけだと思うからです。だから、ただの人間の僕に、お許しと、アイデアをください。

そんなことを考えながら自由帳に目を通し続ける。本当に神様がいるとしたら、こんな、なめくさった人間には罰を当ててるだろうな、と思ったが、罰が当たるなんて考えがそもそも自意識過剰で、ちっぽけな人間はきっと、ただ見向きもされないだけなのかもしれないとも考えた。

広一は手を止めた。

急に毛色の違う文字列が目に飛び込んできたからだ。

文章ではない。

ここここはは小とと小小じんんん話話
こここ村かか手れれれれ茂れれししししし

ああ、と合点がいき、広一は文字に目を滑らせた。流し読みで、ある程度、文字を把握したあと、自由帳を離して全体を眺める。繰り返すうちに、全容が見えてきた。

これは動物だ。

「灰色に見える文字」で埋め尽くした丸い背景の真ん中には、「黄色く見える文字」で描いた、三角の耳をした動物の絵があり、「黒く見える文字」で、目、鼻、ヒゲといった顔のパーツが付け足してあった。

どうやら、物語を書くのに飽きた小学生の自分が、落書きをしたようだった。

自由帳をいったん脇に置いて、バッグの中から現国のノートを取り出す。遡ると、つい数か月前の自分が、授業中に現国教師の似顔絵を落書きしたページを見つけた。

ののの秋り妙つつつハハ妙ハ、と、黒組に所属している文字を顔と髪の毛に使い、肌の部分は白、背景は灰色、と、自分以外の人間が見ればでたらめな字の集合体にしか見えない形で、古いゲームのドットグラフィックのようにシンプルな似顔絵が描いてある。

　ひらがなやカタカナに比べて漢字が少ないのは、画数が多くて面倒くさいからだ。かといって、一色に同じ字しか使わなければ、単に同じ字を塗りつぶせば絵が出てくるだけなので、つまらない。暗号めいた楽しみのある遊びなのだ。一色の中にも、同じ色のカテゴリにある別の文字を適当にちりばめることにしていた。

　かといって、どんな文字がどの色に相当するかということを、自分自身も完全には把握していない。単語としての並びに影響されず、一文字ずつ決まった色があるのは確かだが、漢字まで含めると文字というのはあまりにも膨大な数だった。

　初期の『ドラゴンクエスト』に出てきそうな、ドット絵状の現国教師の似顔絵を眺める。この色に対応している文字はこれとこれとこれ、などという逆引き辞典のような仕組みは、自分の中にはない。この時は、黒板に書かれた授業内容から文字を拾って、絵を描くのに使ったはずだ。ふたたび自由帳に目を戻す。小学生の自分は、何をパレットにしてこの動物を描いたのだろう。

　灰色の背景の真ん中にいる動物は、耳がぴんと尖（とが）っていて、尻尾が太い。狐。小学生。そこまで考えると、答えが浮かんだ。

　教科書にあった『ごんぎつね』だ。

「ごん」の背景を埋め尽くす文字の中にある「茂」は、百姓・茂平の茂に違いない。

その漢字を書いたことがなかったのか、草かんむりの右下にあるはずの点を忘れている。頭がすっきりして、広一は満足の溜息をついた。思い出せそうなことを思い出せないままにしておく度に、脳細胞がバタバタ死んでいくと、どこかで聞いたことがある。嘘に決まっているけれど、本当だったら困る。小説を書くために、脳みそをこれから酷使する予定だからだ。

「じゃなくて」

広一は独り言をつぶやいた。こんなことを考えている場合ではない。小説の題材を探さないと。またページを捲っていると、階段が軋む音の後に、ノックがあった。

「広一」

母が廊下から声をかける。

「お風呂、早く入りなさい。お湯抜くわよ」

わかった、と言ってドアを開けると、階段を降りようとしていた母が意外そうな顔をした。

「素直ね」

本来、作業を途中で中断させられるのは大嫌いだ。けれど今は気にならなかった。行き詰まっている証拠だった。

湯船に浸かりながら、濡れた手で瞼を揉んだ。

今の時点で手にしている題材を振り返る。暫定的に本命を挙げるとするなら、「殺し屋と死体処理屋の話」だ。火葬場の職員が金を受け取り炉で犯罪の証拠を隠滅している、というアイデアを小学生が思いついたのは、感心すればいいのか、我ながら気持ち悪い子供だと思うべきなのかはわからないが、たぶん亡くなった祖父の骨を焼き場で見た時に着想したのだろう。悲しくてたまらなかったのは事実だが、同時にそんなことも考えていたのだ。やっぱり、気持ち悪い子供だ。

殺し屋を主人公にして、死体処理屋のキャラも立てて。いや、死体処理屋を主人公にした方が面白いだろうか。過去の自分が書いた粗い物語をセルフリメイクしてみる。ある日いきなり火葬場を相続した主人公が、実はその火葬場は秘密裏に死体を処理する業務を請け負っていたことを知る。前任者と殺し屋の間にすでに敷かれた強固な一本のルート。高額の謝礼に、手を汚す前に身を引けば命はないという脅迫。殺し屋が続々と運び込む曰く付きの死体に、主人公は否応なく裏稼業に身をやつしていく。

広一は顔を湯につけた。たゆたった髪の毛が、とろろ昆布のような感触で顔をくすぐった。練れば、一応、話にはなりそうだ。

それにしても、殺し屋か、と考える。エンタメ作品で登場する職業の中で数が多い順位を付けるとするなら、おそらく、一位は刑事で、五位以内くらいに、殺し屋が入るのではないだろうか。

湯の中で息を吐く。気泡が頬をかすめて浮上した。

殺し屋なんてものが登場した瞬間に、またか、と審査員に撥ねられる気がする。それとも、ありふれすぎていることで、最早ひとつのジャンルになっていて、逆に大丈夫なのか。わからない。思考がどつぼに嵌り、眉間に深い皺が寄る。何か、大事なことを忘れている気がした。耳の奥でチーチーと音が鳴り始めた瞬間、広一は慌てて湯から顔を上げ、息を吸いこんだ。忘れていたのは呼吸だ。肩で息をしながら、気持ちが沈んでいった。もっとユニークなことを思い付けばいいのに。宇宙人だとか言われていたくせに、肝心な時に平凡な発想しかできないのか。

湯から上がって、シャワーを浴びるまでもなく濡れた髪にシャンプーを揩り込んだ。しこたま酸素を取り入れたはずなのに、まだ何かが脳内にひっかかっている感覚がした。顔をしかめたまま泡で頭皮をこすっていると、ふと、さっき見たごんぎつねの絵のことを思い出した。

文字に色がついて見えるって、結構、独特で面白いかもしれない。

直後にその考えを一蹴する。そんなものは、特に変わったことじゃない。学校の時間割ではなぜかだいたい数学が青色に塗られていたり、黄色い悲鳴という表現だって、世の中でまかり通っていたりする。きっと、程度の差や法則性の有無はあっても、皆が持っている感覚だと思う。あの感覚に使い道がある気がしない。利点は中傷的な似顔絵を描いても誰にもばれないから怒られないということぐらいだ。

広一は頭の上でぼんやりと手を動かし続けた。

絵か。

逆だったらどうなるだろう？

急に頭へ浮かんだその問いに、後追いするかたちで意味を考える。逆？　一見でたらめな並びの文字を使って絵を描くことの逆は、自分の目を通して、意味のある文章を見た場合、どんな風に見えるかという話だろうか。

だったら答えは簡単で、一言にするなら、カビだ。本を開けば紙の上には色とりどりのカビがはびこっているように見える。普段、文章を読むときにはあまり意識しないのと、文字をきちんと認識して初めて色が付くから、未読の部分はそう見えないのが救いだ。生理的に気持ち悪い見た目で、決して綺麗なものじゃない。今まで、ある程度長さのある文章が、絵どころか美しい配色になっていたことは一度もない。いつだったかテレビで、音に色が見えるらしい少女が、汽笛の音色を聴いて描いたという絵を見た記憶がある。幻想的で美しい絵だったが、すぐにそれが、自分の感覚とはまた違うのだとわかった。力強さを感じる暗褐色と、対照的な寒色で描かれたその絵は、どちらかといえば音と色をイメージで結び付けているような印象を受けた。彼女と自分を比べてどうこう思った訳でもなく、ただ単に、別だと思った。

自分の感覚で文章を絵にしたとしても、見栄えのする作品にはならないだろう。前衛的な抽象画と受け取ってもらえれば、まだ成立するかもしれないが。

言葉を使った抽象画。

シャワーの湯を頭にかける。無意識でもできる風呂場での単純作業は、自由帳の前でただ唸っている時よりも、少なくとも何かをしているという言い訳をもって、頭の枷(かせ)を外してくれた。

いつの間にか広一は、頭の中で編み物を始めていた。

題材の色に染めた毛糸を適当に一列編んでみる。編み針を引っ掛ける目を探し、拾って次の列を編む。数列目で通せる目がなくなった。すべてほどき直し、また編み直す。このまま行けば一色の、マフラーか、セーターか、鍋敷きかはわからないが、とにかく何かになる。またほどき直して、二列目から別の色の毛糸を編み込んでみる。どんな模様にするのかはまだ決めない。編み進めるうちに、ひとつだけ飛び出ている目を見つけた。こんな目を作るつもりはなかったが、思い切って針を入れてみる。ベース色の毛糸ではなく、二列目から入れた差し色の毛糸をくぐらせる。

すると突然、模様のイメージが広がった。

石鹸を泡立てたタオルで首を擦りながら、脳内で、編んだ毛糸を力いっぱい一気にほどいたのが始まりだった。

　さっきまでのゆるい編み目とは違って今度は最初からきつめに編んでいく。浮かんだイメージ通りにだ。編み棒が止まらない。すでに、ラフな文章になっていた。それはもちろんいい。願ったり叶ったりだ。恐ろしかったのは、その内容が、凄い速度で逃げていくのがわかったからだ。今すぐどうにかしないと消えてしまう。夢の記憶が、起きた瞬間から、二度とさらえない場所へ落ちていくことに似ていた。

　泡の付いたタオルを蛇口にかける。風呂の扉を開けた時、後ろで、べちゃ、とタオルが床に落ちた音がした。体全体をさっと一拭きして、バスタオルを腰に巻き、リビングへと急いだ。電話機の傍らにあるメモ帳とペンを手に取ると、立ったままテーブルに押し付けて、乱雑な字でプロットを書きつける。バスタオルがずり落ちていく感触がしたが、構っている場合ではなかった。前髪の先から雫（しずく）が垂れる。

「ちょっと！」

　キッチンから小さな叫び声が上がったが、広一は一瞬だけ目をやると、また手元に視線を落とした。水の入ったグラスと睡眠導入剤のシートを手にしている母が、怒った声で言った。

「ゆ……」

「床は後で拭いとくから」

「パンツくらい穿きなさいよ」

「それはごめん」

どんどん書き連ねていく。興奮していた。早くこの物語を書きまくりたい。もうすでに身に覚えのあるハイなテンションだった。

だが、胸の真ん中には、他の部分がどれだけ熱くなってもそこだけは冷たいままで、周りの熱を少しずつ下げていく、冷たくて重い石のようなものがあった。

どうなんだろうな、これ。

全然、つまらないかも。

舞い上がろうとする気持ちを、石が押さえる。その重みのせいで高く飛べない。半信半疑という名前の低空飛行で、広一は残り四か月の道のりを、よろよろと進み始めた。

12

あっと言う間に月日が流れた。

瞬く間に月日が経った。

月日は矢のように過ぎた。

廊下の窓から見える裸木と、学年最後のテストが終わった解放感に満ちた校内の雰囲気に、広一はそんな言葉をいくつか思い浮かべた。どれも手垢のついた表現で、小説には使えそうもなかった。

戸の取っ手に指を掛けると、中に複数の人間がいる気配がして、反射的にためらったが、戸を横へ引いた。

三対の目玉、というより、レンズが一斉にこっちへ向く。奥の席で固まっている女子はなぜか三人が三人とも眼鏡をかけていた。手前の銀ぶち眼鏡の女子は同じクラスの生徒だったが、後の二人は別のクラスか学年で、しかも全員、大人しそうな雰囲気だったので、少し気が楽になった。

彼女たちから離れた前の方の席へ腰かける。手持ち無沙汰にスマートフォンを取り出して眺めた。しばらくして、ネットのブラウザ画面を表示したまま何も見ていない自分に気が付いて、広一は窓の外に目をやった。曇天の外よりも室内の方が明るい。ガラスには自分の顔が映っていた。ひどい顔をしている。きっと寝不足のせいだ。ラストシーンを書くのと、期末試験の勉強期間が見事にかぶってしまっていた。締め切りまで残り約一か月、推敲に費やす時間を考えれば、優先順位はテストよりも小説のほうが高かったが、テストで赤点を取ってしまったら、貴重な時間を補習に充てなくてはいけなくなる。ゆとりを持って手直しする時間を得るために、テスト勉強もまた、ある意味で小説を書く作業の一環だった。

後ろの席から笑い声が聞こえて、広一は顔を伏せた。自分の顔をじっと見ている姿を笑われたような気がしたのだ。被害妄想だとは思ったが、笑い声に過敏になっていた。見たいものもないのにふたたびスマートフォンに目をやって、広一は、待ち人が早く来ることを願った。

二月の半ばまでに小説を完結させると決めていた。

そう設定したおかげでせっせと書けたのか、それとも本当はもっと早く書けたのに、日数を多めに見積もったせいで贅沢に時間を使ったのかはわからないが、小説がとりあえず完結したのは二月十日だった。予定通り以上に進捗できたのが意外だった。今回初めて立てた、筋（プロット）というものが、思いのほか厄介で、何度も壁にぶつかったからだ。

物語の最初から終わりまでの展開を簡単な言葉で記したそれに沿って、本文を小説らしい文体で書いていくのだが、これが、実際に書いてみると筋書き通りにいかない。自然に任せていると、持っていきたい展開からキャラクターがどんどん脱線してしまう。昔読んだミステリ小説に登場した科学者が、とにもかくにも実験あるのみ、と言っていた理由がわかった気がした。本文の執筆が実験だとするなら、プロットは仮説で、程度はともかく結果には差異が生じがちなのかもしれない。

だが、そう感じてもなお、広一はプロットに固執した。

ネット上の創作論の記事を読んでみると、キャラクターが勝手に動き出すのが理想、という意見が多かった。だが、期日がある。キャラクター任せにして収拾がつかなくなるリスクは取れない。悩んだ結果、やはりプロットに沿ってキャラクターの手綱を取る、という方針を選んだ。

けれど、それが本当に正しかったのか、自信がない。

ストーリーは綺麗にまとまっているはずだ。いい物語だと思う。だが、三か月前からずっと、腹の中には例の冷たくて重い石があって、その重みがうぬぼれを抑えていた。

もしかしたら、自分はとんでもない間違いをしているんじゃないか。プロット通りを貫いたせいで、不自然な展開になっているんじゃないか。そもそもこの話は、まったく面白くないんじゃないか。

いっそ、母の意見を聞こうかと、何度も考えた。

考えただけで、実行はしなかった。二木のせいで母は息子の文才を信じている。ここでもまた、邪魔をしたのは腹の中の石だった。決して母をがっかりさせる出来ではないと思うのに、いざ読ませると考えた途端、石は重みを増した。意見をくれそうな相手を他に探した時、委員長の顔が浮かんだが、即、却下した。いくら彼女がこっちに賭けているとはいえ、三か月前、数年ぶりにほんの少し会話をしただけの相手を頼るのは気が引けてしまう。何より、彼女が小説を読むと思うと、母相手を想定したときは石だった塊が、岩になるのだった。

スマートフォンで時間つぶしに迷惑メールを消去していると、入口の戸が開いた。円筒形のストーブを抱きかかえ、顔の上半分だけを覗かせた二木が立っていた。ストーブの上にファイルを載せている。二木は後ろ手で戸を閉めると、後ろの席に向かって言った。

「部活動は部室で！　今からここ使うからね」

あ、はい、はーい、と三人の女子は輪唱を思わせる返事をして、机に広げていたペンや紙をまとめると、後ろの戸から出て行った。

二木が広一の近くにストーブを下ろした。

「壊れてたから、修理してもらった。用務員さんに」

「へえ……」

聞いてもいないのに言われたものだから、そんな返事しかしようがない。同時に、そういうノリで来るんだな、と思った。会えばもう少しギスギスするかと予想していたのだ。二木は隣の美術準備室からポリタンクとポンプを持ってくると、ストーブを点ける準備を始めた。広一はとりあえず、二木に調子を合わせることにした。

「今の人たちはなんなんですか」

「美術同好会。だから正確には部活じゃない。ここだけの話、このまま部には昇格して欲しくないと思ってる。一応僕が顧問で、同好会だから顧問が空気で済んでるけど、部になったらそうはいかないし」

手馴れた動作で灯油をストーブに移している。

「美術部って、文化祭の時期に死ぬほどこき使われるのにな。まあ、何がどうなったのか半分、漫研と化してるけど。あの子ら、男子がメンバーに入ってきてから部室をあんまり使わなくなったんだよ。多分、男子がいない方が盛り上がれるんだろうね、何かと」

二木がストーブのつまみを回した。燃焼筒部分がオレンジ色になっていくのを見届けると、二木は生徒用の机を動かして、広一と向き合う形に置いた。

広一は言った。

「すっかり、堂々としてますね」

他の生徒がいる前で、二木が自分と美術室に残ったことだ。二木は教卓に置いていたファイルを手に掲げ、ひらひらとさせた。

「大義名分があるからね」

二木が椅子を動かして、広一の前に座った。

「じゃあ、始めようか」

テスト前に原稿を手渡した時、二木はそれを黙って受け取った。

こっちが何も説明せずとも、二木は自分が何を求められているのかを理解していたようだった。自分を脅してきた相手の面倒を見る義理など二木にはない。だが二木は求められた役割を素直に受け入れた。彼の考えはわからないが、ひょっとすると、良心の呵責、というものがあるのかもしれないと広一は考えていた。クラスメイトのいじりが激しくなったのだ。

それは不思議な形で始まった。

まず、休み時間に、広一の周りに男子生徒が集まってくるようになった。輪の中に広一を入れたまま談笑して、広一へ時々、気さくに話題を振ってきた。これまでにない自然なムードだった。はじめは怪訝に思ったが、段々と、もしかすると皆の中で自分は「小説家」というカテゴライズをされて、そのために居場所ができたのかもしれないとも考えた。仲良くなれて嬉しいとは感じなかったが、これはこれでいいかもしれないとは思った。人と関われば、「普通」を学ぶ機会が増えるからだ。

だが、少しずつ様子がおかしくなった。

事あるごとに、小突く。広一が嫌な顔をすると、これはノリだから、と言って笑う。一度、ウエーイ、という掛け声と共に拳を突き出され、拳を合わせて応えようとすると、ひらひらと手をM字に泳がせる動きでかわされ、反対の手で顎を殴られた。それほど痛くはなかった。が、屈辱だった。あの日、吉田の不興を買ったことが原因なのだと気付いた時には、もうすでに、友達面をした笑顔に囲まれて、逃げ場がなかった。今までとは明らかに違うしつこさだった。

「お前、アレだろ。アスペとかいうやつ」

いつかの休み時間に、その内の一人からそんなことを言われた。

「違うけど」

「違うって何？　病院で診てもらったんか」

「うん」

「まじか！」

その場にいる全員が爆笑した。

顔をくしゃくしゃにしながら、そいつが言った。

「お前の親、やばいうちの子バグってる、ってなったんだな」

その言葉でまた笑いが起こった。ヒー、と引き笑いまで上げてる奴もいた。さすがに気分が悪くなり、その場を立とうとすると、腕を掴んで引き戻された。

「そういうとこ。これ、ノリだから。そういうとこが、お前はアスペ」

アスペルガー症候群が何か知ってるのか、と言いかけたが、思いとどまった。その三文字の略語には相手を傷つける意図しかない。こんな場面でまともに返すだけ無駄なのだと学習したことだけは、ためになった。

遠巻きな位置から、吉田が言った。

「小説書くんだったら冗談もわかるようになれよ」
やっぱり、小説を引き合いに出されるのが一番頭にきた。その頃になると、吉田という人間の一部分を広一は理解し始めていた。はじめは、やたらと小説に絡めていじりに精を出す吉田を、何かその方面に恨みでもあるのかと思っていたが、そうではなくて、こいつは相手が一番嫌がることを見抜くのに人一倍長けているのだ。得意なことを人は発揮したくなるものだと、いつか二木も言っていた。吉田の嗜虐性はそれが理由なのかもしれない。吉田は暴力を振るうこともできるけれど、もっといい方法を知っているからそうしない。吉田もまた、能力の向ける矛先を間違えている人間だと思った。吉田の場合、何に向ければ真っ当なのかはわからないが。

　こんなことになったのは、二木のせいではないと思う。

　自分のような性格では、きっと、いつこうなってもおかしくなかったはずで、状況が誰かの機嫌ひとつで変わるものだと知った今、どんな時でも毅然としていられるようになりたい、と思い始めていた。

　自信が欲しい。

　なおさら、賞への思いが強まっていた。

　二木は、母に言ったでまかせの辻褄と、自分の平和な時間を守るために、こっちを小説に縛り付けただけだ。たぶん、その間に何作か漫画も描いたのだろう。二木は決して、いじりが激しくなることを狙ってはいなかったはずだ。そこまで彼の意地が悪くないと美化している訳ではないが、きっと彼はただ単にこっちがどうなるかを自分の埒外に置いていただけではないかと思うのだ。

小説を完結させるやいなや二木に原稿を渡したのは、他に頼れる相手がいないからだ。だが仮にそんな理由がなくても、自分は二木に意見を求めたのではないかと思う。二木は以前、下心ありで小説を評価したが、きっと、大げさではあっても真っ赤な嘘ではなかった。丁寧に読み込み、具体的な意見をした。言われた当初は腹が立った批判も、今回の小説を書いている間に、要所要所で思い出しては納得した。おかしなことに、二木への恨みを抱きながら、二木への信頼が少しずつ育っていった。彼そのものへの信頼ではない。意見の的確さに対してだ。

あと一か月しかないが、今ならまだ、程度によっては書き直しが間に合う。建物でいう基礎部分の欠陥がないことを祈った。

「相変わらず、誤字とか重複がないね」

机に置いた原稿を前にして、開口一番に二木はつまらないことを言った。

「これって、字に色が付いて見えるのと関係してるのかな」

「さあ」

「もしそうだとしたら、校正の仕事とか向いてるんじゃない。まあ字の間違いを正すだけの仕事じゃないだろうけど」

「暗に出来が悪かったたって言ってますか」

「いや、良かった」

あっさりした口調だった。いまいちな感触に気持ちが翳る。顔には出さずにいたが、二木には伝わったようだ。

「いい作品だよ」

「本当ですか」

質問ではなく相槌だ。

「推敲するために感想聞いてるんだと思うから、気になるところだけ言うな。いいと思ったところも伝えた方が手直しする時の参考になるんだろうけど、今から言う点以外は全部よかったと思うよ。本当に」

二木の口調はどこかよそよそしかった。けれど、気のないお愛想の雰囲気ではなく、どの面下げて態度を軟化させればいいかわからず、壁を作っているように思えた。

「細かいことより大きいことから言ったほうがいいよな」

「お願いします」

二木が原稿の表紙に目を落とした。

「最後あたりで、いがみ合ってた二人が仲良くなるだろ」

「はい」

「不自然に感じた」

ギロチンのような台詞だった。殺人的という意味ではない。自分は今、なるべく素早く、痛み少なく、引導を渡されたのだと直感した。

「やっぱり」

ラスト間際という、比較的修正の利く箇所とはいえ、考えていた結末に問題があったのはかなり困ったことのはずなのに、不思議とほっとしていた。人の意見を聞いた時の心の反応で、自分の本心がわかるようだ。自分でも納得していなかったらしい。

「最後の最後で、書くのにすごく時間がかかった箇所で」

「僕もネーム切る時に詰まることあるよ。そういう時って大抵、人物の心理に無理が生じてるんだよな」

「確かに。かなり無理矢理だったんでしょうね」

「なんで仲良くさせるのにこだわったの」

「そのほうが対比が効いて、ラストっぽくなるかと思って。様式美みたいな。くだらないですか」

「いや」

二木が視線を横に流す。

「好きだよ、様式美」

エロ漫画家だし、と続ける。広一が少したじろぐと、二木がいぶかしんだ。

「何」

「なんか、普段、授業に使ってる美術室でそういうワードが出たら、ぎょっとするっていうか」

「前に隣の部屋で散々、ロリコンがどうとか話してたくせに」

確かにそうだ。けれど、あの時は二木の口からその手の言葉が飛び出すたびに、むしろ得意になっていた。あの時と今で違うこと——広一は机の右側に置いたスマートフォンを無意識に触った。

「大きいことでいえば、それだけ。じゃあ、今から重箱の隅をつつき始めるけど」

二木が原稿を開いた。付箋が、見たところ十枚はついている。開かれたページに貼ってある正方形の付箋には、特徴のある文字が細かく書き込んであった。

「今回の物語は絵画がモチーフだったから、引っかかるところは注意書きしといた。また読んどいて」

本文の横に貼ってある付箋には、「ドリッピング画法を最初に用いたのはポロックではない。正しくはジャネット・ソーベルと言われているが諸説あり。少なくとも断言は避ける」と書いてあった。

「一応、自分でも調べて。ここまで細かくなくていいのかもだけど、もう書き上げてるんだし、やるだけやって損はないだろ」

広一は付箋のついたページを次々捲り、注意書きを読んだ。

「そういえばあんたは美術の先生だった」

「何だと思ってたんだ」

「国語の先生かと」

あっそう、と嫌味を流して二木は目を逸らした。

他のページには、画布の張り方の手順や、油絵の具特有のテレピン臭などにまつわる指摘があった。後は、ほぼ、文章のわかりにくさや冗長さを正す、簡単な添削だった。

きっと二木は彼なりに、自分が吐いてしまった嘘を本当にしようとしているのだ。あの展開は不自然だった、とこっちに告げる時に、なるべく傷付けまいとするそぶりを見せたのも、その言葉で作者の心が折れて、応募を断念するのを危ぶんだのだろう。保護者に言ったでまかせの通りにこっちが行動したほうが、嘘としては首尾がいい。

「大体このくらいかな」

その言葉に時計を見ると、二木が来てから経ったのは、ほんのわずかで、待っていた時間のほうが長かった。

「質問ある？」

つい、受賞できると思いますか、と聞きそうになった。明らかに愚問だ。

「後は直しやすい問題ばかりで良かったです。展開で他に気になるところはありませんでしたか」

「ない」

「良かった」

その言葉に、二木は立ち上がると、ストーブの前に座り込んだ。何を見ているのか、しばらくじっとした後、

「もうちょっとで春休みだな」

と言った。

歳を取るにつれ月日を早く感じるようになるという。春休みが始まるのは締め切りとほぼ同時期の三月下旬だ。けれど、あとひと月近くもある時間に「もうちょっと」という感覚を持っているのは、この時ばかりは、広一も同じだった。

二木がストーブの火を落とす。灯油の匂いがした。

「ところでさ、例の画像、いつ消してくれるの」

出し抜けな台詞だった。だが、こうして二木の手助けを得た以上、その話題が上がるのではないかと、広一はどこかで予感していた。

なのに、言葉が出てこない。

「どうした」

二木が言った。

「ないものをあるふりする時、いつも態度だけは自信満々だっただろ。それともまさか、本当にあるの？」

瞬間、頭が追いつかなかった。

どう出るか決めかねてしまって空いた間は、すでに長すぎた。

「えっと……意味がよく」

ややこしい言い回しをされたせいで言いたいことがわからなかった、というふりを、悪あがきと知りながらすると、二木がうすら笑いを浮かべてこっちを見ていたので、急に、何もかもが馬鹿らしくなった。

「いつから」

「途中から薄々」

「わかってたなら、なんで」

「さあ、僕は小説家じゃないから言葉にするのが難しい」

けど、うーん、と言いながら二木が背を向けた。

「たぶん、ロリコンの僕をペラペラの良識で殴ってくるきみは、僕にとって世間そのものだったんじゃないかな」

「世間？」

「うん」

すでに熱が冷め、中心部が鉄本来の色になっているストーブを見下ろしながら、二木が続ける。

「僕は自分の性癖のことで世間と戦うつもりはないんだ。だけどやっぱり、色々溜まってたんだろうね。直接向けられた訳じゃないけど、世の中に溢れる『ロリコンは死ね』って言葉も僕を殴ったし、小児性愛者が事件を起こしたニュースが報道されるたびに、その事実が僕を殴った。それは仕方のないことなんだと思う。それでもずっと、世間に対しては言ってやりたいことがいくつかあったんだよ。前に僕の宗教の話はしたよな。僕自身がその戒律を守り続ける限り、世間に向けて何か言ってやる権利はあるって、今も昔も思ってる。言えないけどね」

二木がポケットに片手を入れた。

「そこにきみが現れて、僕は初めて、自分の言葉で殴り返せたんだ。サンドバッグにムカつく奴の写真を貼り付けて殴ってたのは、僕のほうだったんだよ」

二木が首を横に振る。

「根暗だろ。でも、そんなことを続ける言い訳も、たった今、なくなった訳だから」

画像のことだろう。広一はスマートフォンに手を伸ばしかけている自分に気が付いた。が、手は結局元の位置に収まった。自分がこれ以上この関係を続けていきたいと思っているかは疑問だった。自分がある意味で、とても平たく言えば二木に憧れていたのだと気付いた時から、どうすれば彼のように世渡りしていけるか、ということに気持ちのベクトルが向いていた。

「俺、東京の大学に進学しようと思います」

広一は言った。

「ここにいる間、『普通』がどんなものなのかを観察して、新しい環境では地球人の皮を被ります。先生みたいに、本当の自分を持ったまま、普通のふりをしようって。それに、ここが田舎だからちょっと変わった人間が目立つだけで、別の場所に行けば案外、変な人間も珍しくないかもしれないって思うんです。だって、こんなところに二人もいたんだから」

二木を見る。笑っていた。

「なんだよ」

「短絡的だなって」

「は？　なら、どういう考えが賢いんですか」

「いや、その猪突猛進さで、意外にきみはやってのけるんだろうなって考えたら、おかしくて。こんな風に、毎回、小説を書き上げてくるのを見てたらそう思うよ」

でもな、と二木が言う。

「ふりをするのは簡単じゃない」

「わかってる」

広一の言葉に二木はシリアスな顔をした。

「自分を装い続けるのは、すごく精神的に負担が大きいことだ」

くどくどとうるさい二木が急に年寄り臭く見えてきて、広一は斜めに目を逸らした。

「覚悟してる」

「覚悟なんかじゃ駄目だ。そんな頼りないもので、演技なんか続けてたら、人は壊れるよ」

「じゃあどうしたらいいんだよ」

「きみには、まだ、足りないものがある」

噴飯ものの台詞だった。足りないものだらけなのは重々承知している。なのに、二木の言葉はまるで、足りないピースはあとひとつだけ、だとでも言いたげだ。

「へえ。教えてくれます？」

「自分を好きになることだよ」

広一は口を開けた。言葉が出ないまま、口が笑いの形になったり、不満げに歪んだり、音もなく変形した。

そんな広一の姿に、二木は背を向けると、ポケットに突っ込んでいた片手を抜いた。鍵束が握られている。そろそろ出よう、という意味だった。

美術室の外に出ると、気温差で頬が引き締まった。戸を施錠する二木の後ろ姿を見ながら、広一は考えていた。

最後にくだらない話を聞かされた。曖昧な精神論だ。今の自分に必要なのは、もっと実際的な、対人関係をスマートにこなすためのパターンなのは間違いない。

廊下のちょうど中央に美術室はある。二部屋先の教室から、男女混合の笑い声が聞こえてきた。テストが終わって部活動を再開した文化部だろう。さっきの美術同好会の部室なのかもしれない。

広一は呟いた。

「小説のラスト、どうしよう」

戸締まりを確認して、二木が言う。

「無理やり、こう、しなくてもさ」

鍵束を指に引っ掛けたまま、両手の平を近づける仕草をしている。

「最後までエゴとエゴのぶつかり合いでもいいんじゃないかな」

そうですね、と言いながら広一は二月の廊下の空気に散っていく白い呼気の行方を目で追った。これもまた具体的とは言えない意見だが、アドバイスとしては参考になる。

「小説、本当に面白かったよ。実はずっと、楽しみにしてたんだ」

「俺が書いた小説を？」

「誰が書いたとしても面白いものは面白い」

じゃあ、と言って二木は職員室に近いほうの降り口へと向かった。広一が降りる階段とは反対方向だ。広一は一応、礼を口にしてから、二木に背を向けて歩き出した。

最後の最後で、二木は、こっちのことを理解してないのだと感じた。自分を好きになること、だなんて呆れてしまう。なぜなら言われるまでもなく、自己愛は強いからだ。自分が一番、大切だ。悪ぶるわけではなく、人に何かをしてやるなんてことは、自分自身がしっかり立って初めてできることだと思うからだ。人間、生きづらければ自ずと哲学するものだと思う。自分にとっての哲学はまさにそれで、つまりは今のところ、自分本位上等だ。それが正しい。広一はポケットの中のスマートフォンを握りしめた。ストーブの効いた室内に置かれていた機械は生暖かく、まるで人間の体温のようで、広一は思わず、手を引いた。

13

「大丈夫だよ。私、今年の初詣で田井中くんのこともお願いしたし。受賞できますようにって」

ドリンクバーの薄いジュースをストローでかき混ぜて委員長が言う。

考えてみれば今年は、まだ一度も神社に詣でていない。そのことを口にすると、委員長が「えっ」と言って目を見開いた。

「もう五月なのに」

小説の最後の推敲に春休みのほとんどを費やして、応募を済ませ、新しい学年が始まったかと思えば、すぐに中間テストの時期がやって来た。マラソンを完走した筋肉痛も取れないうちに、また走れと言われている気分だった。

勉強をするために入った夕方のファミレスで、知り合いに会わないようトイレやドリンクバーへの動線からは目につきにくい奥まった席に座っていたにもかかわらず、グラスを持った彼女に見つかった。別のグループと、離れた席にいたらしい。一緒に来ているのは他校の友人だと聞き、ほっとする。同時に、彼女が誰の目を気にすることもなくこっちの向かいに座ったことへの納得がいった。

「初詣、普段からしないの？」

「いや、物心ついてから、しなかった年は今回が初めて。いつもは婆ちゃんが行けって言うのに従ってた」

「むしろ今年こそ受賞祈願で行っとくべきだったでしょ」

「うん。けど、なんか」

広一はテーブルの上に広げていたテキストを手慰みに捲った。ふいに、泥の付いた真新しい靴跡のあるページが現れて、心臓の中に重い液体が流れ込んだ感覚がした。何事もないふりでテキストを閉じる。委員長の目には留まらなかったようだ。

「やること全部やってからじゃないと、神頼みも、しにくくて」

「でも、応募はもう済ませたわけでしょ。まだ行ってないのはなんで？」

「行ったは行った」

委員長が首をかしげる。広一は続けた。

「原稿を出版社宛に発送した足でT神社に行ったんだけど、鳥居の前まで行って、くぐれなかった」

「どういうこと？　混んでた？　わけないか。正月でもあるまいし」

広一は、仄暗い気持ちで嘘をついた。

「急に気分が悪くなって帰った」

「えー……」

委員長が引き攣った顔をする。

「それ、ちょっとびびるね。来るなって言われてるみたいで」

「たまたまだろ。もし神様がいても、人間一人ごときにそんなことしないと思うけど」

「田井中くんスピリチュアルの人？」

「違う。ていうかそっちのほうがスピなこと言っただろ、今」

広一は顔をしかめながら、内心では気持ちが安らぐのを感じていた。

普段、話す機会は滅多にないけれど、委員長と接していると、嫌な出来事で傷付いた部分が補填されていく気がする。

好きなのかもしれない。

だが、もしかしたら、彼女はこっちの格好悪い過去を知っている人物だから、彼女に向かって格好付けることで、自分は何かを満たそうとしているだけなのではとも思う。広一は眉をひそめた。その説が濃厚だ。

「ところでさ、どんな小説書いたの」

委員長の言葉で我に返る。

「言わない」

「なんで。受賞したら本になるし、雑誌にも載るから、その時は読ませてくれるんでしょ？　もちろんその時に読むけど、今、気になるじゃん。教えてよ」

広一は目を伏せて、黙秘を貫く姿勢を示した。視界の外で、委員長が目力を発揮しているのがわかったが、広一は何も言わずに筆箱から飛び出ているシャープペンをいじった。握り心地のいいグリップが付いた、少し高値のシャープペンだ。高校に入った時から使っていたが、ついこの間買い替えて、いま手にあるのは二代目になる。前のは、吉田の取り巻きが壁に向かって蹴り飛ばし、壊してしまった。割れた残骸が勢いよく跳ね返ってきた様子を見て、跳弾(ちょうだん)だ、と言いながら笑っていた彼らの顔を思い出す。

「……やっぱり、どんな話か聞く？」

広一がそう言うと、委員長が、笑いながら、うん、と返事をした。ストローの抜け殻を折り畳みながら、広一は話し始めた。

「ある抽象画家の作品を巡る話なんだ」

委員長は視線をぐるりと巡らせて、内容を飲み込む仕草をした。

「抽象画って、ピカソみたいに人の顔が訳わかんない風になってるやつとか、絵の具適当にぶちまけたような、言っちゃ悪いけど子供でも描けそうな絵のことだよね」

広一は斜めに頷いた。定義はそこそこに話を進めたほうがいい。

「その画家は、こう、それこそ絵の具を適当に使ったような、汚い絵……というか、ほぼ模様。古い風呂場とかで、大きさも色もばらばらの小石を敷き詰めた床あるだろ。あんな感じの作品を、生きてる間ずっと発表し続けてた」

「売れそうにないね」

「売れたんだ。超、高値で」

ふん？　と委員長が興味深げな声を出した。

「小説の舞台はその画家が急死した二十年後。主人公は画家の孫娘。遺された作品はほとんど美術館とか他人の手に渡ってるんだけど、家には祖父が使ってた当時のままのアトリエがあって。で、ある日アトリエを整理してた孫が、妙な本を発見するところから話が始まる。本自体は何の変哲もない古典小説なんだけど、文字の上から一文字ずつ絵の具で色が塗られてるんだ。既存の小説に祖父が色を塗ったんだよ」

「面白くなってきた」

合いの手が小気味いい。広一は自然と早口になった。

「孫ははじめ、意味がわからなくて放置してたんだけど、ふと、その本にある色と文字との法則通りに祖父の作品を照らし合わせてみると、文章になることに気付いたんだよ。そこで知ったんだ。この本は、祖父が彼自身のために作った、色と文字の逆引き辞典だって」

「おおお」

「でも、絵に隠されてた文章は、辞典を使って読み解いてみると、かなり、やばい内容だってことがわかったんだ。初期の、まだ売れてなかった頃の作品の文章は、風景の綺麗さだとか、詩的な感情を語ったイイ感じの言葉なんだけど、売れ出した時期を境に、それはがらっと変わった。祖父が画家として売れるきっかけになった作品は、とある金持ちの奥さんに依頼されて描いたものなんだけど、その絵に隠れてる言葉は、その奥さんをかなり、エロい目で……」

広一は口にブレーキをかけた。説明をぼかすことにする。

「……どん引きするくらい下品なうえに、特徴とかを面白おかしくあげつらった、悪意に満ちてる内容なんだけど、当の奥さんは何にも知らずに、その絵をものすごく気に入って、家の中で一番目に付く場所にずっと飾ってたんだ。祖父はだんだんと評価されるようになっていって、不思議と、見た目にはわからないはずなのに、やばい内容の作品ほど高い評価が付いたんだよ。隠された言葉のブラック度と評価が比例する謎の法則を祖父本人も理解してたらしくて、新しい作品を発表するごとに内容がえぐさを増していくのが、孫娘にははっきりとわかった。子供を事故で亡くした知り合いのために子供の名前を『○○の思い出』ってタイトルに付けて、実際は、その子供のことを貶めてる内容の作品とか、もしかしたら祖父自身が作品づくりのために人を殺したんじゃないかって思わせる内容のものもあったり」

子供のくだりで委員長が眉をひそめた。顔色を窺いながら広一は続ける。

「孫娘としては当然、その事実を隠そうとする。身内の名誉にかかわることだし。けど、祖父の作品を所持してる画商の男が秘密に気付くんだ。さっき言った逆引き辞典がアトリエから出てきた当初、まだそれが何かを知らなかった孫娘は、信頼してる画商の男にその本を見せてしまってたから」

「なるほど」

「男のほうは、絵に隠された秘密を公表しようとする。未だに高値で取り引きされてるとはいっても、すでにその画家のブームは下火だし、センセーショナルな事実が出てきた方が話題になって価値が上がるっていう動機で」

広一は、折り畳んだストローの包装紙を指で押さえて、離した。蛇腹状になった紙が、死んだように力なく伸びた。

「後はもう、攻防戦」

「どうなるの」

「はじめは、秘密を守りたい側と公表したい側の立場を途中で入れ替えたら面白い気がして、そうするつもりだったけど、賞に出すには枚数の制限があるから、そこまで入り組ませるのはやめておいた。結果としてストーリー的にも良かったと思ってる。どうなるか気になる？」

「すごく」

「じゃあ、受賞して雑誌に載ったら読んで」

えーっ、という委員長の声を尻目に、広一はうつむいて包装紙をちぎった。委員長が言う。

「じゃあこれだけ教えて。ラブ要素はある？」

「ない。恋愛もないし、メインの二人も最後までいがみ合ってるまんま。これだとつまらない？」

「いや、そんなことない。てか、めちゃくちゃ面白そう。そんな話、よく思い付くね」

「ありがとう」

「何その、はいはい、みたいな感じ。私、本心から言ってるよ」

「うん」

委員長が器用に片眉を上げた。反応を疑っている。

「私、褒め方が下手で駄目だね。なんて言えば表現できるのかな。SNSなら『いいね』を百万回押したいレベルっていうか……」

微妙だな、と言って委員長が頭を横に振った。せわしなく身振りしている委員長を眺めながら、広一は充足感を覚えていた。買い替えたばかりのシャープペンをテーブルの隅に転がす。物語の話は楽しい。現実から離れられるし、唯一の特技を褒めてもらえると、力が湧いてくる。

唐突に、委員長が、食べ物でも喉に詰まらせたような仕草をした。苦しげに首の前で手を動かしている。

「ほら、アレ」

「何？」

大仰なジェスチャーに思わず笑ってしまう。

「あー、言葉が出てこない。なんだったっけ、映画なんだけど……デ、ド、とにかくＤで始まるのは間違いない……」

委員長は手の平を広一に向かって突き出すと、反対の手で頭を抱えた。しばらくその姿勢で静止して、やがて、指をパチンと鳴らして言った。

「『ダ・ヴィンチ・コード』！」

晴れやかな表情だった。

「懐かしい！　昔ＤＶＤで観たよ。内容、細かくは忘れちゃったけど、田井中くんの物語、似てるよね。有名な絵に実はメッセージが隠されてたってところとか」

委員長は頬杖をついて、遠くを見る目をした。

「面白かったってことは覚えてるな。今まで普通に見てたものに実は秘密が、っていうのがいいよね。だから田井中くんの小説も読むのが楽しみ。絶対、私の好きなやつだから」

広一はつとめてさらっと口を開いた。

「そんなに似てる？」

「観てないの？」

「観てないし、読んでない」

その言葉に、あの映画って小説あるんだ、と委員長が呟いた。

広一は言った。

「有名だから、さわり位は知ってるけど」

でもパクったわけじゃない、という言葉を、口にはしなかった。本音だったが、そこまで言うと、自分が今、激しく動揺しているのを委員長に気取られる気がした。

「発表が楽しみだね」

そう言って委員長が、組んだ両手を前に伸ばした。

「賞には何段階か選考があるって、先生が言ってたよね。確か、もうすぐ最初の結果発表だって」

先生、というのは新しく担任になった現国の担当教師を指している。二木が以前言っていた通りに、受験に関わる学年は必修科目の教師が担当することになった。二年生の三学期には、二木はもう、田井中が賞に応募する、と周りに吹聴するのはやめていたが、その情報は自然と新しい担任へ伝播した。自分自身も過去に文学賞で佳作を取ったことのある新担任は、二木がこっちの担任でなくなった今も、要所要所で賞のことを口にして、ご丁寧に皆がひとつのレースの存在を忘れないようにしてくれている。

「一次選考だろ」広一は言った。「いつだったか忘れた」

「見る意味ないのかもしれないけど、一応チェックしといたら。やっぱり、自分の名前見ると気分いいじゃん。気持ちが明るい方が勉強の効率も上がるよ」

テーブルの脇に重ねてあるテキストを委員長が目で示した。

「そうする。ところで、友達残しっぱなしで大丈夫なの。俺もそろそろ勉強に戻りたいんだけど」

「あ、ごめん、長いこと居過ぎた」

委員長はグラスを持つと、じゃあまた、と手を振り、再びドリンクバーに向かった。

一人になった席でテーブルの上にある物をまとめる。柱の向こう側に見えるドリンクバーで委員長が飲み物を注ぎ終え、元の席へ戻っていくのを見届けてから、広一は席を立った。


自転車を押しながら、自宅までの道を歩く。辺りはすでに暗かった。

頭の中で声が響く。

似てるよね。

駄目だな、お前。

委員長の言葉に、吉田の台詞が混ざっていた。

書きながら、例の有名な作品のことがまったく頭をよぎらなかった訳ではない。けれど、自分の作品がパクリでないことは誰よりも自分が知っている。今回の着想はまったく別のところから得たのだし、そもそも、ダ・ヴィンチ何とかを読んだことがない。だいたいの粗筋を知っている程度だ。

それなのに、委員長から似ていると言われた時、ずっと恐れていた言葉を聞いた気がした。

読んだ人間は、一体、どう思うのだろう。

委員長のように、「まるでアレみたい」という感覚が何よりも先立つんじゃないだろうか。広一は首を横に振った。何にも似てない作品なんてない。例の作品の筋を踏まえておこうかと思うこともあった。だが、あえて目を通さなかった。知ってしまえば、似るのを避けようとするあまり、書きたいように書けなくなってしまうと思ったからだ。

それはもしかすると、怠惰で不真面目なことだったのかもしれない。

そんな奴の作品は、一次選考で落とされる。

そう考えた瞬間、広一は足を速めた。そのうち小走りになって、勢いのまま自転車にまたがって走り出そうとした時、体中の力が萎えた。

一次選考の結果が発表される日程を、本当は知っている。

明後日だ。

大半のクラスメイトが忘れていても、担任の教師が余計なことを言うだろうし、そうでなくても吉田が間違いなく結果を聞いて来ると思う。三年に上がり、受験生になったからなのか、生徒のほとんどが広一いじりに前ほど関心を持っていない様子だったが、吉田は逆に、最近では蛇に見えてくるほど、しつこい。吉田はチャラチャラしている割には勉強ができる。Ａランクに位置する大学を受けると噂で聞いた。受験勉強でかかるストレスのはけ口にされているのかもしれない。受賞どころか、一次選考で落とされたら、吉田は、委員長は、どんな顔をするだろう。

賞を取るつもりで始めたはずが、随分と次元の低いことを考え始めている、と広一は思った。

明後日、学校にテロリストが逃げ込んでくればいいのに。

子供じみた考えが真面目によぎって、苦笑する。押入れの自由帳にそんな物語が書いてあった。発想が小学生の頃から進歩していない。

タイヤが地面を噛む音を立てて、車が横を通り過ぎた。ライトの眩しさで目を細めた直後に、広一はぎくりと立ち止まった。

光に照らされて姿を見せたのは、畑の真ん中に立つ、目玉を模した鳥除けの風船だった。普段なら気にも留めない見慣れたものが、なぜか今日ばかりは、こっちを見つめているように思えて、広一は下を向いた。

家に着いてすぐ、洗面所で手を洗った。流れる水に手を浸していると、珍しく、さびしいような気持ちになって、居間のテレビを点けた。食卓に座り、テーブルの上に突っ伏す。ビニール製のクロスに右の頬をへばりつかせて、番組の音だけを聴いていたが、休み時間の寝たふりをしている自分と重なって嫌になった。リモコンを取りに行くのも面倒で、ポケットの中にあるイヤホンを耳に突っ込む。カナル型のイヤホンは、音楽を再生しなくても耳栓の役割を果たした。

ほぼ無音の中で広一は思った。

一次で落ちたら、なんて、悩むのはやめよう。

もっと前向きなことを考えるべきだ。

この場合、どうやって今のストレスフルな状況を脱するかということだ。小説を書き始めてから、ひとつ、持論を得た。物語の中では、登場人物が何かしら困ったことになる。というよりも、そういう状況にこっちが追い込んでいる。その上でそこから抜け出させる訳だが、どうやって状況を打破させるかが、かなり頭を悩ませる。脳みそが四つに割れそうになるくらいに難しい。

こんな難しいことをしなければいけないのだから、自分の現状の打開策も考えられないようではやってられないと思うのだ。

そしてそれは、物語を書く書かないは別にして、今後も続けていかなければいけない。この先、大学生になって、社会人になって、その後も、死ぬまでずっとだ。

ドラムとベースの音が耳に届いた。テレビ番組から耳障りな音楽が流れ始めていた。イヤホンの耳栓は、高音を遮断しても骨に響く低音は防がない。広一はスマートフォンで、今聞こえている音楽をかき消すための曲を探した。適当な曲が見つかって、イヤホンをスマートフォンのジャックに差し込んだ時、広一は、ふと、あることを思い付いた。

ぺりぺりと音を立ててクロスから頬を剥がす。

応募済作品の行く末という、すでに自分がどうこうする余地のない問題を脇に退けたおかげか、ここ数か月間で一番、頭が澄んでいた。むしろこのところの自分は考える力を失っていたとしか思えない。こんなに簡単で、ワンパターンな発想もできなかったのだから。

気持ちが浮上していくのを感じた。

自分の感情の高低差が激しいことには気付いていていた。上がったり下がったり、つまりは、不安なのだと思う。結局は賞どころか一次選考すら通らないかもしれないし、このままだと、明日になればまた吉田にやられるし、こんな状況が続けば、もう本当に心が潰れてしまうだろうし、かと言って、学校に行かないなんて選択肢はない。結局、自分は今いる場所でやるべきことをやらなくてはいけなくて、それはきっと、ここ以外の場所へ行くための正しい努力に違いなかった。

14

四時限目の授業中、広一は教師の目を盗んでスマートフォンを開いた。

昨晩、日付が変わった瞬間からずっと開きっぱなしの新人賞のホームページには、まだ、一次選考通過者を発表するページへのリンクが登場していない。今日中に発表があるはずだ。

広一は意を決して、右上の更新ボタンをタップした。

ロード中を示す青色のバーがじわじわと伸びていく。画面が一瞬白くなった瞬間、心臓が縮こまった。

表示された画面には、さっきと同様に、リンクはまだなかった。

広一はほっとした。こんなことを朝から何回も繰り返している。

授業の終わりと昼休みの始まりを知らせるチャイムが鳴って、広一は画面を消すと、教科書を机の中に仕舞った。ロッカーから取り出した弁当を席で広げる。体育倉庫の裏へは気軽に行けなくなった。万が一誰かに見つかったら、唯一の安全地帯を失う。

一人の食事は早い。数分で弁当を食べ終えると、広一はイヤホンを耳に入れて机に顔を伏せた。イギリス人アーティストの古い曲が耳の中で鳴る。イントロのベース音が、屋根から垂れる雨粒みたいだ、と考えていると、タイトル通りの歌詞が歌い上げられる直前で、イヤホンが引き抜かれた。

来た。

顔を上げる。目の前には、連れの男子を従えた吉田が立っていた。手に持ったイヤホンを、催眠術師の振り子のように揺らしている。黙っていると、頭の上にイヤホンが落とされた。広一は無言でイヤホンを拾って、ふたたび耳に入れ直し、席を立った。教室の外に出ようとした時、扉の手前でいきなり、後ろから横なぐりに押された。顔から壁にぶつかって思わず呻く。体を反転させると、相手との距離の近さに息が詰まった。吉田の腕が体の両脇に伸びて、広一を閉じ込めていた。近くにいた丸顔の女子が怖々とこっちを眺めているのが、吉田の腕越しに見えた。

吉田がこっちを壁に追い詰めたまま、その女子に笑いかける。

「見て。壁ドン」

女子が曖昧に笑う。吉田が言った。

「萌えてくれていいよ！」

女子が、ゲー、とでも言いたそうな顔をした。

「ないないっ」

「高橋さん、こういうの好きそうじゃん」

「えー！　好きじゃないよ！」

二人が話している間に、広一はイヤホンを耳から抜いた。コードをまとめてポケットに持っていく時、吉田がこっちに向き直ったので緊張が走ったが、ポケットの中でスマートフォンのジャックからプラグを引き抜くことができた。

「どいて」

広一は吉田の腕を押した。

「触んな」

壁が叩かれる。広一は眉をひそめて、吉田の腕の下をくぐり抜けようと身を屈めた。

吉田が目を見開く。

「何だその動き！　デンプシー・ロールか！」

吉田の言葉に連れの男子が噴き出す。

「『はじめの一歩』だよ」

吉田はそう言って、周囲を見回した。

「ハイ、まっくのうち、まっくのうち。ほら高橋さんも」

丸顔の女子はいまいちわかっていない顔のまま、促された通りに手を叩いた。吉田の声に合わせて、周りから数人分の「まっくのうち」コールがかかる。意味がわからないが、幕の内、と言っているのだろうか。「ダラーの虎」と同じく、皆、色々なことを知っているなと広一は思った。

コールに合わせて、吉田の連れが妙な動きをし始めた。ファイティングポーズを取り、上下左右に上体を揺すっている。そう言えばそんな名前のボクシング漫画があった気がする、と考えた瞬間、拳が肩にめり込んだ。

痛い。

ものすごく。

体を縮めると逆の肩にパンチが来た。そのまま、交互に肩を殴られる。痛みで声が出ず、壁に背中を預けてずるずると座り込んだ。無理矢理に立たされる。また、肩を無茶苦茶に殴られて、今度は前に片膝をついた。拳をふるった男子が広一を見下ろして言った。

「なんか俺、こういう姿勢見ると条件反射でシャイニングウィザード決めたくなるんだけど」

後ろで吉田が、おどけた裏声を上げた。

「『顔はやばいよ、ボディやんな、ボディを』」

「何それ」

「キンパチのジュンコ。知らね？」

「知らね。けどネタ古いのはわかるわ」

二人の会話を尻目に広一は立ち上がって、教室に目を走らせた。委員長はいない。こういう場面になると彼女は毎回、いつの間にか消えている。これがもし、自分と委員長の性別が逆か、同じだったなら、委員長のことを蔑んだかもしれない。だがそうではない以上、彼女がこの場にいないほうが、気持ち的には有難かった。こんな姿は見られたくない。

広一は言った。

「なあ」

誰の耳にも届いていない。吉田の連れは右膝を上げて、チョウノ、がどうだの言いながら角度を定めている。広一はさっきよりも声を張り上げた。

「あのさ！　もう、こんなのやめろよ！」

周囲が笑いの余韻を残して、静かになった。広一は顔が赤らむのを感じた。

「こんなのって？」

吉田が言った。

「何、お前、自分がいじめられてるとか思ってんの？」

肯定するのは悔しかったが、広一は心を殺して「そうだよ」と言った。

吉田が真顔になる。

「いじりといじめの違いってわかるか？」

「違いも何も」広一は途切れ途切れに言った。「度が過ぎてるだろ」

「あのな、いじりっていうのは、相手が嫌がった瞬間に、いじめになんだよ。芸人の神であるマッチャンがそう言ってる。つまり、お前のノリさえ良くなれば、これはいじりで済むわけ。お前が悪い」

広一の口から「う」という声が漏れた。思わず「うおお」と言いかけたからだ。ものすごいロジックだった。

吉田が言う。

「お前はそうやって、すぐ、自分の気に入る図式に当てはめるよな」

「何だよ図式って」

「自分は馬鹿どもにいじめられてる。自分は特別だから凡人どもの中で浮く。そうやってストーリー作るのが好きだから小説も書いてんだろ。お前の書く小説の中で、俺らはどんな風に型に嵌められてるんだろうな。でも小説の中ではお前が神で、誰も口出しできないわけよ。勝ち逃げ、違うな、決めつけ逃げだな」

広一は言葉を失った。当たっていないこともないが、決定的にどこかが違う。自分のようで自分でない人物像に、乗り物酔いに似た気持ち悪さを感じた。同時に、吉田の自意識の強さに驚いた。こっちの小説に自分を模したキャラクターが登場するという前提がごく自然にある。おまけに、決めつけ逃げ？　広一は言った。

「決めつけてるのはどっちだよ」

ブーメランが刺さって死ね、と内心で付け足す。

「お前、今日えらい調子に乗ってんな。まあ前からちょくちょくイキってたけどな」

吉田が目をすがめる。広一は膝の汚れをはたいた。

「気に入らないのはわかった」

「出たよ。それな。自分が出る杭みたいに言う」

「気を付ける。ていうかもう、できる限り喋らないようにする。だからこれ以上構うのはやめて欲しい」

「お前がジトッと黙ってたところで不快なのは一緒なんだわ」

「じゃあどうしたらいいんだよ」

広一は吉田を睨んだ。

「どうしたら気が済むんだよ。何でもいいから言ってみろよ」

口にしながら、ふと思った。これはいつか二木がこっちに出した「宿題」と同じだ。

吉田が半笑いの表情をした。馬鹿にしている。気持ちはわかる。何かを差し出してまで終わらせたいと思うのは嫌がらせを受けている側だけで、いたぶる方からすれば、満足のいくまで、いたぶり続けたいだけなのだ。根っこの部分には何かしら欲求があるはずだが、自分自身でその正体に気付ける人間はそういないんじゃないだろうか。

だが、意外なことに、吉田は考える様子を見せた。首を回している。ややあって、吉田が「そうだな」と言った。

「お前、俺らとした約束で、ずっとブッチしてるやつあるだろ」

広一は記憶を辿った。まさか、あのことを言っているのだろうか。

「三割増しさんとどうのこうの、って話？」

「と、ダラーの虎の金だよ。えっといくらだ。十五万か」

その言葉を聞いた時、広一の脳に、ちょろ、と冷たいものが流れた。

アドレナリンだ。

図らずも、いい流れが来た。感情を悟られないよう気を付けながら、広一は言った。

「こないだより額が増えてる」

「利子」

言うと思った。息をつく。

「十五万も払えない」

「じゃ三割増しとやれ」

「嫌だ」

「何でもやるっつっただろ。吐いたツバ飲むな」

「他人を巻き込むのはよくないよ」

「まあ相手がお前じゃ三割増しでも流石に拒否るわな」

吉田の言葉に地味な笑いが起きる。吉田の連れが「アイツ童貞好きだからワンチャンあるぞ」とはやし立てた。

「三割増しは一旦置いといて」

吉田が言う。

「金なら払えるだろ」

広一は吉田の全身に改めて目をやった。学校指定の制服。けれど、編んだ革を使ったベルトや、違う素材が複雑に合わさったスニーカーはいかにも高そうだ。金がない風には見えないが、ファッションが好きだから金がかかるのだろうか。

「なんで金を欲しがるんだよ。皆で分けたら一人ぶんはちょっとしかないだろ」

純粋に、気になった。二木から、何が欲しいか言ってみろと言われた時、自分は何も思い付かなかったからだ。吉田が片方の足に体重を移動させて、少し勿体付けてから言った。

「お前、犬飼ったことあるか？」

「ないけど」

「取ってこいっつってフリスビーか何か投げたことは？」

「ない」

「んじゃお前にはわからん話だわ」

何だそれ、と閉口した。

「金で済むんだったら……それでもう、放っといてくれるんなら、払うよ。けど実際、今、そんなに貯金なくて。半分にも足りない」

「お前バカか？　そんなん、親から」

そう言って、吉田が口をつぐんだ。

一切の身振り手振りをやめて、こっちを見ている。目だけがキロ、キロ、と細かく動いていた。広一は首筋の毛が逆立つのを感じた。

そんな。まさか。

吉田が口を開いた。

「山本。ちょっとコイツ押さえろ」

広一の体がわずかに軋んだ。

山本がぼんやりした声を出す。

「え、なんで?」

その瞬間、広一は近くにいた男子を突き飛ばして、教室の戸へと走った。

人に乱暴したのは初めてだった。


廊下に飛び出し、後先考えずに左へ走った。

逃げ切れる。前回も撒いた。そう自分に言い聞かせて、もつれないように脚を励ます。絶対に捕まる訳にはいかない。トイレに逃げ込んで個室に鍵をかけて、数秒でも時間が稼げればこっちの勝ちだ。

ポケットの中ではスマートフォンのアプリが録音を続けている。

元々スマートフォンに入っていたアプリではなく、ダウンロードしたものだ。ジャックからプラグを引き抜けば、音も立てずに起動し、録音が始まる。

捕まってはいけない。

吉田がせっかく口にした、恐喝と、あと何だろうか、女子への性的な何らかを強要する何らか——罪になるのか？　——の証拠をネット上に保存するまで。

そして、もうひとつの音声ファイルをきれいさっぱり消去するまで。

男子トイレまであと十数メートルほど。追いかけてくる足音が迫っている。もうすぐ後ろまで来ている。トイレに辿り着く前に捕まってしまう。広一はトイレの手前で右に折れた。階段だ。いちいち降りていたら追いつかれる。

広一は踊り場に向かって、思い切りジャンプした。


ぎゅん、と喉の奥で音が鳴った。

一瞬、もしかすると数秒、その間、痛いのが喉なのか、背中なのか、腰なのかがわからなかった。痛みが全身に向かって迷走している。口の中に血の味がして、自分がはずみで舌を噛んだと知った。

「お前なあ」

吉田の声が降ってくる。目の前にあるスニーカーは吉田のものだ。踊り場へ向かって飛び出した自分を、直前で階段上の床に引き倒して、今、後ろから羽交い締めにしているのは山本だろうか。噎せながら、広一は脇と喉の下に回っている腕を外そうともがいた。喉が圧迫されて頭の中がパンパンに詰まっていく感覚がした。

「何やってるの！」

女性教師の声がした。

「あ、ちょっとふざけてるだけです」

吉田が言った。

「そういう危ない遊びはやめなさい！」

「すみません、戻りまーす」

両側から固く肩を組まれ、立たされる。へらへらと教師を取りなす吉田の声を聞きながら、広一は教室へ引きずられていった。呟き込んで言葉が出ない。後ろにいる教師は、こっちの爪先がほとんど床から浮いているのをおかしいと思わないのだろうか？

休み時間も終わりに近付いて、クラスのほぼ全員が教室に戻ってきていた。

背の高い二人に挟まれ、ぼろぼろの洗濯物のような姿で教室の戸口に現れた広一を見て、席に座っている委員長がぎょっと目を見開いた。吉田が広一を黒板に向かって突き飛ばした。教卓の横に立っていた女子二人が、ゴキブリが飛んだ時のような悲鳴を上げて避け、広一はよろめきながら黒板にぶつかった。吉田が、広一の尻ポケットから奪ったスマートフォンをいじる。手を伸ばして取り返そうとしたが、かわされて、手は宙を掻いた。スマートフォンのスピーカーから、ゴソゴソという擦過音が響いたあと、さっき交わしたやり取りの音声が再生された。

「陰キャラのやりそうなことだよな」

録音された自分の声に耳を傾けながら、吉田が言った。

「これで俺を脅すつもりだったん？」

「違う」

振りかざして、抑止力にしようと思っていたのだ。放っておいてもらえるようになりさえすれば、他に望むものはなかった。

「俺が大学推薦組とかだったら効果あったかもだけどな。あー、でも微妙にアカン内容だなこれ。とりあえず削除削除」

そう言って、吉田が指を動かした。

「他にもあるし。ここそ録ってたんだな。きっしょ」

「消すから！」

そう言って、吉田に掴みかかる。瞬間、腹に衝撃がきた。派手な音を立てて、誰かの席を崩す。吉田のスニーカーの赤い靴底が目の前にあった。

「次から毎回身体検査するわ」

ゆっくりとした動きで顔が踏まれる。痛めつけると言うより、靴の底の汚れを顔にすり込んでいた。結局、次もあるんだな、と考えていると、とられたから、とりかえしー、という吉田の声と共に、シャッター音が鳴った。広一の脳内に「録」と

「撮」という漢字が乱舞して、その字は偶然、吉田の靴底と同じ赤色をしていた。

ふいに、吉田が声色の違う言葉を発した。

「なに？」

猫なで声、というか、吉田が女子と話す時の声だった。顔の汚れを手で拭い、目を開く。

委員長が吉田の二の腕を掴んでいた。

「さすがにやり過ぎ」

堅い声で委員長が言った。吉田が笑う。

「いやだってこいつひどいよ？　隠し録りなんかしてさ」

「そうさせたのはあんたでしょ」

「あのさあ、島崎さん、今、録音聞いてただろ？　例えばこう『デンプシー・ロール！』って言った時に、こいつが『はじめの一歩』を知ってて、ノッてくれれば楽しく終わったんだよ。んで、男だったらはじめの一歩くらいは履修しとくべき漫画なわけ。そういう共通のネタを俺らは教えてやってんだよ。したら次からこいつも『あ、フリだ』ってわかるだろ。俺らが今までやってきたのは、全部が全部、そういうことだから。こいつが勝手に被害者意識持って、人を出し抜こうとしたから、こうやって、それは違うことだよ、って教えてやってんだよ」

「田井中くんは確かにもうちょっと人との接し方を勉強したほうがいいと思う」

委員長が言う。

「そういうのって、周りと関わらないとわからないし、田井中くんが誰とも関わらないのに比べたら、ずっといいと思ってた。でも、こんな風にプライドを潰すのは違う。いい方向には変わらなくて、ひねくれるだけ。あんたが本気で良かれと思ってやってるなんて誰も思ってないけど、性格悪いついでにもう少し自分の損得も考えたら。あんた自分自身を下げてるよ」

驚くよりも、彼女の言葉の内容を理解するよりも何よりもまず、やめてくれ、という気持ちで一杯だった。こんなタイミングで「委員長」に戻らないで欲しい。彼女と関わりがあると吉田に知られたら、吉田は必ず、彼女に関係する方法で責めてくる。人が一番嫌がることを見抜く奴だ。

委員長を見る吉田の目がだんだんと細くなっていく。やがて糸のようにまで細まった時、下瞼がぷっくりと膨らんで、三日月の形になった。

「すげー喋んね。いつもはガチャガチャの歯ァ気にして口モゴモゴさせてんのに」

委員長の顔がさっと赤くなった。

その光景を見た途端、体の奥で火花が散った。

トロッコのレールを強引に切り替える時に生じるような金属の火だった。脳というよりも、胸の辺りで、感情同士が未だかつてない連結の仕方をした。

「治してんだよ！」

突然張り上げられた広一の大声に、固まっていた委員長が、びくりと体を震わせた。

「島崎さんは頑張って治してるんだ。謝れ！」

広一は床に尻もちをついたまま叫んだ。吉田が広一を奇異の目で見た。

「何だお前、急に」

「謝れよ。今は準備期間なんだよ。何にも格好悪くないだろ。笑うなよ」

突沸した反動のように、広一の声は次第に低く、切れ切れになった。吉田だけでなく、ほぼ全員が、いきなり明後日の方向へ怒った広一に引いている様子だった。

吉田が広一と委員長の間を見比べる。

「あー、そういうこと」

何を勘違いしたのか笑い混じりだ。

「違う」

血の気が引いていく。失敗を痛感していた。吉田に変な誤解をされたら、彼女に迷惑がかかってしまう。

「ていうか、そうじゃなくて……俺が思うのは……」

誤魔化すために間に合わせの言葉を並べ立てる。

「何だよ。はっきり喋れや、ボケ」

「もうすぐ、授業が始まるから……」

「は？」

それ以上、何を言えばいいのか思い付かなかった。吉田は鼻で笑うと、興味深げな目つきで委員長を見た。委員長は強気な表情をしていたが、口の端が強張っていた。

「まあいいわ。色んな意味でのガチャガチャ同士が仲いいのもわかったしな」

そう言って吉田は首を鳴らした。


皆ははじめ、状況がまだ緊迫しているのか、すでに解けたのか判断がつかずにいたようだったが、やがて、トラブルが収束したのを感じ取ったのか、少しずつ席へと着き始めた。

吉田はしばらくじっと広一を見ていたが、視線を手元に落とすと、画面に指を置いた。残りの音声データを消すつもりだ。

広一は固唾を呑んで指の動きを見つめた。

「あ、消す前にそれ聴いとかね？」

ふいに吉田の横から画面をのぞき込んでそう言い放った山本の間延びした声に、広一は目を見開いた。

「確かにな」

「俺の声、録音で聴いたらキショいような気がしたからもっぺん確認したい」

「そういう理由かよ」

吉田が指を動かす。

広一は右手を前に突き出した。

「まっ……」

教室に音声が流れ始めた。

今度は擦過音がなく、煙草の煙を吐き出すような音から始まった。

『僕が初めて人を好きになったのは、小学四年生の時だった』

「何これ？　俺らの声じゃない」

山本が言う。吉田も最初は怪訝な顔をしていたが、ふたたび山本が何か言おうとした時、しっ、と制した。

『相手は、同じクラスの女の子。早めの初恋で、ちょっとませてたような気もするけど、まあ可愛いもんだったよ。帰り道で一緒になるだけで嬉しかった。あれ、って思い始めたのはその後だ。好きになる女の子の年齢が上がっていかないんだ』

『僕がどんどん大きくなって、中学に上がっても、かわいいな、と思う相手は、小さい女の子だった』

『ものすごく罰当たりなたとえ話をするよ。式年遷宮って知ってる?』

『僕は、どれだけ女の子のことを好きになっても、相手がある一定の年齢を超えたとたん、男と同じようにしか見れなくなるんだ。で、気が付けば好きになってるのは、また別の、白木みたいに新しい小さな女の子だ』

『クソだろ?』

『悩んだよ』


音声が流れ始めてから終わるまでずっと、広一は爪先立ちで、頭上に向かって手を伸ばしていた。指の先から数センチ届かない場所に、吉田がスマートフォンを掲げている。空いた方の手で吉田は唇に人差し指を当てていた。

唐突に断ち切ったように音声が終わった。

クラス中、誰一人喋らずに吉田の腕の先を見つめている。

不思議におごそかな光景だった。

吉田が唇から指をゆっくり離して、言った。
「これ、二木じゃね？」

15

今日最後の授業がある美術室に向かって歩く。隣で吉田が、こっちが逃げ出さないよう腕を掴んでいた。死刑台へ連れていかれる罪人みたいだと思った。クラスメイトたちの列は、軍隊の進行だ。敵を血祭りにあげる意気込みで、いつもより高く靴音が鳴っている気がする。それともこれが吉田の言った、決めつけ、なのだろうか。実際は皆、どんなことを考えているのだろう。

美術室に着く。一番後ろの窓際に座らされた。隣には吉田が座った。

原稿を発送したあの日、神社の鳥居をくぐれなかった。

神様がいる、と言われている場所の前で、足がすくんだのだ。

ずっと、二木の言葉を録音していた。吉田に使ったのと同じ方法でだ。ありもしない証拠画像の代わりになるものが欲しくて始めたことだった。

賞に落ちた場合の面目を保つ方法として、データの存在が思い浮かんだのはいつだっただろうか。少なくとも、いじめの証拠を録音しようと思いついた一昨夜よりは前だ。

都合の悪いニュースに、別のスキャンダルをぶつけて攪乱する。

つまりそれは、二木の性癖の発覚というセンセーショナルな騒動をクラスに起こすことだった。学校にテロリストが乗り込んできた後に、賞の結果なんてのほほんとしたトピックを気にする奴はいない。

だから、二木の秘密を録音したデータを——しかも自分の声が入っていない部分だけを——大事に取っておいていた。それを本当に使うつもりでいたかと言えば、そんな気はさらさらなかったのだろう。二木は「変」を抱えたサバイバーだ。二木はずっとそうした存在で居続けなければならない。二木の秘密が白日のもとに晒されるというのは、「ふり」はいつか暴かれるということを意味してしまう。二木はずっとこっちの思う二木のままで、演技を続けなくてはいけない。データを公開する気はなかった。けれど、どんどんホームランを打たなければならない状況に追い込まれていった自分が、録音データを精神的なお守りとして握りしめていたのは事実だ。録音データは、いざとなれば何もかもをうやむやにできる爆弾だった。

初めての小説を書いた時、原動力になったのは、緑色の小説に出てくる「ジョン」

を可哀想だと思う気持ちだ。そんな風に、自分は、誰かを哀れんだり、共感する情を確かに持っている。けれど、フィクションの登場人物には優しさを持てるのに、現実の人間に対しては驚くほど薄情なのはなぜだろう。

きみにはまだ足りないものがある、と二木は言った。

それは決して、彼が言うように、自分を好きになること、なんかではないと思う。

自分にはもっと別の、欠けているものがあるのだ。そうに違いない。

あの日の自分にとって、神社の鳥居は、腹に隠したやましいものにブザーを鳴らす防犯ゲートだった。信心深いほうではないけれど、きっともう、二度と神社へは行かないだろう。

出入り口の向こう側から、何も知らずに美術室へ近付いて来る足音が聞こえた気がして、広一は固く目をつむった。

だが、どうやらそれは幻聴だったようだ。

黒板の左隣にある美術準備室の扉が開く。

同時にチャイムが鳴って、二木が扉からひょっこり姿を現した。

「すごい。今日はみんな優秀だな」

すでに全員が着席している様子を見て二木が言う。

「その調子できちんとして、堀先生に楽させてあげて下さい。それじゃ先週に引き続き静物のデッサンをします。前回となるべく違う形のモチーフにしよう」

二木が教卓の上に、角ばった鉢植えを置く。

「他にも準備室に沢山あるから選んできてね。自分の持ち物でもいいよ」

誰も動こうとしない。

広一は二木の顔を見ることができずにうつむいた。

静けさを破ったのは、一人の女子だった。

「あのー……」

おずおずとした声だった。さっき自分をはやし立てたメンバーの中にいた、丸い顔が頭に浮かぶ。

「何？」

「いや、なんでもないです」

女子は二木に問いかけられた途端、小動物が巣穴に逃げ込む時のように、ぴゅっと撤回した。

隣で吉田が動いた。横目で窺う。軽く、挨拶でもする具合で手を挙げていた。

「どうぞ」

二木が許可すると、吉田は口を開いた。

「先生ってロリコンなの？」

広一は膝の上に置いた拳の、親指の爪を見ていた。頭の前あたりがひりつく。自分のそこへ二木の視線が向いた風に思えてならなかった。二木は今どんな表情をしているのだろう。まったく意味不明だといぶかしんでみせているのか、ぽかんとした顔でとぼけているのか、それとも、あの、生徒の前では絶対にしない無表情になっているのだろうか。

吉田が言った。

「いやさ、四月に新しく入ってきた若い女の先生いるでしょ？　めっちゃ背が低くて童顔の人。この前の朝礼で、二木先生、あの人と楽しそうに話してたじゃん。それでそう思って。あの人、俺らの新マドンナなんだよね。だから先生、手え出さないでくれる？　紳士協定結ぼうよ」

広一は心の中で吐き捨てた。

いやらしい。

こいつによく似た人間を知っている。

吉田が言う、犬にフリスビーを投げたことがない人間にはわからない気持ちが何なのかは知らない。けれど、単なるたとえ話のアイテムとして使うなら、吉田は今、自分が投げたフリスビーへ、二木が尻尾を振って食らいつく様子を楽しもうとしている。それだけは確かだ。

二木の返事はない。

無様に飛びついて吉田を楽しませなかったことにせめてほっとした。

何も言わない二木に、吉田は「そうですか」と言いながら、机の上に置いていた広一のスマートフォンに触れた。ロックなんてとっくに破られている。画面に残った指の跡で難なくパターンを解く奴を、この日、初めて見た。

「聞こえます？」

流れ始めた音声の位置が高い場所に移動した。吉田がスマートフォンを掲げているのだろう。

『好きになる女の子の年齢が上がっていかないんだ』

ふたたび二木の独白が繰り返される。

『好きだの恋だの言ってても、成長すると当然、性欲が絡んでくるよね』

『そうなるとまあ、嫌でも気付くよね』

『自分には欠陥があるって』

吉田は再生を止めた。

「で、先生ってロリコンなの？」

頭のひりつきが増している。二木の憎悪が強い電波になってその部分へ送り込まれている気がした。二木は怒っている。当然だ。殺したいだろう。何の義理もない親切で小説へアドバイスをしてやったのにこんな形で裏切られたのだから。早く何か言え、と念じた。無言は肯定だ。広一は視線を上げた。

二木は吉田を見ていた。表情も、立ち方も普段通りだ。怒ってもいないし、無表情でもない。ただいつもと同じ毒気のない雰囲気でそこに立っていて、吉田の隣にいる広一には目もくれていなかった。

二木が口を開いた。

「そうです」

少しの静寂のあと、きっ、と女子の誰かが言った。

明らかに、気持ち悪い、と口にしかけて、言葉にならなかったニュアンスだった。

その短い声を皮切りに、悲鳴と怒号があちこちから上がった。

「最低！」

「何開き直ってんだよ！」

「やば、きっも」

「騙してたわけ？」

「だから学校で働いてんのか」

「や、働いてるから、そうなったんじゃね？」

「生まれつきって話してたじゃん、録音で」

「無理……」

轟々。

まさにそんな音だった。

非難が沸き起こっていたが、反応の大きさは様々だった。広一の前に座っている女子と、その隣の席の女子に至っては、まるでテレビドラマの展開について語っているようだ。

「怪しいと思ってたんだよね」

「嘘つけ」

そう軽く言いながら、肩を小突き合っている。

二木が茶色い包装を剝いて画用紙の束を出した。一番前の席に、プリントを回す要領で配っていく。束が机に放られるごとに、その席の生徒が身を引いた。

「いや、先生、そんな何事もなかったように授業再開とか無理だから」

吉田が突っ込む。

二木は一番端の席に画用紙を放り終えると、言った。

「今は授業中」

「いやいやいや……」

笑いながら吉田が言う。

「待って先生、普通に考えて？　こいつじゃあるまいし」

　突然指をさされて、広一は動揺しながら、また下を向いた。

　二木が言った。

「普通に、正しい時間の使い方をするなら、僕が授業を他の先生に替わってもらうか、きみらが人のプライベートを詮索するのをやめて授業受けるかだな」

「このまま続行はないっすよ。替わってもらうにしたって、俺らに少しは釈明しないと」

「プライベートなことだから」

「あのさあ、普通の会社員とは違うわけでしょ。教師って聖職じゃん。プライベートでも駄目なもんは駄目だろ。つか子供相手って、そもそも犯罪だし」

「犯罪行為しなきゃ犯罪者じゃない。というか議論したくない」

「何でだよ。なんか言い分ある感じだけど」

「わかり合えないから」

　二木が教卓にある画用紙の包装を丸めた。

「正論だとしても、心理的に無理だということがあるし」

　そう言って丸めたごみを屑かごに捨てる。

「正論？」

吉田が言った。

「そっちの方に正論があるって言いてえの？」

二木は屑かごの前で佇み、呟いた。

「二号」

「は？」

別に、と返して、二木は教卓へと戻った。

自分の持ち物をまとめている。

「じゃあ、後は他の先生に引き継ぐから。それまで自習してて下さい」

ブーイングが上がる。無視して教卓の中にある物を取り出そうと二木が頭を下げている隙に、騒がしさに紛れて吉田が教室の前へ向かっていった。二木が顔を上げた時、吉田が出入り口の鍵を閉めた。二木がうんざりした表情で準備室の扉の方へ踵を返す。示し合わせたように、山本が準備室の鍵を閉める。戸を背にして吉田が言った。

「謝罪を要求します」

何に対して、と思ったが、二木の方はもはや無駄なやり取りはしたくないようだった。

「皆、ごめんな」

さっきより大きなブーイングが起きた。あまり感情がこもっていなかったからだろう。突然、ヒッ、ヒッ、と、大きく二回しゃくり上げる声が聞こえた。机に伏す背中を隣の席の女子が慰めている。ふくよかな背中を上下させながら、あの丸顔の女子が泣いていた。

「私、二木先生のこと、すごく好きだったのに」

涙声の言葉に、背中をさする女子が頷いている。

男子の一人が言った。

「生徒ら見てエロいこと考えてたんだろ。最低だと思う」

二木は、封鎖されたふたつの出口の間で、じっと立っていた。

責め立てるように高くなる泣き声と、皆が口々に投げる言葉の石が入り乱れている。吉田が腕組みをして、その光景を眺めていた。準備室側の扉を固める山本は、床にあぐらをかいて、スマートフォンに何かを打ち込んでいる。ツイッターで実況中継でもしているのかもしれない。

これできっと新人賞の結果も、今日、吉田との間で起きたことも、曖昧に流れる。もっと良くすればこの大騒ぎで吉田がこっちに興味を失くしていじめ自体がなくなるかもしれない。委員長との熱愛疑惑だって吉田の頭からは消えるだろう。

口の中で、とっくに止まったはずの血の味がした。

二木が溜息をついた。

「学級崩壊してるし」

「当然でしょ。信用してた教師が生徒でシコってたんだから」

その言葉に、さっきから泣き続けの丸顔の女子が、うあああ、と呻いた。

「こっちの対象が何歳位までかは置いといて」

二木が言葉を切る。

「普通の男性も女性を見た時そういうこと考えてるよ」

「あんたの場合はキモさが段違い。子供見てハアハアしてる奴に比べたら、会社でOLのケツ触るオッサンのがよっぽど健全だわ」

「その考えの方が僕は怖いよ」

二木が冷淡に言った。

「僕は子供に手を出したことはない。肝心なのは自制できるかどうかだと思う。何でか、せっかくまともに生まれて来たのに、それができない人がいるけれども」

その言葉に、吉田が顎へ手をやった。笑っていない吉田がそうすると、えらく賢そうに見える。

「たとえ話使っていいすか」

「うん」

「俺ら生徒が、仮に羊の群れだとしますよね。んで先生は狼なわけですよ。いくら自分自身で、僕はいい狼だって言ってても、柵の中にいるのはやっぱり問題あるでしょ」

「羊の皮を被って、豆腐でできたハンバーグだけ食べててもか」

「絶対いつか本物の肉食いたくなりますって」

「ラムにしか興味がない狼かも」

二木が言う。

「牧羊犬の代わりとして、ラム小屋へ配属を命令されたら、いくらいい狼の自負があっても、さすがに辞退すると思うよ」

他の生徒は、比喩で交わされるやり取りに付いていけていないのか、ぽかんとしていた。高校生のみそらでマトン呼ばわりされたことに怒る女子はいなかった。

「ふーん」

吉田が目をしばたいた。

不思議なことに、吉田は討論を純粋に楽しんでいるようだった。

二木が呟いた。

「ほんと、二号だよ……」

「何すかさっきから二号二号って」

「なあ、もういい？　むなしいんだけど」

「まだどうしても一個、気になることがあるんで」

吉田は二、三度顎を撫でると、戸にもたれた。暗い表情で二木が「何」と言った。

「俺には、先生が綺麗ごとばっかり言ってるように感じます」

人差し指を頬に置いている。

「人間ってそんなに自分をコントロールできるもんですかね？　人の欲求ってものすごく強いでしょ？」

吉田の目が輝く。口元は笑っている。顔の上下で別人みたいで、広一はその時初めて、吉田のことを、嫌い、ではなく、怖い、と思った。

「つか、先生が本当に自制できてる証拠は？　今はできてたとしても、この先の保証はあるんですか」

二木は黙り込んだ。吉田はしばらく、光る目で二木を見ていたが、二木が何も言い返さないのを見ると、急にひどくつまらないものを見るような目つきに変わった。眉間に皺が寄っている。落胆しながら苛立っている、そんな顔だった。

「ほらな。自分でも正直、疑わしいんだろ。そりゃ捕まるのは困るから堂々とはやらなくても、誰も見てないとこだったら、やるかもな？　こないだも、駅前のマンションの階段から子供を突き落とした奴いたな。あれ、先生じゃない？　自分の気に入る態度取らなかったから、そうしたんだったりして」

吉田はもう笑いもせずに、全部の言葉を吐き捨てるように繰り出していた。

「欲求持ってる奴は、絶対何か、やらかすんだよ」

吉田の呪詛を最後まで聞き終えた二木が言った。

「人には誰にも見せられないことをする場所が必要だ」

広一は耳を疑った。確かにそうだろうがこの流れで何てことを言うんだ。

「でも、本当は、誰の目もない場所なんてないんだよ」

「本人がどんだけずる賢くやれるかによるだろ」

「そうか？　いるだろ、いつでもどこでも人のことを見てる奴が」

二木は生徒たちの方へ顔をやった。広一は思わず体を竦めた。二木が言っているのは、自分の秘密を知り、脅し、付きまとっていた相手のことだろう。

二木がクラス全員へ向けて、傾聴を促すよう片手を挙げた。

「情けないけど、僕は今からする話を自分を主語に置いて話したくない。だから皆、とあるロリコンAの話として聞いて欲しい」

全員が自分を注視するのを確認すると、二木はうつむいてから、顔を上げた。

「とあるロリコンAは」

二木が指を鉤の形にして唇の下へ押し当てた。

「自分は今後一生、家庭を持つどころか、友人を超えた人間関係を作らないって決めてる。誰が何を言おうと、もう決定してる。子供を作るなんてもっての外だ。子供にしか性欲を抱かないのは先天的なものが関係してるという説もあるから。でも、それが理由として占めてる割合は、ほんの少し」

二木は自分の側頭部、耳の真上あたりを指で叩いたあと、米粒を摘まむような仕草をして、そう言った。

「小児性愛はたぶん性癖の中でモラル的に最もアウトなもののひとつだ。そんなもんを抱えた人生を誰かに共有させられないんだよ。隠して過ごしてもお互いのストレスでロクなことにならないってわかってる。だからしない。あくまでもロリコンAはだけどね」

二木は手を下ろすと、また、唇の下に指をやった。少し切羽詰まった仕草に見えた。煙草が欲しいのかもしれない。

「となると一生、一人の人生だ。背負うものがないから何でもやれてしまう場合もあるんだろうけど、ロリコンAは、一生一人だからこそ、自分で自分を嫌いになることを、すごく怖がってる。自分に嫌われたらお終いだよ。自分にはそいつしかいなくて、そいつはいつでもこっちをジッと見てて、死ぬまで離れてくれない訳だから」

　さっきの言葉が、自分へ向けられていたものではなかったのだと気付いて、広一は項垂れた。彼がこっちをそしっているのだと、今の彼にとって自分がそこまでの存在だと、そう考えること自体が、思い上がりだったのだ。

　二木が吉田を見た。

「自分のことが好き、っていうのは、今後を保証できる理由にならないかな」

　吉田はせせら笑った。

「信用できるか。ただのナルシストじゃねえか」

「ナルシストはむしろ信用できるだろ。自分で自分を嫌いになるような行いを避けるから」

「自分の気持ちひとつだろ。良識がもとから歪んでる人間もいる」

「僕は基本、人間は性善だと思ってる」

　二木はそう言うと、教室全体を見渡して、言い放った。

「これだけ皆がロリコンを憎んでいるのが、その証拠じゃないか」

　その、皮肉とも取れる言葉が教室に響き渡った時、広一は場の空気が少し変わり始めていることに気が付いた。

　前の席の女子が、小さな声で言っているのが聞こえた。

「考えてみたらさ、誰にも迷惑かけてないんだったら良くない？」

「馬鹿。それがただの綺麗ごとだって吉田は言ってんの」

隣の席の女子が、同じく小声でたしなめる。

教室中にざわめきが広がっていた。意見の内訳がどちらに傾いているのかはわからない。だが、例えるなら交通量の多い車道で信号機が故障した時と同じで、全員が下手に動くのを避けているような混乱を、広一は見て取った。

ふいに、ダン、と机を叩いたような音がした。

広一の右側、吉田がさっきまで座っていた席のそのまた隣で、光沢のある長い髪の女子が机に脚を載せていた。前から見れば下着が丸出しなのではと思うほどスカートが捲れ上がっている。周りを萎縮させるような態度が圧を放っているのはもちろんのこと、それ以上に迫力の原因となっているのが、整った顔立ちだった。確か吉田は、この女子を「ゆりっぺ」と呼んでいたはずだ。

ほぼ全員が怖々と彼女を見た。中には、なぜか意固地になったように、冷たい顔をして彼女の方を見ようとしない女子もいたが、確実にクラス中の意識が彼女へと向いていた。

広一は、彼女が何か、この状況を一刀両断する言葉を口にするのではないかと、半ば哀願のこもった気持ちでその横顔を見つめた。彼女はたっぷり皆の意識を集めてから――大きな欠伸をした。

それだけだった。思わず拍子抜けしてしまったが、その行動が全身で「くだらない」という気持ちを表現したものなのは明らかで、広一は、彼女がまたしても吉田の顔を潰したことを不思議に思った。彼女と吉田の関係がよくわからないが、周りの反応からは二人がずっと終わらない痴話喧嘩を繰り広げているように感じる。広一は吉田を見た。女子にはヘラヘラと接する吉田が、前回同様、彼女に対して、あやすような態度を取るのではと思った。

だが、今度ばかりは吉田は、へつらう様子を見せなかった。

きらめく宝石みたいな目で彼女を見ている。目の奥にある苛立ちを瞳が乱反射している、と感じた。吉田が、今日一番の通る声を上げた。

「俺、お前らのこと心配だわ」

眉毛を下げている。表情の豊かな吉田がそうすると、本当に相手のことを思いやっている風に見えなくもない。

「そんなチョロかったら詐欺とか宗教に引っかかんぞ。もっと自分の意志をしっかり持てよ。最初に二木がロリコンって知った時、うわ、って思っただろ。その気持ちがホンモノだよ。世の中にはもっと、気持ちで決めていいことがあると思うけど。おい西野、お前、自分の妹のクラスの担任がこいつだったらどう思う」

名指しされた男子は一瞬うろたえるそぶりを見せたが、左右を見渡した後、考え込む様子をして、やがて、神妙な口ぶりで言った。

「やっぱり、それは許せんかも」

「だろ」

「何もしないとしても近付いて欲しくない」

「だよな。佐山さんはどう？　もし自分が将来、女の子の母親になってさ、隣の家にこんな奴が越して来たら？　娘が高校生くらい大きくても嫌だろ」

　ポニーテールの女子が言う。

「絶対無理。地域から出てって欲しい」

　毅然とした声だった。生徒たちに向けて、吉田が言った。

「こんな風に、人間には感情ってのがあるんだよ。理屈で考える奴の意見で、心が踏みにじられるのは良くない。だから、決を採ろう」

　広一の顔が、ねじくれた笑いで歪んだ。「ダラーの虎」の時にも薄々思ったが、確信した。こいつのこんな部分を見ると、ＳＮＳがあれだけ流行る理由がわかる気がする。沢山の「いいね」を貰えると、ものすごく気持ちが良いのだ。それと同じ気持ちで、吉田はたぶん、目に見えてわかる支持の数を欲しがっている。

「じゃあ……そうだな。ロリコンＡさんを擁護する人」

誰も手を挙げない。広一は委員長を見た。斜め前の吉田へ向けている横顔は、汚物を見ているようだったが、両手はしっかりと膝の上に置かれていた。「ゆりっぺ」に至っては何もかも放棄した様子でスマートフォンを見ている。

「結果出たな」

凪の海面じみた教室を見て、吉田が言った。淡々とした風を装っていたが、ここに来て急に硬さを持った表情が、快感を押し殺していることの表れなのは確かだった。本当なら反対意見の決も採り、大勢の挙手を見て悦に入りたいのだろうが、「ゆりっぺ」を筆頭に数票の白紙投票が出た場合、場の温度が下がると考えたのかもしれない。もし自分が吉田なら、同じことをするだろう。

この光景はまるで、二木が以前、美術の授業で二つの図を使って票を入れさせた場面の再現だ。同じ美術室で、他でもない二木自身が裁かれているのは、吉田の作為なのだろうか。

AとB。いつだって数の多い方が「普通」になる。前の席の女子は、相変わらずぼそぼそと「変態でも良くない？」と呟いていて、隣の女子がそれを諫めている。空気を読んで手を挙げなかったのだ。

それが正解だ。自分の意見があっても、人前では合わせておけばいい。今回ばかりは、広一もやっと「普通」の仲間入りを果たしていた。

はじめに誰がそれを口にしたのかはわからない。

だが、いつの間にか教室にはその言葉が飛び交っていた。

吉田が二木のそばに歩み寄った。わずかに体を引いた二木の肩に、吉田が手を伸ばす。熱いものに触れる時のような、思い切りに欠ける手つきだったが、吉田はやがて、しっかりと二木の肩に触れた。二木がその手を振り払う。

「暴力ですか？」

なだめる調子で吉田が言った。

「先生、とりあえず、皆のリクエストに応えましょう。じゃないと場が収まりませんよ。先生が皆を騙してたのは事実なんだから」

吉田が二木の肩を、下に押す。二木が床に膝をついた。無理やりそうされたというより、二木がもはや抵抗をやめていた。

なぜだかその時、無性に苛ついた。

自分が顔を踏まれた時よりもはるかに激しい感情だった。

例えばここで、子供たちから亀を助ける浦島太郎のように、「やめろ」と言うことができたら、どんなにいいだろう。けれど自分には浦島太郎たる資格も、力もないのだ。何かないか、何か方法は？　いつの間にか必死に知恵を絞っていることに気が付いて、広一は自分を嗤った。いざとなればこんな状況を自分で作り出す気でいたくせに。いくらデータがただのお守りで、使うつもりがなかったと言っても、ナイフを持っていれば人は非常時に必ずそれを使うのだ。

自分は浦島太郎にはなれない。浦島太郎に限らず、あらゆる物語の主人公になれない。自分がフィクションに対してのみ優しくなれる理由がわかった。現実の自分が嫌いなのだ。ずっと自分自身が大好きだと思っていたけれど、自分を世界の中心に据えているということと、自分が好きというのは別物だと気が付いた。

――きみには足りないものがある。

――自分を好きになることだよ。

二木はそう言っていた。彼はなぜあんなことを言ったのだろう。それなくして、人は演技を続けられないと言っていた。そうでなければいずれ壊れるとも。

広一は二木を見た。膝をつき、今にも床に額をこすり付けんとしている二木の顔には、諦めの色が乗っていた。どこか吹っ切れている様子にすら見える。きっと人はこうして、起きてしまったことを無理に肯定していくものなのだろう。二木は決して、引きずり出されることを望んでいなかったはずだ。母はずっと、ありのままで生きていけと言っていた。委員長の父親は、子供らしくなれと言った。そして二木は、クローゼットの中に自分を隠して生きていく方法もあると言った。あの言葉を聞いた時、自分は初めて、救われたのだ。

気付けば、広一は手を挙げていた。

内心の激しさとは裏腹に、少し肘を曲げた遠慮がちな挙手だった。

皆、二木を見ていて、気付いていない。

広一は声を張り上げた。

「あの!」

ピタリと喧噪が止んだ、という訳にはいかなかった。

けれど、膝を折って、今にも床に頭を付けようとしている二木が、瞳を左右にうろつかせながらゆっくりと顔を上げて、皆がその視線の先を振り返った。

吉田を含むクラス全員の視線の集約地点で、まっすぐ伸ばした広一の手が揺れていた。

間を取る。皆の意識が十分に引き付けられたのがわかる。「ゆりっぺ」を真似してそうした訳ではない。単純に、頭の処理がまだ終わっていなかった。

一体、何をしているのだろう。

自分を好きになろうとしているのか?

そう考えた瞬間、馬鹿馬鹿しさがこみ上げてきた。自分を好きになる、だなんて、おこがましい。自分で散らかしたことを片付けて、それで自分を好きになれるなんて人間がいたら、おめでた過ぎる。

自分はただ——

それ以上は考えなかった。考えてもわからないことだと判断したのだ。

今、頭を働かせるべきなのは、現実へのアプローチ方法だ。

「あー……」

ようやく目途が立った時、広一の口からそんな声が漏れた。

広一は顔をくしゃりと歪ませた。半分演技で、半分本気だった。

当たり前だ。泣きたくもなる。

広一は言った。

「ロリコンは、俺なんだ」

教室の換気ダクトの音を意識したのは初めてだった。

そのうち、粘り気の強い液体、例えば沸騰したカレーなんかの底から気泡が上がってくる時のような音がして、それは皆が口々に、喉の奥から、ん？　ん？　と上げている声だった。

吉田は白けた顔をしている。滑ってんぞ、とでも言いたそうだ。

皆の反応を窺いながら、広一は続けた。

「二木先生は、俺をかばってるんだ」

いや、だって録音、と男子の一人が言った。

吉田は目を伏せている。自分が発言するまでもない些事だと判断したのだろう。

二木の背中をぐい、と、吉田が手で押した。だが、二木が頭を下ろした気配はない。

広一は二木の方を見ないまま言った。

「あの録音は……俺が書いた小説を二木先生が読み上げてるんだ」

「いやそれ、ちょっと苦しいだろ、お前」

吉田が笑った。

「だって本当なんだよ。賞に出す前に先生に見てもらって……語りのシーンが硬くて喋り言葉っぽくないって言われたから、口語体らしく読み上げてもらったんだ。後でその通りに打ち込むために録音したんだよ」

広一は、いかにも悔いているといった風に声を掠れさせた。

「でも」

息を詰めて、声を震わせる。

「怖くなったんだ。もし賞を取って、雑誌に載ったら、皆に俺がロリコンだってばれる。ロリコンの主人公を自分とぜんぜん似てないキャラにしてみたけど、絶対、これは作者自身だろって思う奴が出てくる……そんなことになったら俺は終わりだし」

すらすらと嘘が出てくることに自分で驚く。脳が小説を書いている時のモードになっている気がした。

「もし、そうなったら……あの録音を使って、ロリコンは二木先生だって、身代わりにするつもりだった。二木先生は否定するだろうけど、もともと、見た感じ爽やかな印象の主人公にしたくて二木先生をモデルにしたキャラだから、皆、信じると思って」

「土壇場で話作ってんじゃねえよ」

吉田の突っ込みに、準備室の扉の前で座り込んでいる山本がとぼけた声を上げた。

「あれ、でもこいつ確かに、今書いてるやつの主人公が教師でヘンタイでー、って話してなかった？」

吉田がこめかみに手を当てて溜息をついた。その反応に山本が首を傾げている。

教室のあちこちで、そういやそうだ、といったような声が上がった。広一は言った。

「だから、こんなことになっても何も言えなかった。なのに二木先生、全然否定しないし……」

唇を強く噛みしめる。プツ、という感触と共に痛みが滲んだ。血が出ている。さすがに自由自在に泣けるほどの演技力はないから、涙の代わりの小道具だ。

「ごめんなさい、先生、あんなに親切に相談乗ってくれたのに。あの話、俺のことだって気付いていてたんですね。本当にごめん。もう、いいんです」

広一は両手の甲を目に押し当てた。その間から、周りの様子をこっそり盗み見た。ほとんどの生徒が言葉を失ったまま顔を見合わせている。うまくいっている。信号がふたたび故障したのだ。広一は、吉田の腰あたりの高さにある二木の顔に目を向けた。

ようやく、二木と目が合った。


いや、合っているのだろうか？

二木の視線は確かに広一の顔へと注がれていた。けれどそれはひとりの人間を見るというよりも、ひとつの現象を見ている目だった。まるで自分のように嘘を作り上げる広一の姿に、習わぬ経を読んだ門前の小僧を見ている顔つきだ。二木は呆けていた。膝をついたまま、口を開けている。初めて見る表情で、二木のそんな顔を見るのは、ちょっと面白かった。

もちろん強がりだ。広一は高揚と同時に、自分の背骨をワイヤーに使って、一基のエレベーターが下降していくような感覚を抱いていた。これで学校生活は前よりもっと悪くなる。むしろ、終了だ。

「お前らアホか」

吉田が言った。

「かばってる人間があんだけ自分のことみたいに語れるか？　しかも学生とは違って、ロリコンだってことになったら二木は、職、失うんだぞ。そこまでして生徒を守るなんて変だろ！」

広一は手の甲で目を押さえたまま、わっと声を張り上げた。

「そうだよ！　二木先生は馬鹿だ！」

昔から、喋り方に抑揚がないだとか、まるでロボットのようにスイッチが入るとターッと喋る、といったようなことを言われ続けてきた。今この時、それがかえって功を奏していると思った。演技が多少、芋でも、様子が変なのはいつものことだと、誰も不思議に思わないだろう。

さっきからずっと、前の席の女子二人が後ろを振り返り、振り返りして、こっちを見ている。彼女たちだけではなく、いまやクラス全員が広一と二木を見比べていた。

「どういうことなの？　マジで田井中がロリコン？」

「いや、二木だろ。普通に考えて」

「こいつらホモなんじゃね？　お互いにかばいあってんだよ」

「ホモでロリコン？」

見解が錯綜している。仮にゲイで説明がつくなら、ゲイとロリコン、どっちの方がこの田舎での風当たりはマシだろうか、と、釜茹で地獄と針の山を選ぶような気持ちで考えていると、教室の右端から声が上がった。

「ねえ、ちょっと」

スポーツ部風の短い髪をした女子が、全員に言った。

「小野さんが言いたいことあるんだって」

彼女の隣には、銀ぶちの眼鏡をかけた女子が控えめな様子で座っていた。確か、以前この美術室で出くわした、美術同好会のひとりだ。いかにも大人しそうで、この混乱の中、勇気を振り絞って発言しようとしているようだ。

「あ……」

銀ぶち眼鏡の女子はそう一言だけ呟いて、おどおどした様子で顔を伏せた。眼鏡の奥で、出っ張り気味の目がせわしなく動いている。短い髪の女子が、頑張って、と励ましているのが聞こえた。

「私、田井中くんがロリコンっていうのは、本当だと思う」

つっかえながら彼女が言う。

「こんなこと、本当は言っちゃ駄目なんだけど……私のお兄ちゃんが、勤め先の本屋で、うちのクラスの男子がロリコンの漫画雑誌を万引きしたって言ってた」

その言葉に広一は虚を衝かれた気分になって、彼女の顔を見つめた。直後に、記憶の中にある顔と、出っ張った目をした彼女の顔が重なった。本屋で自分を捕まえた、黒ぶち眼鏡の店員にそっくりだ。

どこかしみじみとした気分で、広一は言った。

「うん。それ、俺」

教室中に、水色の水彩絵の具をさっと塗ったような雰囲気が走った。

ロリコンである広一に、気持ち悪い、と罵声を浴びせる人間はいなかった。日常の中に変態がいたということには、皆、二木の時に耐性ができていて、今更ショックを受けないのだろう。ほとんど全員が冷ややかな顔で広一を見て、その後、なぜか、二木を見た。

吉田だけは、広一を見据えていた。

「先生」

ずっと泣きどおしだった丸顔の女子が、鼻声で二木に言う。

「本当？　先生、田井中をかばってたの？」

まるで、理想の二木が今まさに戻ってこようとしているという希望へ縋りつくような口調だった。

二木はさっきとまったく同じ姿勢のまま、女子の言葉が耳に入っていないのか、広一の方を見ていた。

束の間のあと、二木の顔に、はっと意識が戻った。自意識のあるなしで人の顔つきはこんなにも変わるのかと広一は思った。二木の頭から、パソコンが必死に立ち上がる時の音が聞こえてきそうだ。もし二木がこの嘘に乗るつもりなら、さっき広一が語った弁に穴がないかを高速回転で検証しているはずだ。

そして、二木は、今度こそ本当に広一を見た。

瞳が左右に小さく揺れている。二木は迷っている。いいから、と広一は苛々しながら目を細めた。二木の目はしばらくさまよっていたが、やがて、ゆっくりと閉じた。

ふたたび開いた時、二木は、いかにも感極まったという表情を顔に乗せて、言った。

「田井中……!」

自分が誘導したこととはいえ、実際、二木に対して、この野郎、と思わなくもなかった。

二木は学園ドラマ風に目を潤ませている。演技でそんなことができるのだから、こっちがますます芋に感じてくる。広一は眉をひそめ、喉の奥で、ん、とこっそり咳ばらいをすると、口を開いた。

「先生……！」

「田井中……！　馬鹿だな、お前……黙ってればいいのに……」

「いいんです、これで。悪いのはこっちなんだから……」

場の空気がいい感じに煮詰まるまで、「先生」「田井中」と繰り返す。

周囲がどよめいている。確かな手ごたえを感じた。自分たちのやり取りに関しては一切嘘がないことが、奇妙だった。

丸顔の女子が、また、ひときわ高く嗚咽した。だが、さっきまでとは涙の種類が明らかに違うようだった。この流れで二木が「あの夕日に向かって走ろう」とでも言えば、彼女は駆け出すかもしれない。

広一はくしゃくしゃの顔を維持したまま、吉田の表情を窺った。

吉田は戸にもたれて、斜交い（はすかい）に広一を見ていた。吉田の口が動く。何か言っているようだが、大きくなりつつあるざわめきで聞き取れない。だが、その口は「くそちゃばん」と言っているように見えた。広一に向けて、吉田が何度も言う。クソ茶番。まったくその通りだと広一自身も思った。吉田は広一が嘘を吐いていると見抜いているようだったが、扇動をやめた様子から、彼自身もすでに、判断がつかなくなり始めているのだとわかる。事実を見抜いていても、本屋での万引きという証言だとか、そういった、辻褄の方に引っ張られてしまいつつあるのだろう。

良かった、と広一は息を吐いた。吉田の中でこの嘘が本当になれば、自分が委員長を好きだという疑惑もなくなる。ラム好きの狼からすれば、彼女はマトンだからだ。

ひゅっ、と顔の真横を何かが横切る。広一が体を竦めたのは、飛んできた消しゴムが後ろの壁にぶつかったのと同時だった。

「お前、最低だな」

真ん中あたりの席に座っている男子が、手首を投擲（とうてき）の形に残したまま言った。

「変態の上に卑怯者かよ」

中心の席に固まっている男子グループが次々に色んなものを投げる。シャープペンの芯が入ったケースが、広一の目の横に当たった。

「やめろ」

鋭い声で二木が言った。膝立ちになっていた床から立ち上がっている。

「どこが卑怯者なんだ。田井中はあのまま黙ってれば助かったんだ。けど、そうはしなかっただろ」

　そう言いながら二木は生徒たちを見回した。

「ちょうどいい機会だ。皆、一度、この問題を自分のものだと思って考えてみろ。自分にもし、大多数の人とは違う部分があって、それでも生きて行かないといけないとしたら、どうする？　カミングアウトという言葉があるけれど、多数派の人のふりをする選択だってあるだろう。いくら世間から許されないような性でも、当人にとっては大事な心の一部なんだ。殺す必要なんてないし、そもそも無理な話だ。ただそれでも、自分のことを好きでいたいから、良心の許す範囲で満たそうとする訳だろ。さっき僕は自分ひとりきりの人生、って言ったけど、それは何も特殊な性癖を持った人だけの話じゃないんだ。皆、死ぬまで自分と一緒なんだ。田井中は自分を好きでいるために、人を売らない道を選んだ。きみらはどうする？　今みたいに、勇気ある行動をした人間を、一度の葛藤と性癖にかこつけて糾弾して、そんな最低な自分自身と今後ずーっと一緒の人生なんて、選びたいのか」

　おお、絶好調だ、と広一は思った。むしろ今までの二木と比べて、いい先生度が一・五倍の熱い台詞だ。トランポリンが、沈んだ分だけ高く人間を跳ね飛ばすように、死線から生還したことで弾みが付いているのだろうか。

　そんな風に、冷静に、斜めに見つつも、広一はなぜか、泣きたいような気分になっていた。

皆、黙って耳を傾けていた。

項垂れている生徒もいる。

正直言って、二木の言葉が本当の意味で皆に響いているのかは疑問だった。普通の人とは違う部分がある、だなんて、その手の悩みを持ったことがない人間には、のっけから共感しにくい話だろう。

だが、いまや完全に信頼を取り戻し、その上に、自分の進退を懸けてまで生徒の秘密を守ろうとした教師、という付加価値まで得た二木の言葉には、かなりの力があるようだった。

「自分を好きでいられる行動を取りなさい」

二木が吉田を横目で見る。吉田は二木から顔を背けていたが、お互い意識しあっている様子だった。

「そしたら大人しくしてて、い、い、い、い、くれるから、か、から」

その言葉に吉田は反抗的に鼻を鳴らすと、出入り口の戸から身を起こした。体を揺らして後ろの席へと戻ってくる。机の上に置いていた自分のスマートフォンを尻ポケットに入れて、教室後方の出入り口へと向かっていく。

「ゆりっぺ」の後ろを吉田が横切る時、彼女の手が、通りすがりに吉田の背を、制服の上から軽く撫でたのが見えた。吉田はほんの一瞬だけ動きを止めると、何も言わずに美術室から出て行った。「ゆりっぺ」はスマートフォンを横向きに持って、ゲームか何かに没頭する作業に戻っている。不思議になまめかしく、大人っぽい一連の流れに、広一はそれ以上ふたりの関係を理解するのは諦めた。

吉田が出て行った今、教室の空気は完全に二木ひとりの仕切りに委ねられていた。全員が二木の一挙一動に注目している。

二木はしばらく、真面目な顔で押し黙っていたが、やがて、フー、と長い息を吐いた。

「あーあ」

打って変わって弱々しい声でぼやく。

「今日はデッサンしてもらいたかったのに」

二木は壁の時計を見上げると、うわ、と呟いた。

「もうこんな時間だ。デッサンは宿題にします。来週提出して。画用紙をもう一枚ずつ持って帰ってください」

そう言って二木が画用紙の束をふたたび机の上に放っていく。前列の生徒たちは、慌ただしい様子で、さっき配られたものとまとめると、ぎこちなく後ろへと回し始めた。

誰ひとり、感情が整っていないのは明らかだった。

その様子を尻目に、広一は体を低くして席を立った。

こっちをじっと見ている二つの目玉を全身で感じていた。さっきからずっとだ。ロリコンは自分だ、と宣言した時から付きまとっている。

委員長だ。

見てはいけない。

広一は彼女の視線をあからさまに無視したまま、後方の戸から美術室を抜け出した。

背後で、広一の席に画用紙を回した女子の「あれ?」という声がした。


階段を降りる。

校門に向かって歩く。

どこかで吉田に出くわしたら嫌だなと思っていたが、通り道のどこにも彼の姿はなかった。

けれど、もし会ってしまったとしても、もう何もしてこないような気がした。

こういうのを希望的観測と呼ぶのかもしれないと思ったが、今の気分で、悲観的なことを考えろというほうが無理だった。

教科書と定期が入った鞄も、スマートフォンも、何もかも教室に置いてきてしまったが、別にいい。今日は長い距離を歩いて帰るつもりだ。

あれ以上美術室に留まっていたら、委員長が余計なことを言い出したと思う。彼女はこっちが書いた小説の、本当の内容を知っている。一番誤解されたくない相手が、本当のことを知ってくれているから、自分はあんな嘘がつけたのかもしれない。

校舎と校門の途中で、広一は足元に転がっている小石を排水溝に向かって蹴とばした。小石は隙間をうまくすり抜けて、とろみのある着水音がした。去年の自分が、沈んでいく石に見立てた「B」の図を思い出す。王様の耳はロバの耳、の井戸とは違って、この先がどこにも繋がっていないことを祈った。秘密が守られますように。

さっきの嘘は今までついた中で一番の自信作だ。広一は笑って、そして、自分が笑っていることに、また笑った。晴れやかな気分だった。一次選考の結果も、もう気にならない。あれだけ皆をうまく騙せたのだから、自分にはきっと、作り話の才能がある。もちろん、受かっていたら、嬉しくない訳がないけれども。

ふと、見慣れた小さな姿が目に留まった。

校門の手前で、媚び猫が腹ばいに寝そべっていた。日なたで温まった茶色と黒の毛皮からは、焼き立てのパンの匂いが漂ってきそうだ。

背後から、石灰の地面を踏みしめる音がしたと同時に、媚び猫が顔を上げて、ヤオオ、と相変わらずアルファベットが一文字抜けた声で鳴いた。体を起こして、こっちに向かって歩いて来る。自分の横を素通りしていく媚び猫を、広一は目で追った。

「一号」

広一は顔を上げずに、声の主の靴を見た。

「やっぱり俺が一号なんだ」

「どうしてかばったのかは、僕も自己愛が強い人間だからわかるよ」

「そうですか」

沈黙の間が空く。二木は少し怒っている様子だった。その怒りの矛先はすべて内側に向いているように見えた。広一は次に放たれる言葉をなんとなく予想した。

「あのさ、僕、本当のこと全部話して、学校辞めるから」

思った通りだ。

「なんで」

「やっぱり、こんなの、大人のすることじゃないと思う」

ここから先、しばらく押し問答が続くのだろうなと広一は思った。今なら相手の考えが手に取るようにわかる。自分が好きな人間にとって、時には現実の利よりも優先したいことがあると知ったからだ。

駄目です、譲って、無理です。そんな言い合いを何度か繰り返したのち、二木が言った。

「喫茶店で伝票奪い合うオバチャンじゃないんだからさ」

呆れ声だった。

「ていうか、きみが受賞して、小説が雑誌に載ったら、嘘と内容が食い違うからどのみちバレるよ。バレてからゲロするより、自分から白状したほうが徳を積めるだろ。来世はまともな性癖の人間に生まれたいよ」

広一は、目の前の靴に頭を擦りつけている媚び猫を見つめた。

「賞を取るなんて、そんなこと、本当にあると思ってるんですか」

「それはもう、あの時焚き付けたことが、これまで教師してきた中で、一番のいい仕事だと思うくらいに」

黙り込んだ広一の代わりをするように、媚び猫が、ヤア、と鳴いた。

「だからさ」

「なあ」

遮るように広一は言った。

「先生、この猫、どっか変だと思わなかった？」

「……何？」

会話の舵を乱暴に切られて、二木がいぶかしむ。

「変わってますよね」

「確かに、ちょっと変だけど。犬かと思うくらい懐っこいし」

「そこもだけど、もっと別の部分」

「今、そんなこと、どうでもいいだろ」

話を戻そうとする二木をよそに、広一は、黙って媚び猫を撫でて、その話以外はしないという強固な姿勢を示した。やがて二木は、折れて口を開いた。

「やたら僕に向かってくるところとか？」

広一は笑った。

「違うけど、確かに、そこが一番変だ」

先生、猫好きじゃないのにな、と言いながら、広一は媚び猫の背を押した。媚び猫は力に逆らわずゴロンと転がって、二木のスニーカーにまとわりついた。ブランドロゴの「N」に顔を寄せている。足りない「N」が手に入った媚び猫は、やっと、普通の猫だった。

この作品は二〇二〇年九月にポプラ社より刊行されました
『ニキ』を改題したものです。

二木先生

夏木志朋

2022年 9 月 5 日　第 1 刷発行
2024年10月17日　第14刷

発行者　加藤裕樹
発行所　株式会社ポプラ社
〒141-8210　東京都品川区西五反田3-5-8
JR目黒MARCビル12階
ホームページ　www.poplar.co.jp
フォーマットデザイン　bookwall
校正　株式会社鷗来堂
印刷・製本　中央精版印刷株式会社

N.D.C.913/367p/15cm　ISBN978-4-591-17486-9

P8101454